理系伯爵は女心が理解できない

イラスト：甘塩コメコ

Contents

アッシュウッド伯トマス・ベネットは揺るがない。

彼の姿を回想しながら、トレイシーは溜め息をつく。

銅《あかがね》色の癖毛に青白い肌と無数のそばかす、目つきの悪い真っ青な瞳。部屋では銀縁眼鏡をかけている。背は高くもなく低くもなく、筋肉はあるようなないような中肉中背。つまり容姿は普通……少々アクが強めの。

ただ彼は、小さい頃から絶対に話がブレない子どもだった。

『あんたの話は矛盾している』

『前提条件に根拠がない』

『虚偽を交えるなら慎重に話を作った方が良い。破綻している』

二歳も年下の少年に冷たく目をすがめて指摘されると、幼い背筋がぞくぞくしたものだ。何とも容赦のない言い方をするくせに、そこには悪気が一片もない。

トレイシーが図星を受けてあれこれ言い回しを考え直し、時には主張を撤回してどうにか筋の通る話に仕上げると、

「なら、納得だ」

と、ご褒美のように笑顔を見せる。

その笑顔が自分だけに向けられていると確信するほど夢見がちではなかったが、そのように妄想する程度には彼女は乙女だった。

どうせ年に一度の夏しか会わない間柄。

将来的に、彼は家を出て大学のある町に住まうのだろうし、あれだけ優秀なのだから留学も視野

に入っているだろう。外国へ行ってしまえば本当に会う機会なんてない。いくら夢を見たってトレイシーの自由のはずだ。

夫となる人の弟に妄想を抱いたまま結婚するのもいかがなものかと思ったが、その夫になる予定の人にしても、どう見ても貞節なタイプではない。しかもトレイシーへ毛ほどの関心も示さない。

だから多少はいいんじゃないか。

何も本当に不貞を働こうというのではない。そもそも相手にその気がない。

肉体関係を前提とした不倫が闊歩《かっぽ》する社交界、プラトニックな不貞くらい許されるのでは？

そう思って散々妄想に耽《ふけ》ったのがまずかった。

期待してしまったのだ。トレイシーの婚約契約書には、相手は「次期アッシュウッド伯」としか規定されていなかったから。

彼の兄達が亡くなったというのに。自分の婚約者が亡くなったというのに。

そのあさましさを、見破られていたのかもしれない。


「あんたとは結婚できない」

葬儀場で会ったトマスは、真っ黒なコートに赤毛が映えて、青白い容貌とあいまって邪悪な魔法使いのようだった。

本人に聞かれたら「邪悪な」の根拠について散々突っ込まれただろう。勿論言わなかった。黙って続きを聞いた。

「あんたはオーブリーの婚約者だ。僕のじゃない。僕はあんたとは結婚できない。こっちからは婚だった。


約破棄できないから、そっちからうちの事務弁護士に連絡しといて」

　初夏の明るい陽光の下で、何の感慨もない青い目でトマスは言った。

あの青を、見たことがある。実験室と化した彼の部屋で、ガラス容器の中の液体があんな深い青
結晶を作ると彼は言った。滞在中、何度も部屋に押しかけて、青く鋭角なその輝きが成長するさまを見せてもらった。

　こんなきれいな結婚指輪が欲しい。

　無知にもそんな夢に声を弾ませると、

「毒だよ。いいの？」

　と、鼻で笑われた。その結晶と同じ、深く透明な青い目で。

　毒の目だ。

　ぞくぞくした。

　年頃の娘を何度も寝室に招き入れておいて、トマスは化学実験の話しかしなかった。部屋の扉は大きく開け放たれたまま、誰も疑う者もなかったほどの潔白さ。

　ところで、紳士と呼ばれる人々に、自分から婚約破棄を申し出ることは許されない。

　女性に恥をかかせてはあちこち角が立つというわけだ。トマスの通告はその辺を慮《おもんぱか》ったのだろうが、それにしたって先に口にしたのは彼の方である。婚約者と相手の家に対する、最大級の侮辱だ。

　父が聞いていれば決闘を申し込んだかもしれない。

　みじめだった。

トレイシーはこの話を誰にもしなかった。父にも、事務弁護士にも。

みじめすぎて言えなかった。その上、先方に悪気が一片もないことも分かってはいた。

だいたい、揺るがないトマスがそう言ったのなら、父がどんな手を回そうが彼の意思は何も変わらないのだ。

あれから五年。

結婚式以来三年ぶりに会う夫のために、目一杯めかしこんだ自分を見下ろす。

襟ぐりは開きすぎない貞淑なものを選んだし、シルエットは彼女のぽっちゃり体型をほどよくごまかし美化する、視覚効果満載のものだ。お洒落で鳴らす女友達とフランス人の仕立て屋が、相談しながら似合う色を選んでくれた。地味で平凡な栗色の髪は、腕利きの侍女の手により美しく編み上げられている。

トマスがロンドンに来ることは滅多にない。ましてや妻に会うなど。

二十四歳になるトレイシーは、そろそろ子どもが欲しかった。友人達は次々と出産している。子どもは可愛い。

夫婦のお務めも一度くらいは経験してみたい。妄想力にも限界というものがある。愛読のロマンス小説だけでは一生分の妄想材料としては心もとない。夫に放置されたまま生きていくにしても、もうちょっと彩りのある放置生活を送りたいところだ。

揺るがないトマスに、譲歩を迫る。

あなたは寝台に寝転がって、邪魔さえしないでくれればあとはこっちで何とかするわ。

そこまで言うのは、流石《さすが》に最後の手段にしたいところだが。

ハーラストン子爵と亡くなった先代アッシュウッド伯爵は仲の良い友人同士で、将来はお互いの子ども達を結婚させようと約束していた。

トレイシーが子爵家の長女として生まれたのは、アッシュウッド伯の長男が生まれてから三年後の夏である。年齢的にも釣り合いが取れる。親同士は喜んで婚約の契約書を交わした。

四年後、親に連れられて遊びに行った伯爵邸でトレイシーが見たのは、年子の弟を従えて走り回る婚約者の後ろ姿と、よちよち歩きを卒業したばかりの伯爵家三男坊だった。

婚約者である御嫡男、何しろわんぱく盛りの男児である。一歳違いの弟の存在も、やんちゃな活動に拍車をかける。走り出したら止まらない。一瞬だってじっとしていない。

それを目で追うのも疲れるので、トレイシーは足元のおぼつかない三男坊と絵本を読んで過ごした。

三男坊のトマスは頭のいい子だった。

トレイシーの知らない綴りもいくつか読めるし、数字は百以上まで数えられた。

いつも兄達に置いていかれていると見えて、構ってくれるトレイシーを見上げて時々嬉しそうに笑う。四歳のトレイシーのお喋りにも、理解しているのかいないのか素直に付き合ってくれた。

調子に乗ったトレイシーは、女児にありがちないつもの妄想をかっ飛ばした。

〝私はね、本当は妖精の国のお姫様なの。

悪い魔法使いのせいで人間にされたから、仕方なくあなたのお兄様のお嫁さんになるのよ。

妖精の国には絶対に抜けない剣があってね、岩に刺さっているの。

それで、いつか私の騎士様が、その剣を抜いて私を助けに来るのよ。そう、白馬に乗って！〟

婚約者の君《きみ》がトレイシーに目もくれず遊びに行ってしまった件は、少なからず四歳女児の矜持を傷つけた。

父達は微笑ましく見守っていたが、大人が思う以上に女心は育ちが早い。トレイシーは『仕方なく』の所を赤線で二重にマークしたように強調した。

ところで、そんな乙女心の機微が二歳のトマスに伝わるはずがない。

トマスはトレイシーの話に目を輝かせ、詳細をねだった。

〝その剣は何でできているの？

岩は何でできているの？

どうして抜けないの？

その剣は抜けることがあるの？　どんな天候の日でも抜けない？　暑くても寒くても湿度が高くても？

いつの時代の剣なの？　古いの？　新しいの？　さびないの？

太い剣？　細い剣？　摩擦が強いの？　溶接したの？　熱には何度まで耐えるの？　加熱したあとでも剪断力《せんだんりょく》を保っている？〟

二歳児の話すような言葉ではなかった。

その時点で、トマスは既に変わっていた。

「いやあ、女の子って可愛いねえ。本当に可愛かったよ、アリシアにそっくりなんだ。お前にも見せたかったな。おお、私の愛らしいプルーデンス！」

歩き始めの名付け子を久々に抱っこしたオスカー叔父は、感無量の勢いのままトマスの領地を訪ねてきた。訪問の主眼は勿論、「お前の所はまだなのか？」である。

トマスは居間の窓から外を見やった。街道を見下ろす城からは、臙脂《えんじ》色のベレー帽を被った老人が休んでいるのが見える。散歩とは結構なことだ。

ああ、この話題、どうやって終わらせてくれよう。

「舌っ足らずに〝大おじちゃま〟なんて呼ばれたら堪らないだろうなあ。訓練の疲れも一遍に吹き飛びそうだ。なんなら〝おじいちゃま〟でもいい！　私は亡き兄上の意思を継いでお前を見守っているんだ、それくらい許されるだろう」

三年近くも海外に駐留していた身で何を見守っていたというのか。そもそも〝おじいちゃま〟という年でもない。

「叔父上、まだ三十三歳でしょう。自分こそ早く結婚してください」

「三十二だ。好みの独身女性が見つからないんだ、仕方がないじゃないか」

「多少の妥協は必要です」

「妥協はいけない。前回で懲りた。こちらに真心がなければ」

「真心なんかなくても結婚はできますよ。登記簿にサインするだけです」

叔父は以前、大して気のあるわけでもない令嬢と妥協で婚約し、駆け落ちで逃げられた。気にしていない風だったが、意外とトラウマになっているらしい。

「熟女が好きなら、行き遅れでも未亡人でも、いくらでもいるでしょう」

そうでなくとも明るい金髪にアイスブルーの瞳の色男だ。キビキビした軍人らしい所作は同性から見ても好ましいし、話し上手に士官服加算もあって選び放題のはずである。偏屈で貧弱なトマスとは大違いなのだ。

「私が好きなのは魅力的な熟女だ。勝手に省略するな。お前の奥さんみたいな立派な胸の女性なんざそうそういないんだよ。そういや、トレイシーはどうした？　出かけているのか？」

　叔父は結婚後の経緯をほとんど知らない。駆け落ちされた直後で世間がうるさく、式のあとすぐ軍務に戻ってしまったのだ。良い機会なので、今後のことを話し合っておこうとトマスは考えた。

「トレイシーはずっとロンドンです。一緒に住んでいません」

「住んでない？　田舎嫌いなのか。そうは見えなかったが……」

「僕が来るなと言ったんです。我々は白い結婚です。彼女が同意さえすればすぐにでも離婚する予定だ。それで叔父上、跡継ぎの問題ですが……」

「は⁉　何だって？」

　叔父が素っ頓狂な声を上げた。

「跡継ぎですよ。僕は作らないから、叔父上の嫡男が次期伯爵です」

「何だって？」

「だから、うちは子作りはしないし、そのうち離婚するし、再婚も有り得ないから、伯爵家の存続は叔父上にかかっているんです」

「な・ん・だ・っ・て⁉」

　叔父が真顔で語気を強めた。眉間に皺が寄っている。

怒ったのか？

家督を譲ろうというんだ、良い話のはずだ。ワケが分からん。

「何か不満でも？」

疑問はさっさと解消するに限る。率直に確認すると、叔父は渋い顔でこめかみを押さえた。

「トレイシーにとっちゃ、オーブリーやジャスティンよりお前の方がずっとマシだと思っていたんだけどね……」

長兄のオーブリーは女の泣き顔が好きだった。

次兄のジャスティンは女の笑い顔が好きだった。……不特定多数の。

それに比べれば、純潔に手を付けず離婚の権利を保障しているトマスは、確かにマシだろう。二人の兄のどちらかが生きていたら、トレイシーは何人もの愛人と庶子の面倒を見ながら、生涯を夫に縛られただろうから。

しばしの沈黙の後、叔父は長い足を組み直して長い髪をかき上げ、長い長い溜め息をついた。

「私は、預かり物の甥達を死なせたことをまだ悔いている。死地に連れて行っておきながら、守れなかった。生涯自分を許せないだろう。ましてや跡取りを二人も死なせた私が伯爵家を継げと言われても、はいそうですか、とは言えない」

トマスは驚いて叔父を見た。

二人の兄が、若く颯爽とした叔父に憧れて軍に入ったことは知っていた。叔父がその死を深く悼《いた》んでいたことも知っていた。だが、兄達の死を叔父のせいだとは考えたこともなかった。

「叔父上は何も悪くない」

兄達が勝手に憧れてやったことだ。叔父は死なせるために連れて行ったのではないし、跡取りを

亡き者にして自分の継承順位を上げようなどと考えたはずもない。ないがしかし、そう考える輩《やから》もいることは知っている。現にトマスも言われたのだ。兄が二人も死んで幸運だったと。その上それを即座に否定できなかった後ろめたさも、不本意ながら知っている。

「ありがとう。だがトマス、お前に学者の道を諦めさせたのも私だ。恨んで良い。お前にはその権利がある」

「それは違います。今の方が資金があって、続けていたならむしろありがたいくらいだ。学問をやめたのは単に父が死んだからです」

「兄上が病に倒れたのも、息子達が惨《むご》い死に方をしたせいだろう」

「父上はそもそも戦争前から病がちだったでしょう。それに、どのみち人はいつかは死ぬんだ」

叔父がじっとトマスの目を見た。

氷色の瞳が何を考えているのかは分からない。叔父はそういう、人に内心を悟らせない所がある。気楽に生きているようで、案外内面は複雑だ。

やにわに叔父は立ち上がると、ソファに座ったままのトマスの両肩をがっしと掴んだ。

「そうだ、人はいつか死ぬ」

真剣な目で、叔父は命じた。

「だから死ぬ前に、トレイシーと気持ちいいことをいっぱいしておけ。お前が童貞を捨てるまで、私は絶対に結婚しない」

「は⁉　なんですって⁉」

今度はトマスが素っ頓狂な声を上げる番だった。

ロンドンの屋敷に入るのは三年ぶりだ。

妻のしつこさを回想しながら、トマスは溜め息をついた。

婚約中の二年間も色々ゴタゴタがあったが、結婚後最初の年も、クリスマスの誘いを寄越したり、社交シーズンのエスコートをねだってきたり、真夏の避暑に誘ってきたりと、とにかく粘ってくれた。全て断るうちに、流石のトレイシーも何も言ってこなくなったが。

一体なんだってあんなに自分なんかと結婚したがったのか。

トマスには妻になった女性の心が全く分からない。

爵位のある男と結婚したかったのなら、父親のコネで何とでもなっただろう。彼女の父は政府の要職にあり、国王のお気に入りだ。若い娘が夢見るような、背の高い口のうまい爵位持ちがいくらでも寄ってきそうなものなのだが。

そういえば吹き出物と体型を気にしていたな。そんなに酷い容貌をしていたか？　生まれた時からの婚約者でもなければ、結婚してもらえないような？

乱視で近視のトマスは、裸眼で会った人間は全て同じ顔に見える。

目が、四つか六つ。鼻は二〜三個、口は……境界が不明瞭でよく分からないが、顔の輪郭からはみ出ているのが普通だ。よって人の美醜は気にならない。

たまに人前で眼鏡をかけると、「ああ、こんな顔をしていたんだな」とは思うが、眼鏡を外せばまた六つ目に戻る人々が、細部でどういう容貌をしていようが彼には関係ない。

ただ、動体視力は正常なので、所作の好みというものはあった。

トレイシーの、尻が重そうな歩き方は悪くない。安産のためには骨盤は大きい方が良いに決まっている。たまに眼鏡を通して見た頬もふくよかで健康的だった。脂肪はないよりあった方が良い。喋り方も悪くない。発音は品がありながらも滑舌明瞭で聞き取りやすい。媚びたような変に高い声を出さないのも良い。あのダミ声は安心する。表情も豊かな方だろう。何が可笑しいのか分からないがいつもコロコロと笑っている。

本人が気にしている吹き出物に至っては、近眼の目には見えてすらいない。そもそも男子寮育ちのトマスである。風呂にも入らないむさ苦しいニキビ面なら見慣れている。あんなささやかな肌荒れを鏡の中に見いだせるなど、視力の良さを称賛するばかりだ。それを瑕疵《かし》と思うわけがない。

ただ、惜しむらくは彼女は頭が悪い。どうでも良いことをダラダラ喋る。よく嘘もつく。あとはしつこい。

だがまあ、それは世間の大抵の女性に当てはまる特徴であるから、取り立てて『結婚できない』と騒ぐようなことでもない。現に既婚夫人となってからは、男友達を複数引き連れて遊びまわっていると聞く。きちんと紳士どもからもてはやされているようだ。

どう考えても、トレイシーがトマスに固執する理由は不明である。

『オーブリーの弟』という以外は。

自分で想像しておいて、仏頂面が更に渋くなった。

だがこうなった以上、向こうの出方次第ではこちらの無茶も呑んでもらわねばならない。非常に面倒なことになるし、彼女の明るい再婚の妨げになるに違いないが、そもそも自業自得だ。はっきり断ったにも関わらず、あんな姑息な手段で、トマスを結婚の罠に嵌《は》めてくれたのだ。

選択肢は二つ。
一、今から急いで離婚して、その後他の女を見繕って関係を結ぶ。
二、仕方がないので妻で童貞を捨てる。
外の女という選択肢はトマスの固い頭にはない。教会で貞節を誓ってしまった以上、この結婚が続くうちは彼の操《みさお》はトレイシーのものだ。叔父に適当な嘘をつくという手段も思い浮かばない。ついた所でバレるのがオチだろうが、そもそもそういう融通がきいたらトマスではない。

どうせトレイシーは離婚に応じない。ならば相手は彼女一択。叔父もトレイシーを名指しした。

問題は、この話をどう切り出すかだ。

夜中にいきなり押し入って事に及ぶか？

夫には勿論その権利がある。泣こうが喚こうが妻に拒否権はない。拒否権はないが……体格のいい妻を押さえつけるのは面倒くさそうだ。泣いて抵抗されるのも、まあ、嫌だ。

しかも言ってしまったのだ、結婚式の日に。この結婚は白い結婚とすること、いつでも婚姻無効の手続きに応じると、親切にも。

彼女の返事は、かすれて震えていた。

「オーブリーは、何か言ってた？」

言っていたが、言えない。

あんたとの結婚を楽しみにしていた、とだけ伝えた。かなり意訳の必要があった。

死の直前、熱に浮かされたオーブリーが連呼した名は、〝粉屋のメアリー〟だ。トレイシーに関しては、催促してようやく出た言葉が……いや、思い出したくもない。

玄関に出てきた執事に外套を渡し、屋敷の様子は変わりないかと確認するふりをしながら――裸眼なので勿論見えていないが――あれこれと言い回しを思案する。

ここに来る道中もずっと考えていたのだが、異性の喜びそうな文言が絶対的に不足している彼の脳内辞書では、良さそうな表現が見つからない。

いっそもうストレートに言ってしまおうか。

『叔父がどうしてもと言うから、僕とセックスしてくれ』

用件そのままなんだが、どうだろう。駄目か？

率直な方が要点は伝わると思うのだが。女心は分からない。ああ、「叔父が」の部分は削った方がいいかもしれない。性行為は夫婦間の問題だ。

眉間にしわを寄せて考え事をしていたトマスは、ノックの音にはっとした。

もう居間の前だ。執事がドアを開き、「奥様……」と声をかける。

視線の先、窓際に置かれたソファの前に、奥様と呼ばれた女性が立っていた。目をすがめてその影を確認し、トマスはギョッとした。

妻の横幅が、大幅に減少していたのだ。

眉間に皺を寄せて居間に現れた夫は、無表情に目を細めたあとトレイシーの姿をみとめて驚愕に目を見開いた。

驚いては、もらう予定だった。

が、どうも期待したような良い反応ではない。

「その……食費が足りなかったのか？」

三年ぶりに聞いた第一声がそれを物語っていた。

トマスにこっぴどく拒絶された結婚式のあと、トレイシーは二ヶ月で十キロ痩せた。固形物はほとんど食べられなかった。起き上がるのも辛かった。

傷心は時間が癒すもの。初冬の頃には少し気を取り直し、体重も徐々に戻っていった。それで意を決して、クリスマスを一緒に過ごしたいと手紙を書いたのだ。

この返事がまた傑作だった。

てっきり返信を携えてきたのだと思った厩番《うまやばん》は、申し訳なさそうに手ぶらの両手に帽子を握って、もじもじしながら言ったのだ。

「旦那様から、『必要ない』とだけ、ご伝言でございやす。へえ、あっしは何のことかさっぱりなんですが、それだけ申し上げればお分かりになるからと」

トマスは手紙を書く労すら厭《いと》うた。

その年のクリスマスまでに、トレイシーは更に痩せた。

社交シーズンのエスコートを断られ、避暑の誘いを断られ、挙句ロンドンの屋敷には寄り付きもしないくせに、目と鼻の先の王立学会にはまめに訪れていたことを知った頃には、もう見る影もないほどやつれていた。

胸だけは殆ど落ちないので、ブカブカの服が胸に引っかかって辛うじて着ている体《てい》になっている。そんな姿でも気にならない。どうせどこにも出かけない。トマスを醜聞に嵌めるというかなり強引な手段で結婚しておいて、肝心の夫に顧みられないなんて。恥ずかしくて誰にも見せる顔がない。

ぐだぐだと引き篭もっていた彼女を見かねたのだろう。仲の良い女友達が提案してくれた。

「ドレスを全部新調して、不倫しましょうよ！」

美人で活発な彼女らしく、少しおどけて誘ってくれた。新調はともかく不倫は無理だ。遊びのつもりの人妻の閨《ねや》で、破瓜《はか》の血を見つけた間男はどんな顔をするやら。

やけくそ気味に打ち明けると、親友はけろりとして言い返した。

「なら、遊び人はやめて誠実ないいオトコを探しましょ。次のアテを見つけてから教会離婚を突きつけてやるのよ。あばずれ呼ばわりはされるかもしれないけれど、アッシュウッド伯だって寝取られ男って笑われるのよ。おまけにあっちは跡取りも作れなくなって、孤独な老後が待ってるの。いい気味よ！」

それは確かにいい気味だ。

結局、ドレスは全て新調した。

男漁《おとこあさ》りをする気になったのではなく、もう大概ぶかぶかで動きにくかったからだ。持っていた衣装のほとんどが、オーブリーの戦死を受けて作った薄紫色の半喪服だったこともある。惰性とトマスへの嫌味で着続けたものだ。

紹介された人気の仕立て屋で普段着から何から全て仕立て直すと、今まで適当に仕事をしていた侍女が俄然張り切りだした。こんな髪型も結えたのか、こんなにセンスが良かったのか、と目をみはる。

女主人としては、仕事ぶりに応じて賃金を上げるべきか、これまでの怠慢を詰問すべきか悩ましい所だ。

一年休んで出て行った社交界は、今までにないほど楽しかった。紳士達がチヤホヤしながら言うのだ。

「きみの肌はまるで卵のようだね。つるりとして吹き出物ひとつない」

ありがとう。胃が痛くて油ものが食べられなくなったのよ。

「その憂いを秘めた二重まぶたにくちづけしたい」

顔がこけてまぶたの肉まで落ちちゃったの。元は腫れぼったい奥二重よ。

「何て細いウエストなんだ。守って差し上げたいね」

結婚前は二回り太かったわ。

「その豊満な胸……ご主人が羨ましいな」

それはどうも。主人はこの胸に指一本触れたことがないけれどね。

不倫をする気などさらさらなかったが、交流が増えたことで友人が増え、周囲に尊重されるようになり、自信がついた。

自信がつくと女は美しくなる。

自分でも以前の自分よりは今の自分の方がずっと好きだと思える。鏡を見ても暗い気持ちにならない。

執事を下がらせ、居間に二人きりになって、三年前よりはずっと美しくなったはずの微笑みを夫へ向ける。

あの頃よりは、その気になるんじゃなくて？

離婚するのが勿体ないでしょう？

勿論、トマスはトマスだった。

「医者に見せた方がいい」

ソファに腰掛けるなり、一片の下心もない真顔で言った。

トレイシーの笑顔が引きつる。想定以上に、手強い。

「お医者様を呼ぶようなことは何もないわ。痩せたって言いたいのなら、これはあなたに会えなくて寂しかったせいよ」

慣れないしなを作って誘惑の努力を続ける。

トマスは可哀想なものを見る目を返してきた。

決して夫に放っておかれた新妻を気遣う目ではない。ましてや妻を年単位で放置した非道を悔いる目でもない。

『こんな作り話が通ると思っているなんて、頭の悪い人間は気の毒だなあ』

青い目はそう語っていた。

トレイシーはお色気作戦を断念した。遺憾ながら通じないので。

「それで、用件は何？　離婚なら応じないわよ」

白い結婚を盾に離婚しようとは呆れた世間知らずだ。学者頭の彼ならではだろう。夫からの処女検査の請求が通る時代ではないというのに。

「ああ、それはセッ……いや、直接的すぎるか」

言いかけて、珍しくトマスが言いよどんだ。

「何？」

「うん、その……あんた、寝る時は部屋のベッド？」

「当たり前じゃない。どこに寝るのよ」

「何時頃寝る？」

「そうねえ、今の時期は催しも多くないから、夕食を部屋で取って、結構すぐ寝ちゃうかも」

「寝付きはいい？」

「最近はね。結婚した頃は酷かった」

あなたのせいで。と、恨みがましいジト目を向けたが、トマスは顎に手を当てて何か考え込んでいる。

「……寝ている間に触られても、起きない程度には眠れているかな」

「知らないわよ。寝ている間に触る人なんていないもの」

夫すら！　指一本！　腹が立つったら!!

睨みつけてもトマスは「ああ、なるほど」と視線を泳がせている。リスクがどうとか呟いて、ちっともトレイシーの方を見ない。

妻の睡眠が気になるということは……もしかして心配してくれている？

てっきり離婚の催促に来たのだと思ったが、そうでもないらしい。もしも気まぐれにでも、放っておいた配偶者を気にかけて寄ってくれたのなら。痩せてしまった彼女を見て、何か思い直してくれたのなら。

トレイシーの思考が、よせばいいのに久々の妄想に傾き始めた。

しかし勿論、トマスはトマスなので。

何かを思いついた風に顔を上げた彼は、首を傾げながら真面目な顔で、してはならない確認をして来た。

「トレイシー、あんた、まだ処女?」

貞節な伯爵夫人は、目の前が真っ暗になった。


トマスがノックの音を聞いて「入れ」と声をかけたのと、やにわに立ち上がった妻が殴りかかってきたのとはほぼ同時だった。

よって、居間の扉を開けた執事が、室内で起きていたことをどの程度正確に把握したのかは不明である。

ローテーブルに半分足を引っ掛けたトレイシーを腹の上に乗せ、咄嗟に捕まえた手首を後手にねじり上げたまま、ソファに押し倒される格好になったトマスは執事の顔を見上げた。

初老の執事は紅茶のセットが載った盆を持って、ぴくりと耳だけ動かした。

「お取り込み中で」

「いや、いい。そこに置いてくれ」

これを見て動じないとは、流石の熟練である。「かしこまりました」と落ち着いた返事をし、トレイシーの脚が端に乗ったままのテーブルへ紅茶の盆を置いた。

「お淹れいたしますか?」

「そうだね」

両手の支えを失ったトレイシーは、トマスの胸に顔を埋めて黙っている。羞恥なのか怒りなのか、耳まで赤い。

何で急に怒りだしたんだ？

全くもって女心は不可解である。とはいえ、童貞返上に一役買ってもらう以上、理解する努力もすべきだろう。

「トレイシー、確認するけど、さっきの答えはイエスでいい？」

胸の上で栗色の頭がコクリと頷いた。

処女か。

こっそり寝込みを襲うのはやはりなしだ。痛いだの怖いだのぎゃーぎゃー騒がれても困るし、流石に初めての女性は丁重に扱おうと考える程度の良心はトマスにも備わっている。

血も出るらしい。どれくらいかは知らないが。伯爵が久々に来訪した夜、突然の血の海が夫人の部屋に出現したら、メイド達はさぞ驚くだろう。

どうするかな。

結構な質量を持つ二つのたわわが、トマスの腹に当たっている。尻を上げ、体重を顔面と胸で支える形になったトレイシーは、大きな胸を夫に押し付けて、もつれた脚の付け根はトマスの膝の上という不安定な姿勢。かなり痩せたと思ったが、触れた内股の柔らかさはそこまでもない。

ところで、女の股だの胸だのを擦りつけるようなこの格好に、形ばかりの夫が何を考えるか、彼女は分かっているだろうか？

絶対に、分かってないよな。

お茶の支度を整えた執事が、丁寧に一礼して部屋を出る。扉が閉まる音とともに、トレイシーが憤然と顔を上げた。

薄茶の目は涙を滲ませながらも、ガミガミ言い出しそうな敵愾心《てきがいしん》に満ちていた。

トマスは十歳で寄宿学校への入学を許可された。通常より三年早い。飛び級である。両親、ことに見栄っ張りな母親は有頂天になって喜んだ。

トマスも嬉しかった。学びの欲求を満たす暮らしは、変わり者の彼にとって本能を満たす悦楽の日々である。

ただ、母のように諸手《もろて》を上げて喜ばれると、どうも閉口する自分もいる。

周囲の同級生に比べて圧倒的に幼い自分が、親のいない寄宿舎で果たしてうまくやっていけるのか。集団で受ける授業についていけるのか。不安もないわけではない。

少々落ち着かない気分で入学を待っていた夏の日、毎年のように邸を訪れていたトレイシーが彼を廊下へ呼び出した。

「私、刺繍の練習を始めたの」

痩せっぽちでチビの自分より、彼女の方が頭ひとつ分大きい。その大きな身体でチラチラと上目遣いをしながら取り出したのは、白いリネンのハンカチだった。

ガタガタの針目で、トマスのイニシャルが刺繍してある。

「練習ので悪いんだけど、お守り」

拙い手仕事を直視したくないのか、兄嫁になる予定の彼女はそれを渡すなり赤くなってそっぽを向いた。

「こんな下手くそ、よく他人に見せる気になったね」

まだ視力がそれほど落ちていなかったトマスは、率直に思ったことを口にした。

贈り主がキッと目を怒らせて振り向く。

「大事にする。ありがとう」

つり上がった薄茶の目に向けて正直な謝意を伝えると、トレイシーはまた赤くなってうつむいた。

薄茶のほつれ毛が、薄暗い廊下に差し込む陽光を反射してきらきらと揺れていた。

トマスはそのハンカチを左胸のポケットに入れた。大事なものは心臓の近くに置くのだと、兄のオーブリーに教えられたことを思い出したのだ。

学生生活に思っていたほどの苦痛はなかった。早速首席に収まって、トマスは拍子抜けした。過保護な兄二人が上の学年にいたのも良かったのだろう。

ある時、トマスがいつも使っているハンカチを見つけた級友が、「母さんの手作りか？」とからかったことがあった。

トマスは澄まして、

「女の子から」

と答えた。多感な同級生達はどよめいた。

(本当は義姉さんだけど)

見栄を張ることなど滅多にないが、そこは黙っておいた。嘘は言っていない。

翌年の夏もまた、トレイシーはハンカチをくれた。

「お守り、役に立った？」

今度のイニシャルはかなり上達していた。

「立った立った。ありがとう」

ちょうど洗い替えが欲しかったところだ。トマスはありがたく新作の刺繍入りハンカチを受け取った。

パリッと糊のきいたリネンを左胸のポケットにしまいながら、ふと、思いついたことを聞いてみる。

「オーブリーには、あげた？」

女の子が手作りの何かを異性へ贈ると言ったら、大抵相手は恋人だ。彼女の相手は婚約者であるオーブリーだろう。

「オーブリーは良いの。下手くそって馬鹿にされそうだもん。もうちょっと練習してからにする」

トレイシーは口を尖らせてそっぽを向いた。

そういや自分のは練習なんだったな、と、貰ったばかりのハンカチを見下ろす。

なるほど、オーブリーは嫡男だから持ち物も豪勢だ。名入りハンカチくらいいくらでも持っている。おまけに女にもてる。トマスの友人達がありがたがる『女の子の手作り』など、屁とも思わないだろう。

「そのうち家紋なんか刺せるようになりたいわ。意匠が複雑な方がごまかしもきくし。上手になったらまた持ってくるわね」

外は晴れた空が広がっている。

夏だけ会う幼馴染は、婚約者と乗馬に出かけることもせず、トマスの横で刺繍をして過ごした。

翌年も、その翌年も、トレイシーは手刺しのハンカチをくれた。

トマスが眼鏡をかけるようになると、イニシャルの下に小さく銀縁眼鏡を刺してくれた。それを見た同級生達は「羨ましい！」と、悶え、吠えた。

寄宿学校の卒業証書を、トマスは十五歳で手にした。

理系のカレッジへ進学が決まり、勉強漬けの毎日から一瞬だけ解放された夏休み。のんびり大結晶でも作ってみるか、と部屋に篭っていると、トレイシーが勝手に入ってきた。

「来年になったら結婚させられちゃう」

どうでも良いことを言いながら勝手に椅子に座ったので、仕方なく部屋の扉を全開にした。この年になると、もう気楽に二人きりになるわけにはいかない。

扉を開け放ったせいで新鮮な空気と埃が入ってくる。

結晶に不純物が混じったらトレイシーのせいだ。腹立たしい。

「きれいな青……」

当人はどこ吹く風で、背もたれに身体を預けてビーカーを眺めている。

夏空はその日も晴れ渡っていた。

硫酸銅《りゅうさんどう》の飽和水溶液が、日光を透かしてあざやかな青に輝いている。その真中に吊るした糸の先に、種になる結晶が一段深い青を映している。

銅水が美しいことは知っている。

知らなかったのは兄嫁の胸の谷間の深さだ。生憎と、実験中で眼鏡をかけていたのでよく見えてしまう。

ハンカチに銀縁眼鏡が加わるようになった頃から、トレイシーのぽっちゃりとした身体は、更に起伏のあるぽっちゃりに変化してきた。夏しか会わない彼女を、ジャスティンが暖炉の前で「でかいおっぱい」と呼んでニヤニヤし、オーブリーをからかうようになった。

『お客様の前でその眼鏡はよして。みっともない』

そう言って母親が嫌がるので、実家にいても人前に出る時は裸眼で過ごす。

これまでぼやけた輪郭だけを見て「あー、丸くなったな」とは思っていたが、狭い部屋の中で、二人きりで、矯正視力でその姿を眺めたことはなかった。

戸口から生じる気流が、彼女のうなじの後れ毛をくすぐる。

去年まで下ろしていた薄茶の髪が結い上げられたのは、大人の入り口に立ったということか。

首から肩にかけてのなだらかな曲線が丸みと柔らかさを保証するようで、トマスは生唾を飲み込んだ。

唇を見れば、ふっくらとした下唇が誘うように色づいている。薄く開いたその口内に、世間じゃ舌を入れてくちづけするものらしい。

(早く帰れよ……!)

そっぽを向いて、器具をいじるふりをするすぐ横で、ぼんやりと吐息をつかれるなどまさに拷問である。そもそも、やりたい盛りの健康な童貞の部屋に、襟ぐりの開いたドレスで入ってくるなど正気の沙汰ではない。馬鹿だ馬鹿だとは思っていたが、これほどとは。よほど男だと思われていないのか？

「アクセサリーにできないかしら」

溜め息混じりに低い声で言われ、自分の作った青い結晶が彼女の豊満な胸元を飾るさまを想像してしまった。

所有の証のように。

毒性を無視して夢想に耽るとは、科学を志す者の風上にも置けない。

「ねえ、こんなきれいな結婚指輪が欲しい」

けぶるように微笑んで言われると、胸がちくちくする。

その微笑みも、コロコロと変わる豊かな表情も、自分だけに見せるものだと確信するほど愚かではなかったが、そのように夢見る程度にはトマスはもう男だった。

しかしそろそろ、夢は終わりの時間だ。来年には結婚させられると、彼女が言ったばかりではないか。

これまで培ってきた淡い情緒を万力《まんりき》のような理性で締め上げて、鼻で笑った。

「毒だよ。いいの？」

馬鹿で物知らずなトレイシーに、汗で溶け出した青い劇物《げきぶつ》が、毒の指輪の嵌められた薬指をいかにむごたらしく侵食するかを説明してやる。

兄嫁になる予定の女は本当に馬鹿なので、毒性を説明すればするほどうっとりと薄茶の目を蕩けさせた。

その後も彼女は、青く美しい毒の結晶を愛おしげに眺めるために、滞在中何度も部屋にやって来た。

まるっきり身の危険を感じていないその態度に、トマスは終始イライラした。

トレイシーが帰って間もなく、彼女の両親が離婚した。

民法が教会法に準ずるこの世の中、離婚は原則認められない。それだけ重大な理由だった。互いに不倫を重ねた末の離婚。噂好きの社交界は大騒ぎだったらしい。姑にいびられ続けた子爵夫人は、恋人にも捨てられて心を病んでしまったという。一人娘のトレイシーは子爵の元に残った。愛人宅に入り浸りで、ほとんど帰宅しないという父親の元に。

ナポレオンがエルバ島を脱出したというニュースが連合王国を揺るがしたのは、翌々年の春先だった。

国王の精鋭部隊は既に海外の植民地制圧へと駆り出されており、ウェリントン元帥の麾下《きか》には少数の留守部隊しか残されていない。対する皇帝《ナポレオン》は討伐軍をあっさりと取り込み、パリに無血入場してほぼ全てのフランス軍を再掌握していた。ヨーロッパを震撼させた軍事的才能は伊達《だて》ではない。かのカリスマを破らねば、再び世界がひっくり返る。

この危急存亡の一大事にあって、多くの貴族が一身をもって、あるいは私兵をかき集めて馳せ参じた。

特権を持って生まれた者は、それに見合った責務を負う。

オーブリーは貴族的な義務感の強い、嫡男らしい性分だったし、ジャスティンはいつでもオーブリーと一緒にいたから、二人が行くと言い出した時は誰も止めなかった。

伯爵は息子達のためにささやかな壮行会を開いた。

人の集まった居間に、いつもなら夏にしか会わないトレイシーも来ていた。両親の離婚騒ぎのせいで、彼女の結婚は一年遅れていた。

「最近ホットチョコレートをヤケ飲みしていたら、ニキビは出るわ太っちゃうわ……」

婚約者を送り出す会だというのに、相変わらずトマスの横にいてどうでも良いことを言ってくる。小太りなのは元々だろう。

「油物を控えたら？」

としか言いようがない。

「だって食べちゃうの」

本当にどうでも良い。

会が半ばを過ぎた頃、オーブリーがトレイシーを連れ出しに来た。婚約者に手を引かれ、淑やかにうつむき加減の彼女は普段と違って見えた。そっと部屋を抜け出す二人は、中庭あたりで別れを惜しむのだろうか。

トマスは一度目にしたものを忘れない。

風景だろうが書物だろうが、ひとたびその気で眺めたものは、細部に至るまで鮮明に記憶に残る。丸暗記にもってこいのこの特性は、試験前など級友たちの羨望の的である。

人の集まる場であるから、眼鏡はかけていなかった。

だというのに、二人が寄り添う光景ははっきりと見えた。

戻ってきた時に、少し頬を赤らめて涙目になっていた彼女の表情も。飄々として、当然のように婚約者の手を載せていた兄の腕も。

〝死んでしまえ〟

勿論、本気ではない。

「うちは男が三人もいるから、まあ二人ぐらいは出してやっても大丈夫なのさ」

そう言って笑っていた父だって、本気だったわけがない。

だが、ドーヴァーの町で、高熱に苦しむ長兄の左胸から刺繍入りのハンカチが出てきた時、自分の幼稚な嫉妬を心の底から呪った。

家紋と、フルネームと、対角線上に四つ葉のクローバーが刺してあった。戦地に相応しい幸運のお守りだった。トマスに毎年回ってきた練習用とは明らかに違う、これこそが婚約者に捧げる贈り物、という出来映えだった。

トマスは必死で兄の看護をした。

こびりついた泥を落とし、汚れたままの服を着替えさせ、身体を拭き清め、傷口を洗った。戦場で、看護人とやらは一体何をしていたのか。非科学的で不衛生な管理が、兄の命の灯をここまで弱めてしまった。

自分が付いて行っていれば。

傷を受けてすぐに看ることができていれば。醒《さ》めた目で兄達を見送るのではなく。

オーブリーは三日間苦しんで死んだ。

兄のものを横取りしようと思ったわけではない。少し羨ましかっただけだ。

だが、手に入ってしまった。

だからと言って、「はいそうですか」とそれらを全て受け取るには、あまりにもこの身は卑しく、罪深い。

トマスは伯爵位の重そうな務めだけを受け取って、恩恵の部分は放棄しようと決めた。

責務に伴う権利。人生の楽しみ。

学問と、婚約者。

夢と、初恋を。


執事が部屋を出た途端、案の定トレイシーはガミガミとヒステリックにがなり始めた。

「私が処女でなくて何だって言うのよ！　貴方以外の誰に純潔を捧げるって言うの⁉　教会できちんと誓ったことを、この私が破るだなんて！　この私が尻軽のあばずれだなんて！　よくも、よくも！　この鈍感！　インポ！　冷血漢‼」

尻軽ともあばずれとも言ってはいないのだが。

トレイシーは握った拳を何度も振り上げ、効率の悪いことに硬い第一関節ではなく握りの弱い手掌側でポカポカとトマスの胸を叩いている。

あまり痛くもないのでそのままにしているが、腹の上に座ったまま動かれるのは少々具合が悪い。いや、良い？

本当に、男だと思われていない。相変わらず。

布地越しの内股の感触は柔らかく温かくて気持ちが良い。これを堪能することが許される身分になったんだなと、妙な感慨を感じた。

「何よ何よ！　こんなに放っておいて、心配してくれてるのかと思ったのに、思っ、ひっく、何よ馬鹿！　……ううっ」

罵倒しているのか泣いているのか分からなくなってきた。とりあえず話し合いをしなければいけない。トマスは左胸のポケットからハンカチを取り出した。

涙を拭いてやろうとするとトレイシーは嫌々と頭を振って逃れ、そのくせハンカチを奪い取り、涙どころか鼻水までかんで、フンッと鼻を鳴らすとくしゃくしゃに丸めたその布切れをトマスに突き返した。「あーあ」とそれをつまんでぶら下げる。汚いなあ。

「あら」

トレイシーが急に目を丸くして、自分が汚した布切れを見た。

「懐かしい。まだ使ってくれてたの」

涙と鼻水にまみれたリネンに、かつての自分の手仕事を見つけたようだ。

オーブリーのものを全て受け取るわけにはいかないが、自分のものを持ち続けるのは構わないだろう。兄のものは兄のもの。僕のものは僕のもの。という自分ルールに従って、貰い物の刺繍ハンカチは全て未練たらしく取っておいてある。良いじゃないか、どうせ自分のなんか練習台なんだ。

「最初の二枚は擦り切れてしまったから使ってない。しまってあるよ。並べてみると上達ぶりが分かって面白いんだ」

「やめて恥ずかしい‼　全部捨ててちょうだい！」

トレイシーが真っ赤になった。

捨てるかよ、馬鹿女。胸ばっかり大きくなって、頭の中は空っぽだな。

薄暗い感情が急に頭をもたげて来た。絶対、捨てるものか。

「……捨ててもいいけど、頼みがある」

珍しく、嘘は滑らかに口から出た。まあ、厳密には嘘ではない。捨てると明言はしていない。

「何？」

「離婚の件」

トレイシーの赤い顔がすうっと白くなった。薄茶の瞳から表情が消える。

できれば、不満を持たないでくれ。トマスは身勝手な願いを胸で唱えた。今になって、拒絶されるのが死ぬほど怖い。

「離婚……に、今すぐ応じるか、もしくは延期を承知するかを選んで欲しい。その、延期の方は少し……手続きが面倒になるんで、無理には勧めないが」

トレイシーはぽかんとした。

これは、好感触なのか？　まあ、悪い反応ではない。今のところ。

「こちらの都合で申し訳ないんだが、僕とセッ……あー、白い結婚の件を、なかったことにして欲しいんだ。一晩……だとあからさますぎるか。そうだな、何日間か……いや、一ヶ月くらい、新婚旅行に行こう。それで、その旅行の間、夫婦として過ごしてもらえると有難い。旅行後は、あんたの好きにして良い。希望があれば言ってくれ。離婚については、僕が全部かぶろう。遺棄でも浮気でも、証拠作りには協力する。気の済むようにやってくれて構わない。勿論、手続き上白い結婚で通したいなら喜んで偽証しよう。でないとあんたが再婚できなくなるからね」

一気に言ってから、トレイシーを見上げた。

彼女は相変わらず呆けた顔で夫の上に座っている。

「新婚旅行……？」

「そう。僕ら行ってないだろ？　どこでもいい、希望はあるかい。贅沢していいよ。パリでもバースでも……アマゾンとかでなけりゃ、何とかする。大陸の方なら友人がいるな。アムステルダムに、ベルリン、ゲッティンゲン、イェーナ……オセロにもいる。オセロ大は鉱物学が強いんだ」

トマスは珍しく饒舌になった。必死だったし、緊張していた。

「夜は?」

はっきりとそこを聞かれて、うっと詰まった。

夜こそ『夫婦として』でお願いしたい。

「私を……抱くの?」

トレイシーが、信じられない、という顔をして、少し身じろぎした。

股間を内股で擦られて、トマスの身体がばきんと硬くなる。

男心を分かっていない妻は、恨みがましげに夫を見下ろした。

「キスしてくれたら、行ってもいい。大人のキス」

少し口を尖らせ目元を赤く染めて、拗ねたような声音で渡されたのは免罪符だった。トマスの両腕がトレイシーを引き寄せ、組み敷くように身体の位置を入れ替える。

喰い付くような飢えたキスは、彼の初めてのキスだったから、多少の稚拙さはお許し願いたい。

頭の片隅で、舞い上がる前に詫びを入れておけ、と醒めた自分が囁いた。オーブリーと、ジャスティンへ。ジャスティンだって次男だ。戦死していなければこれはジャスティンの権利だ。だが、今となっては。

『でかいおっぱい』は、僕のものになるよ。

ほんの一時だから、許してくれ。

トレイシーはけっこうな耳年増《みみどしま》なのだが、実地の経験はゼロだった。何しろ独身時代はブスでデブでネクラで、親の決めた婚約者でもなければ結婚してもらえなさそうなイケてない令嬢だったから。だから、「こんな激しいキス、初めて〜〜」どころか、キス自体が初めてなのだ。二十四歳にもなって、恥ずかしいことに。

その未経験のトレイシーへ、トマスは容赦なくくちづけた。

唇が触れた、いやむしろ押し付けられたと思ったら、次の瞬間には吸い上げられた。痺れた口唇の間から舌が侵入してきて、怖じ気づく彼女の舌を絡め、吸い、また絡める。ザラザラしたトマスの舌が上顎をなぞり、背筋に電流が走った。角度を変えてくちづけを深められ、抗議の声も呼吸ごと奪い取られる。

「んふぅっ」

甘えたような声が出て、自分でぎょっとして目を見開く。すると何と、トマスと目が合った。彼はしっかりと目を開けていたのだ。

ムードがない、と罵ろうにも舌は未だ彼のもの。

ぎりりと見開かれた青い瞳が、一瞬の表情も記憶に留めて逃すまいと彼女を観察している。そう、まさに観察。

研究対象のように扱われて、トレイシーはぞくぞくした。

顔の横で捕われていた手首が、頭の上で纏められる。夫婦のキスなのに、何故押さえ込むようなことをするのか。妻が逃げるとでも思っているのか？

次の瞬間、彼女は本当に逃げ出したくなった。

トマスの空いた手が胸に伸びてきたのだ。乱暴な手がドレスの襟ぐりを引き下げて、不躾にも乳房を直接揉みしだく。

思ったより大きい手。少しガサガサしている、働く男の人の手。トレイシーの女の部分を支配するような——なんて浸っている場合じゃない。

子爵の一人娘にして伯爵の妻である自分が、自宅の居間で夫に暴力的に犯される所なのだ……初めてなのに！

「んぅっ……んんっ、ん——‼」

必死で首を振ると、案外あっさりトマスは唇を離した。乱れた姿の妻をねっとりと眺め、猫のように目を細めて唇についた唾液を舐めとる。赤い舌の動きが扇情的で、トレイシーは顔が噴火したような熱さを感じた。

こんなトマス、知らない。

紳士で、学者肌で、悔しいほど安全な人だったのに。足して二で割るってことはできないの？

トマスが舌を伸ばし、トレイシーの首筋に這わせる。生温い息がかかって肌が粟立《あわだ》つ。

「ここ、ずっと舐めてみたかったんだ」

触れるか触れないかの唇が見知らぬ感覚を生み出す。

ずっとって、ずっとって、そんな素振り、見たことないんですけど！

頭に血が上った彼女に構わず、耳の後ろへトマスが鼻を擦り寄せた。

「いい香り」

石鹸を変えて良かった――いや、そんな場合じゃない。

うなじにまたぞくぞくと震えが走って、もう許してと言いそうになった時、胸に置かれた手の動きが変わった。

「あふっ、あっ、あっ……」

意外と固い掌が、胸の頂きを転がすように円を描く。その先から断続的に走る痺れが、身体の中心へ向けて疼く。思わず目をつぶると、トマスが喉で笑う声が聞こえた。首筋にご執心だった舌が、少しずつ下へ移動する。

乳首、舐めるんだ。

聞いただけの知識が甦る。期待だけで脚の間が脈動する。こんな淫らな身体、自分じゃないみたい。貞節だけが取り柄だったのに。

トマスの舌がもうすぐ触れる。

そう思った時、正午の鐘が街に鳴り渡った。

真っ昼間だった。

トマスは物憂げに身を起こし、ボサボサの赤毛をかき上げた。トレイシーは慌てて襟ぐりを引き上げる。コルセットがずれてしまった。髪も乱れて、結い直さなければ。侍女に言って……何と言って？

「そういえば、まだ昼だったね」

青い目が見下ろして、微笑んだ。近年稀に見る優しい微笑みだ。

「旅行の準備をしないと。買い足すものがあれば買いに行って。その香り、石鹸？　一ダースくらい持って行こうよ」

バスタブであんたを洗いたい。

そう囁かれて、トレイシーは弾かれたように起き上がり、トマスの顔も見ずに脱兎のごとく部屋から逃げ出した。

なんてこと、なんてこと。

貞女のつもりでいたというのに、清らかなのは経歴だけで、生まれついての身体の方はとんでもないふしだら女だった。その清らかだった経歴も、じきトマスに汚される。

想像だけで、またぞくぞくした。

自分にはがっかりだ。ほとほと愛想が尽きる。最低女。淫乱。変態。なんていやらしい。

でも、とりあえず。

試し買いだったあの石鹸を、もう一ダース買いに行かなくては。

自室に駆け込み呼びつけた侍女は、トレイシーの乱れた姿を見て一瞬目を見開き、そしてニヤリと笑った。

買い物に行くので身なりを整えるよう命じ、伯爵との旅行の準備を「いかにも何かのついで」のように平静を装って指示する。

鏡の向こうで、侍女は満面の笑みを浮かべていた。

「最高におきれいにいたしましょうね」

なに言ってるのよこの子、馬鹿じゃないの。やっぱり給金を上げるしかないかしら。

最高に混乱していたトレイシーは、自分の矛盾には気づかなかった。

トレイシーがでかけたことを確認すると、トマスは迷わず夫人の私室へ足を向けた。

彼は変わり者ではあるが真面目な方なので、妻の「初めて」が彼女にとって不快な思い出にならないよう、できる配慮はするつもりでいた。

が、自身の経験不足は否めない。

女心も分からない。

ないないづくしのトマスであるが、ことトレイシーに関しては、彼女の好みや知識の範囲について、つまびらかに把握する方法がある。

クローゼットの線はないだろう。侍女に見られる。ベッドの下は男子学生なら定番だが、伯爵夫人のベッドの下はメイドに掃除される。

トマスは本棚の下の物入れに当たりをつけた。

そしてそれは、正解だった。

彼なりの誠実さが、世間的に正解かどうかはともかくとして。


買い物から帰ってわずか一時間。

トレイシーは追い立てられるように馬車の前に立たされていた。

この短時間で旅支度を整えた侍女の仕事ぶりは脅威に値する。やっぱりお給金を上げないと。

下男たちが積み込んでいる旅行鞄の中には、持ち主のトレイシーでも目が回るほどの衣類やら化粧品やらが整然と詰まっている。エレンという名のこの侍女、お洒落や恋愛が絡むと俄然やる気が違うらしい。

　女主人は何もする余地がなかった。暇つぶしに持って行こうと思ったお気に入りのロマンス小説を、あたふたと探し回ったくらいである。何故かいつもの隠し場所になかったのだ。結局見つけ出す暇もなく玄関を出たので、小説の行方は杳《よう》として知れないままである。

　どこかに置きっぱなしにしてないといいけど。

　不在の間にメイドに見られたらと思うと恥ずかしい。が、その際には開き直るしかない。

　トマスは旅装を解いていないので、そのままの格好で妻を馬廻しまで引っ張ってきた。白い手袋を嵌めた手でトレイシーの手を勝手に握り、支えるというよりは押しこむように馬車に乗せた。

　乱暴なエスコートだが文句は言えない。

　トマスに馬車に乗せてもらうのは初めてだったし、はっきり言ってそれだけで舞い上がれそうな珍事でもある。しかも、今日はそれだけではなかった。

　当然向かい側の席に座るものだと思っていたトマスが、当たり前のように彼女の隣に手をついたのだ。奥へ行けと顎をしゃくった彼に、一瞬目が点になった。

　だって有り得ない。

　二年間婚約を拒絶し、結婚後三年間妻を無視し続けた男が、わざわざ窮屈な思いをしてまで隣に座ってくる。

「せ、狭くない？」

　自分の大きいお尻がこれほど呪わしかったことはない。

「全然。僕、小さいから」

え、お尻が？　じゃなくて、背丈の話か。

「そんなでもない、と思うけど。私よりは高いし」

「は？　ああ、身長か。そっちは間違いなく小さいよね。じゃなくて、し……あーと、座面の必要面積が」

あ、お尻のことだった。しまった、身長の話題はまずかったかな。そんなに低くもないと思うんだけど。

ちらりと横を見ると、トマスは気にした風でもなく、

「女性の前だと、言っちゃいけない言葉が多くて面倒くさい」

と、溜め息をついていた。本当に困っているような表情が、子どもっぽくて可愛い。

見とれていると、ぱっと顔を上げたトマスがこちらを向いた。

「あ、でも、夜は良いんだったよね」

「な、何が？」

「不適切な言葉を交わしても」

「へぇっ⁉」

思わず頭の後ろあたりから声を出してしまい、慌てて縮こまる。

「変な声。色気ない」

抑揚のない返事が学者肌のトマスらしく、五年で彼が大きく変わったわけではないと感じさせる。

色気がなくて悪かったわよ。だって処女の年増だもん。枯れもするわよ。

ふくれてみせても、青い瞳はまったく色を動かさない。オーブリーが死ぬ前は、よくこうしてト

マスの前で拗ねたふりをしてみせたものだ。そして、返される冷たい視線にぞくぞくするのである。

「さっきの、あれで良かった？」

「さっきのって……」

「大人のキス」

「ぶっ」

また色気のない声を上げそうになって、寸前でこらえた。

「こうして旅行に付いて来たってことは、いいんだよね、あれで」

「い、い、い……」

良いも何も、付いて来たというより連れて来られたのだ。

しかもキスだったのは最初だけで、後半は身体を貪られかけた気がする。正午の鐘が鳴らなかったら、あのソファの上が彼女の処女喪失記念会場になっていただろう。何しろ肝心のトレイシーが、抵抗するどころか期待にあえいでいる始末だったので。

「あのあと少々反省したんだ。乱暴だった。あんたにも好みがあるだろ。もっと優しくとか、何かべらべら喋りながら、とか」

「べらべら喋る？」

キスの最中に何を喋るというのだろうか。それともアレの最中に？

……言葉責め？

いやいやトマスに限って有り得ない。と思いつつ、そんなことされたら、死んでしまう――興奮しすぎて――と、一瞬妄想に走った耳に無感動な声が響く。

「僕は寡聞にして知らないんだが、こう、女性を貶めるような声かけを性行為の最中に行うと、男女ともに悦楽が高まると……」

「わ――――――っ‼」

やっぱり言葉責めのことですか！

どこでそんなものを憶えたの？　学問一筋じゃなかったの？　それとも男の人って皆そうなの⁉

最近購入した言葉責め物の小説を思い返し、トレイシーは顔から火が出る思いだった。そりゃあ読んだ。読みました。ドキドキしましたとも。でも、それを初体験でトマスにお願いするなど刺激が強すぎる。

当の夫は「うるさいなあ」と耳を押さえて渋面を作っている。とんでもないことを言った自覚はないらしい。

「あんまり大袈裟に騒ぐなよ。ただの確認なんだから。で、喋った方がいいの？」

「……イエ、静かにオネガイシマス」

そんな確認、勘弁して欲しい。

「あっそ。あとは、縛ったり目隠ししたり閉じ込めたり、何かナスとかキュウリとか、他になんだっけな」

「いやいやいや、普通で！　普通が良い！」

「三人や四人でってのは？」

「無理‼」

「良かった。僕も他人と一緒は無理だ」

緊縛も監禁もお道具も、勿論一通り読み漁った。読み返しもした。愛読書だ。

が、複数は無理。過激な内容と聞いてわくわくしながら購入したのは自分だが、過激の方向性がそっち方面だなんて知らなかったのだ。あれは最後まで読めずに隠し場所の奥の方にひっそりとしまい込んでいる。

「で、新婚旅行なんだけど、ブライトンの東に曽祖父の代からの狩猟小屋がある。そこに取りあえず滞在して計画を練りたい。あそこの図書室、旅行記やら地図やらが充実しているから」

「ブライトン？　行ったことないわ」

海岸のその観光都市は、よく考えたらトマスの城から馬車で半日もかからない所にある。新国王の摂政時代からのお気に入りで、インド風の別荘を改築中だと父から聞いていた。

「ならブライトンもついでに行っておくか。失礼、眼鏡をかけても？」

「どうぞ」

トマスは懐から丸縁の眼鏡を取り出した。

かけるとよく見えるようになるのか、すがめられていた目がはっきりと見開かれ、三白眼《さんぱくがん》がギョロリと顔を出す。

見慣れない目つきでじっと見つめられると、彼が急に他の人になったようで、トレイシーは少々ドギマギした。

「狩猟小屋までは半日かかる。今からだと到着は夜半過ぎだから、着いたら寝るだけだ。もしくはクロウリーに一泊して、ゆっくり夕飯をとって、初夜。どっちにする？」

初夜。

何でもないことのようにさらっと言われて、唾を飲み込んだ。

そうだった。彼が求めたのは旅行でも猥談でもなく初夜なのだ。どういう風の吹き回しか知らないが、突然妻と寝たくなって、新婚旅行という餌で釣ったのだ。

元より彼女もそのつもりではあった。

相変わらず離婚を前提とするような話しぶりは気になったが、夫がその気になっているのならまたとない機会である。一晩経って気が変わったなどと言われては目も当てられない。

「じゃ、じゃあ……」

クロウリーに一泊。

思い切ってそう言いかけた時、トマスが「あれ？」と車窓を見た。

「な、何？」

「今通り過ぎた男、今朝街道沿いで見た」

それがどうした。

「おかしいな。今朝はいかにも酔っぱらいの労働者だったのに」

「今朝って……ちゃんと眼鏡かけて見たの？」

「かけてた。人の顔はよく見間違えるけど、耳の襞の形とほくろが同じだった。間違いない。変だな。何であんな立派な格好になっているんだ？　馬なんか乗って」

変なのはトマスの方だ。今は酔っぱらいの耳より初夜の話なのでは。

目を合わせようとその顔を覗きこむと、少し赤くなった頬をすいっと逸らされた。

照れてる？　いや、まさか。

「あの、旅行の件なんだけど……」

「ああ、旅行ね。ブライトンだよね。大丈夫だよ。そうそう、セブン・シスターズは見たことあるかい？　ブライトンのずっと東にあるんだけど、白亜《はくあ》の大断崖なんだ。石灰岩《せっかいがん》でできてる。石灰岩は基本は白いものだけど、不純物があるとそれを吸着して着色するから、あんなに大規模で白い地層は珍しい。この吸着能力というのがなかなかのもので、製鉄所では高炉の不純物を……」

そういえばトマスには、自分の興味ある分野の話を始めるといつまでも語り続ける悪癖があった。

ところで、科学の話などえんえん聞いて、眠くならない女性が存在するだろうか？

存在するとして、それは間違いなくトレイシーではない。


「なんておっしゃいました？　まだ何もしていない？」

狩猟小屋と言っても、もちろん掘っ建て小屋ではない。

中世の砦跡を改装して、小ぶりな田舎屋敷にしたものである。であるから寝室客間完備なことは言うに及ばず、台所もあれば台所番もいる、れっきとした貴族の別荘である。

その食堂で、トマスは台所番に詰め寄られていた。朝食を終えたばかりなのに。

「絶対に、待ってらっしゃったと思いますけどね」

豊満な台所番は、最近少々頬の肉がたるんだようだ。ちょくちょく様子を見に来てはいたが、トレイシーと過ごしたあとに会ってみると、やはり台所番の方がぐっと年上だと感じる。焦げ茶の髪には白いものが混じり始めていた。まだ四十歳にはなっていないはずだが。

「絶対に、待ってなんかいないよ」

気安い口を許してしまうのは、年上ならではの包容力なのか、二人の関係性によるものなのか。二人の関係性。

この点に関してだけは、兄達に何万回「死んでしまえ」と悪態をついても許されるだろう。クソ兄貴、と何度ぼやいたか知れない。

「お待ちでいらっしゃったに決まっています。ロンドンでお一人、一途に旦那様をお待ちし続けて、ようやくお迎えが来たと思ったら初夜のベッドに放ったらかしだなんて。なんてお可哀想なんでしょう！」

台所番のメアリーは身をくねらせて抗議した。

「そうやってクネクネしてると芋虫みたいだね」

「ああもう、兄といい弟といい、口が悪いったら！」

「それはどっちの兄？」

「どっちもですわ。でも、ジャスティン様の方がはっきりおっしゃる分まだましでしたわね。オーブリー様ときたら、何も言わずにニヤニヤするばっかりで」

根性が曲がってらっしゃるのよ。

表情豊かに怒ったり笑ったりする姿は妻と重なる。多分、トレイシーはオーブリーの好みに合致していた。ただ一点、年齢をのぞけば。

「そういえば、オスカー様はご結婚はまだですの？」

「まだだよ。好みに合う未婚の令嬢がいないとか言って」

「そりゃあ無茶ですわよ。伯爵家のお身内は、みんな年上の太った女がお好きじゃあないですか。

オスカー様は三十三歳でしたっけ？　年がいくほど、その条件じゃ厳しくなりますよ」

その通り。因果な血筋である。

如実に思い知ったのは、オーブリーの〝粉屋のメアリー〟を探し出した時だった。兄より十歳近くも年上の、豊満でふくよかで、表情豊かな未亡人だった。

「そんなことよりメアリー、参考文献を持ってきたんだが。いくつか分からないことがあったんだ」

「なんですの？　参考文献？　……まあ、ロマンス小説じゃあないですか！」

一応、あったものは全冊全ページ目を通して記憶したが、童貞のトマスにはどうにも理解できない部分があったので、二冊だけ持って来ていた。

「この部分、無理やり果実なんぞ食わせて何が楽しいんだ？　手も口も衣類も汚れているだろう。だいたい性交渉するんじゃなかったのか。自分で寝台に誘っておいて、相手を貶めるような言い方もどうなんだ。本人たちは盛り上がっているようだが、論理的に納得がいかない」

「嫌だわ、朝っぱらから。これはそういう趣向なんですの。奥様との信頼関係があれば、旦那様もじきこうした睦事《むつごと》を楽しめます。果実の方は言いつけてくだされば御用意いたしますよ」

信頼関係はない。

ということは縁のない話か。果実は不要だな。トレイシーもナスやキュウリなど食品の類はいらないと言っていた。

「じゃあこれ。ベッドの上に花びらを散らかしているんだが、不潔だろう。散らかす前に花を洗うのか？　水洗いでいいの？」

「まああ、何てロマンチックなんでしょう！　この本、お借りしてもよろしいですか？」

「いいよ。それで、洗うの？」

「ああ素敵。小説なんて、ブローニュにいた頃以来だわ〜」

「おーい」

台所番は薄い本を抱えて目を輝かせてしまった。こうなるとなかなか戻ってこない。

こんなにロマンチストで、よくあの兄弟の相手ができたなと感心する。三人の間柄はトマスには到底理解できない。

「サミーとテレーズは元気なのか？」

「ええ、元気ですよ。おかげ様です」

満面の笑顔で返事をしながら、台所番の目はロマンス小説に釘付けだった。

他の男と一緒なんて、自分には無理だ。

トレイシーもそういうのは無理だと言っていた。それだけが救いだ。


探しに行くと、妻は図書室にいた。

小枝模様の水色のドレスを着て、頬杖をついて何か読んでいる。カールさせた栗色の髪が頬にかかり、影を作っている。

やはり、痩せた。

ふっくらしていた丸い頬は、見る影もない。

「あ、おはよう」

足音に顔を上げた彼女は、トマスの姿をみとめると居心地悪そうに立ち上がった。ドレスの裾を手で払い、読んでいた本を隠すように後ろへ回す。

「おはよう。良い本はあった？」

「あ、本、ええ……」

そしてもじもじしながら後退し、後ろ手に持ったままの本を手近な書棚に戻そうとした。

「『マダム・アンジェの閨事指南』？　そんな本もあったんだ。父かな」

トレイシーがハッとして「眼鏡……」と呟き息を詰める。そう、今朝は眼鏡をかけているからよく見える。彼女の手から本を取り上げて奥付を見ると、結構古い。

「うわ、祖父かも。何の本？」

ざっと斜め読みすると、どうやら女性に向けた奉仕術の指南書らしい。これを父か祖父が収集したのだとすると、母か祖母に読ませるためだろうか。お堅い母が応じたとは思えないが。

「ポンパドゥール方式か。これ、本当に可能なもんなの？　ふしだらな胸って言ったって限度ってもんが……」

乳房で男性器を挟み込む挿絵に物理的な無理を感じて首を傾げたが、トレイシーをチラリと見ると、赤くなって自分の胸元を見下ろしている。

……あの胸ならできそうだ。

「こんな淫らな書物、よく見つけるもんだね。どこから取った？」

元の場所へ返そうと妻に尋ねるが、頬を染め、目を潤ませたまま返事をしない。

責めているわけではないのだが。怒っているようにでも見えたのか？

トマスは笑顔を作った。作り笑いは慣れないので、口の端だけがつり上がったが仕方ない。猫なで声も出してみた。

「朝っぱらからこんな物に目をつけるなんて、あんたの目は一体どうなってるんだ。僕には到底真似できないね。どの棚から取ったんだかさっさと言いなよ」

トレイシーは更に赤くなってぷるぷると震え、突然ワッと両手で顔を覆い、書棚の方へ後ずさった。

「酷い、そんな風に辱めなくても……！」

「辱める？　いつ、僕が」

そんな非道はしていないが。何か、誤解があったか？　いや、誤解の余地もないほど簡潔なやりとりだ。むしろ褒めただろう、視力を。

「事実あんたが自分で手に取ったんだろ。処女だ何だ言っても熱心なもんだなって、感心したよ。片付けようと思ってたけど、あんたがまだどうしても読みたいってんなら邪魔はしない。好きなんだろうからね」

好きなことを研鑽《けんさん》するのは良いことである。彼女が知的好奇心を持ったのなら、それが何であっても応援したい。トマスの真摯な気持ちである。ただちょっとだけ、口調がそっけなさすぎた。

「も、もうやめてぇ」

トレイシーはとうとうしゃがみこんだ。耳まで赤い。うなじも赤い。

涙目がチラリとトマスを見上げ、また伏せられた。

そんな目で見られるとうずうずしてくる。上気した目尻も、きゅっと噛み締められた唇も、昨夜お預けを食わされたトマスには目の毒だ。身を守るつもりがあるのなら、彼女は今すぐその潤んだ目をやめるべきだ。このままでは朝っぱらから……朝っぱらから？

「そういや、何で初夜って、夜なんだろうな」

「え……」

素朴な疑問を口にすると、トレイシーがぽかんと口を開けた。

「朝でも良くないか？　日中の方が相手がよく見えるし、予定が入っていないなら別に夜に拘る必然性はないよな」

「トマス、その……昨日はお話の最中に眠ってしまってごめんなさい。実は、前の晩にあんまり眠れていなくて、緊張して。だから、そんな意地悪……」

「え、話の最中に寝たのは別に良いよ。昔からいつもそうじゃないか。それで、昨夜はよく眠れたんだよね、十分に。じゃあ今、大丈夫？」

「今!?」

「よく寝たんだろ」

「あ、朝なのよ」

「そうだよ。よく見える」

トマスは眼鏡のブリッジを中指で押し上げた。人前に出るのでなければ、行為の最中とて外す気はない。一ヶ月、全て目に焼き付けるつもりだ。

これが終わったら、今度こそ彼女を解放する。

今ですら、兄との間に何があったか、想像だけで胸がむかむかする。共に過ごす時間が多くなればなるほど、未練は大きくなるだろう。だらだらと一緒にいて、子どもでもできても問題だ。情が移る前がいい。早くやることをやって、あとの期間は消化試合。肝心なことを彼女に黙っている己の姑息さには、敢えて目をつぶる。どうせ、彼女が愛した本来の婚約者ではない。

正規の資格がないことくらい、今さらなんだ。

「今ここで？　それとも部屋に行く？」

トレイシーをじっと見つめて問うと、彼女はごくりと唾を飲み下した。

「へ、部屋がいいわ」

その声は震えていた。


「じゃ、行こうか」

トマスは青い目を細めて踵《きびす》を返した。

手には例の書物。

トレイシーはおずおずと後について図書室を出た。

戸惑っている場合ではないし、今さら二の足を踏んだところで、元のみじめな暮らしが待っているだけだ。

夫婦のお務めを経験して、あわよくば子どもを授かる。

ずっと望んでいたことだ。もっとあさましい交渉だってするつもりだった。朝の陽光の下で初夜を迎えることくらい、何だというのだろう。

そっと前を伺う。

赤銅色の癖毛が、廊下の窓から差し込む光に映えて踊っている。シャツにベストの軽装でありながら、着崩したような所は一切ない。昔より、多分肩に筋肉がついた。領主の仕事であちこち動き回っているせいかもしれない。秘書や荘園番に任せきりのトマスなんて想像がつかない。小作地の見回りも帳簿付けも、自分で全て把握したがりそうだ。役目を厭う気質でもない。

なぜ、今になって、妻を振り返る気になったのだろうか。

『振り返る』というにはそっけない背中だ。トレイシーを見るというよりは初夜を見ている。妻のことも全て把握したくなったのだろうか。肩を抱いて歩いて欲しいとまでは言わないが、こういう時はもうちょっと、腕を貸してエスコートするくらいはしてくれても良いんじゃないだろうか。

などなど悶々と考えているうちに。

結局、彼女の希望は叶えられないまま、二人は寝室に着いてしまった。

扉を開けたトマスは、声もかけずに彼女の手を引っ張って中に入れるや後ろ手に閉め、無表情のままベッドを顎で示す。

侍女の手を借りず脱ぐとして、背中の留め紐に手が届くだろうか。

考えながら大きなベッドの前に立つと、後ろからトマスの手が伸びてきて無言で絹紐をほどき始めた。

自慢の友人に選んでもらった流行のドレスを脱がされ、有能な侍女に結ってもらった華やかな髪型を解かれると、トレイシーは本当に丸裸になる。醜くみじめだった少女の頃に戻ったようで心細い。彼女達の厚意にいかに依存していたのかを痛感する。

コルセットの紐が緩められた一瞬、トマスはその拘束具に似た下着に興味を引かれたようだった。芯材の入った部分に目を寄せて、指でつまんで硬さや弾性を確認している。

彼を動かすのは年上妻の素肌ではなく、知的好奇心なのだ。自分が哀れで滑稽で、それでもそんな夫が可愛くて、トレイシーは小さく笑った。

「鯨のヒゲが入っているの」

「ああ、これが」

納得したらしい。

再び妻の下着を機械的に剥ぎ取る作業へ戻り、不安に両腕で胸元を覆ったトレイシーの肩を押して、寝具の中へと促す。その後は自分の衣服を何の躊躇もなく脱いで椅子の背にかけ、無言でベッドの中に入ってきた。

肌と肌が触れる滑らかな感触に、びくりと身がすくむ。

緊張が喉につかえてうまく唾を飲み下せない。

トマスは眼鏡をかけたまま無表情で彼女の上に馬乗りになった。

ソバカスの浮いた青白い肌は、首から下も青白い。

睦言も何もなく、閉じていた両足を膝頭で無造作に開かれ、下腹に何かが触れる。さっき初めて見た彼のあれだろう。ズボンを脱いだ瞬間から完全に上を向いていた、赤黒いあれ。

『こんなのムリムリって思ってても、意外と入るものなのよねえ～』

口さがない既婚夫人達とのお喋りで、知識だけは持っていた。

が、経験がないので、いざ見てみればやはり「こんなのムリムリ」と思わざるをえない。あんなものどこに入るというのだ。腕ぐらいあった気がする。よく見ていないけれど。

愛読のロマンス小説では、ベッドに入った途端場面は暗転する。散々匂わせておいて、アブノーマルな設定まで持ち出しておきながら、ページをめくると朝で、コトは既に終わっているのである。その行間を読み解こうと数限りなく妄想したものではあるが、いざ自分の番となると甘い展開も美しい修飾語も浮かんでこない。

怖い。緊張する。

何か喋ってくれたって良いのに。

胸を隠す両腕に力が入る。指先が震えた。足も閉じたい。

いつも一番奥に隠していた部分。

こんな無防備に外気に晒したことなどない。もちろん、他人の目になど。朝の光の下で。

見下ろす瞳の青さに耐え切れなくなって、トレイシーは顔を逸らした。

夜具を肩にかけたまま、両腕を立てたトマスは動かない。見ているのだ。多分、観察。

ぎゅっと目をつぶると、それを合図にしたように夫の手が動き出す。左の脇腹を撫で、胸を隠したままの二の腕をなぞり、首筋を辿ってのぼって来る。唇を何度かなぞり、頬に触れ、しばらく躊躇うように髪を梳いたあと、ふっと離れた。

また、キスするのかしら？

あの、激しい、乱暴で、奪うような。

少しだけ高鳴った胸はしかし、次の瞬間驚愕の早鐘を打つことになった。

トマスの手が脚の間に触れたのだ。

童貞は即物的な生き物である。反射的に閉じようとしたところを空いた手に押さえつけられて、逆に開かれた。自分でも触れたことのない場所を、少し荒れた指が辿る。何でそんなことをするのか、彼女の繫みをさわさわとくすぐり、あまつさえ狭間《はざま》に入り込もうとする。

冗談じゃない。

トレイシーは色気もへったくれもなく青くなった。

昨夜は遅かったので、腰湯はおろか身体を拭いてさえいない。なにしろ初体験の悲しさ、そんな準備が必要だなんて、思いつかなかったのだ。

「嫌っ、待って、やっぱり駄目……っ」

脚の間なんて、汚い。

慌てるあまり、胸を隠すのも忘れて彼の両肩を押し戻そうとする。

手元を見ていた夫は拒絶の言葉に目を上げ、すっと細めた。彼女は必死になって身体をよじり、危険な手から逃れようとする。が。

「今さら嫌はないだろう、トレイシー」

低い、低い声が降ってきた。

トマスの三白眼が、上からぎろりと彼女を射貫く。

眼鏡の向こうに剣呑《けんのん》な光を見て、トレイシーの息が止まった。

薄い唇がつり上がるように歪んだ笑みを作る。

自嘲めいたその表情に薄ら寒いものを感じてぞっとした。何かが彼のスイッチを切り替えてしまったようだ。

指が離れたと思う間もなく、膝と手でぞんざいに脚を広げられた。震えながら閉じようとするその場所に、ぐにゅりと熱い何かが押し当てられる。

「な、何？　何して……いっ」

濡れてもいない隘路《あいろ》に押し入ろうとしている物が何なのか。

少しずつ押しては退く動きで、熱を持った凶器が彼女の中心へ侵入しようとしている。

指など比べ物にならない太さに、すぐに伸びきった襞が悲鳴を上げた。

全く準備の整わない、生理的に湿っているだけの固い粘膜が、めりめりと引きつれて鋭く痛む。

「ひっ、いた、痛いっ！　やめて、やめてトマス、いや……っ」

「相手が僕だなんて、確かに気の毒だとは思うよ」

トマスは一旦引き抜くと、再び暴力的に突き刺した。

「いやあああぁぁっっっ！」

めりりと音のするような質量が、無理やり純潔をこじ開けた。半分乾いた内壁を異物に蹂躙《じゅうりん》されて、痛苦《つうく》しか感じない。

初夜は痛いとは聞いていたけれど。

「いや、いや、許して、やめてっ……」

「やめない」

真っ青な眼は昏《くら》い光を湛えて無慈悲に彼女を見下ろす。

浅い呼吸で痛みを逃がそうとするが、勝手に動く男の体に更に引き裂かれて呻きが上がる。押さえつける腕は細く青白いくせに、身じろぎさえ許さない。

目の端から涙がこぼれた。

この人は、私を愛しているわけじゃない。

知っていたけれど。セックスがしたかっただけだと、知ってはいたけれど。

耳元に響く呼吸音が荒らいできた。彼女は泣いているのに、胎内の彼は萎えもしない。

ドキドキして、頬を染めたのは自分だけだ。

その手に愛情を期待したのも。

嗚咽《おえつ》に構わず、トマスがそばかすの浮いた上体を被せてきた。素肌が触れ合うすべすべした感触。

もっと優しい行為なら、あるいは心地良く感じたのかもしれない。

「あっ、うあ、うっ」

気持ち良くも何ともない。揺すられるたび漏れるのは苦痛の呻き声ばかりだ。

慣れない身体はなかなか身を守るための体液を分泌しない。先走りと破瓜血のぬめりだけが小刻みな律動を助ける。

泣けば泣くほど、傷ついた処女を犯す肉茎は硬さを増した。冷たくされてぞくぞくすると言っても、本物の被虐趣味者ではない。自分の痛みに相手が性感を得ている事実に、夢見がちだった乙女心が涙を流す。

「へえ、泣くんだ」

荒い息の下から、嘲弄《ちょうろう》のように囁かれる。

「だっ……て、痛い」

「僕も少し痛い。濡れてないんだから仕方がない」

身体が痛いだけなら多分泣かなかった。

好いた相手のあからさまな情のなさに、なにより心が痛かった。

「も、やめて。もういや。帰りたい」

「やっぱ狭いな」

泣き言を無視して、トマスの手が再び下に伸びる。

「あ……やっ」

秘裂を割り広げようとする動きに、トレイシーは我に返った。悲嘆にくれている場合ではない。

これ以上触られたりしたら。今度こそ必死で抵抗しなければ。

「いやっ、駄目……っ」

どうせびくともしない肩なんか押している場合ではない。両手を彼の右手にかけて懸命に拒絶する。

トマスが舌打ちをする。

だけど痛くても何でもいいから、この手だけは許して欲しい。手首をシーツに縫い付けられ、それでも懸命にトレイシーは叫んだ。

「いやっ！　そこ駄目っ！　お風呂入ってないんだから触らないで‼」

思いが通じたのか具体的な指示が良かったのか、トマスが動きを止めた。

「……風呂？」

眼鏡越しの三白眼が、怪訝《けげん》そうにトレイシーを見下ろす。

「だから、汚いから……お風呂入る時間なくて。臭かったら嫌だから、そこに触るのは……」

自分の身体を「臭いです」と打ち明けるのがこれほど恥ずかしいことだったとは。

「いやなの！　ばか！　鈍感！」

怒鳴るように言って、精一杯睨んだ。決まらないことに涙目なのだが。

数瞬、そうしていると、トマスの顔から険《けん》が抜けた。

彼はトレイシーの目をまじまじと見つめ、それから自分の右手に視線を巡らせ……信じられないことに鼻を寄せた。

「そんなに臭くないよ」

「……‼」

絶句したトレイシーを尻目に、「でも何かごめん」とか何とか呟き、凶暴なブツを彼女の中から引き抜き始める。

抜けていく際も柔肉が引っ張られてピリピリ痛み、思わず眉間にしわが寄った。今度は純粋に痛みで涙が浮く。絶対傷になってる。しばらく用を足すのが怖い。

トマスも同じように渋い顔をして何かに耐えていた。抜けた瞬間小さく息をついたので、彼も結構痛かったのかもしれない。

「トレイシー」

覆いかぶさっていたトマスが隣に身を横たえてきた。片腕を彼女の首の下に通し、片腕は腹の上に置いて、そっと抱き寄せる。

「べらべら喋るより静かな方が良いってことだったけど、やっぱり少し会話してもいいかな」

無表情な目の端が、ほんの少し赤く染まっていた。

え、そこ？

トレイシーは目が点になった。

まさかまさか、ほとんど声をかけてくれなかったのはそのせいか。馬車の中でのわいせつな会話が蘇って、彼女の方も赤くなる。

「ちゃんと話さないと、誤解が生じたりもするし。あとその、緊張して頭が馬鹿になるから……僕が」

眼鏡の魔法使いは困ったように笑った。

ソバカスの散った目元に笑いじわができ、銅細工のまつげが青い瞳に影を作った。午前の白い太陽が透けて、赤い癖毛は金と銅の深いコントラストを作る。

それは、これまで向けられたことのあるご褒美笑顔の中でも、群を抜いていた。

トマスの照れ笑い……！

ついさっきどんな目に遭わされたのかも忘れて、トレイシーの胸がキュンと鳴る。だいたい、そもそもトマスは酷い男で、それを承知で長年ときめいてきたのだから今さらである。

「喋っちゃ駄目なんて、言ったかしら」

少しふくれたふりをしたのは、今なら甘えさせてくれそうだという計算からである。

「静かにお願いします、だったかな？　べらべら喋りながらは好みじゃないようだったし、僕も失言が多い方だから」

彼なりに自分をよく分かっているようだ。

「だ、だってあの時言ったのって、閨の中の話で……違うから」

「ここ、閨だろ。何か違った？」

字面だけ追えばそうなのだが、あれはそういう話ではない。

「違うじゃない。だってほら、ああいうのはもっと……」

初めての夜から言葉責めで羞恥プレイをしようと持ちかけた件は、トマスの中では日常会話と同じレベルなのか。

「どう違うんだ。具体的に」

「ぐ、ぐたいてき……」

トレイシーが清廉潔白なら、あるいは指摘できたかもしれない。冷静に、具体的に、その違いを。

しかし残念ながら彼女は、真性とは言わないまでも全く正常な嗜癖《しへき》の持ち主ではなかった。両親の不仲のせいか、幼い頃から婚約者に放置プレイをされてそういう癖がついたのか、あるいは生まれつきなのか。

「まあとにかく、無言と抽象表現は誤解の元だから。希望があればそれも具体的に言って。考慮する。察するのは僕には不可能だ」

トマスはあっさり努力を放棄した。まあ確かに、彼には難しそうだ。

少し顎を上げた偉そうな顔に、トレイシーはまた勝手にキュンキュンして、思わず妄想世界へ飛び立った。

あなたの何でも見透かすような青い目に見られて、言葉で辱められたらきっと胸が痺れてしまう。愚かでふしだらな私を冷笑して、慈悲のかけらもなく縛り付けて欲しいの。

力ずくで奪って、恥ずかしい所も全部あばいて。あなたが与えてくれるなら、痛みだって歓びに変わるわ。

「えっ、そういうのがいいの？」

「ひぇっ、私、口に出てた!?」

「うん」

「ひえええええっ、わ、忘れてっ、今のは忘れて！」

「まあでも、大事なことだから」

頭を抱えて羞恥に転げまわる彼女を「よしよし」となだめ、トマスは何でもないことのように言った。

「トレイシー、しばらくは夫婦らしくするんだから、お互いに思っていることは忌憚《きたん》なく言った方が良い。言葉は大切だ。それで、まず確認させて欲しいんだが……」

少し不安そうな顔で、彼女の目を覗き込む。

「僕とこういうことをするのは、嫌か？」

初めて見る繊細な表情に、トレイシーの心拍数が一気に上がる。

胸のときめきに返答など口にする余裕もなく、上気した顔で喘ぐように首を横に振った。

「良かった」

トマスがふんわり笑った。

トレイシーは卒倒するかと思った。

邪悪な魔法使い方面の他にもこんな魅力を隠していたとは、トマスおそるべし。

「これから一ヶ月間、精一杯大事にする。僕は女性の身体のことは詳しくないから、あんたに色々教えてもらわないといけないけど」

何故、期限を切るような言い方をするのか。

何故、その先の未来を語ってくれないのか。

教えるほどは詳しくない。さっきまで既婚処女だった。いや、途中でやめたから厳密には今も処女？

心もとなさから問うように夫を見上げると、彼はにたりと満面の笑みを浮かべた。

「僕が触れる場所、力加減、触れ方に応じて、どう感じているのか詳細に述べるんだ。都度、希望も聞くから包み隠さず答えるように。あんたの全てを知っておきたい」

トマスは観察者の目をしていた。

トレイシーはぞくぞくした。


あれは何年前だったか。

兄弟三人揃った冬の休暇、トマスは兄達の雑談を聞くともなしに聞きながら、暖炉にくべた薪の燃焼実験にいそしんでいた。

「兄貴は良いよなあ、大学出ればあのでかいおっぱいと結婚できるんだからさ」

ジャスティンがナッツをかじりながら軽口を叩いた。オーブリーはそれを鼻で笑う。

「僕の可愛い子豚を下品なあだ名で呼ぶなよ。羨ましいんならお前も太った女を探せば良いだろう」

「太ってりゃいいってもんじゃない。腹だけ出ていておっぱいはペッタンコって女もいるんだぜ。この前は危うく騙される所だった。そこいくとあれは本物だ。美人じゃないけどいい女になるよ」

「本当にいい加減にしろ。子豚はまだ十五歳だぞ。子ども相手に何考えてんだ」

「兄貴こそ、あいついじめて楽しんでるじゃないか、子どもの頃から」

二本の薪に沁みた黒い煤《すす》が広がっていく。樽《なら》と樺《かば》、なるべく同じように置いたが、楢の下で大き

く炎が上がり始めた。ウロがあったのだろうか、イレギュラーだ。やはりきちんと準備した実験とは同じようにはいかない。後日同じサイズに切り出して、比重を量った上で再挑戦だ。

「しょうがないだろ、子豚は馬に乗れない」

「教えてやれば良いじゃないか」

「それじゃ駄目だろ。置いてけぼりにした時の、あの顔が可愛いんだから」

薪の着火試験を諦めてソファへ視線を戻すと、上の兄がニヤケ顔でウイスキーを口に運んでいた。父の書斎からくすねてきたものだ。見つかればお小言だろうに、蒸留酒の良さがまだ分からないトマスには理解できない行動である。

「顔はいいのに中身は最低だな、クソ兄貴。婚約破棄したくなったらいつでも俺が代わってやるぜ」

ジャスティンがケッとばかりに悪態をついた。

オーブリーは確かに整った顔立ちをしている。癖のない濃い金髪は昔から母の自慢だった。母は自分の赤毛に劣等感があるらしく、トマスの髪色のことも可哀想だと言ってきかない。正直、どうでもいい。

「ほざけ。お前の目当ては持参金と親父さんのコネだろ」

「違うな。でかいおっぱいと相続財産だよ。一人っ子は分け前多いからなあ。なあトマス、お前だってトレイシーがフリーだったら狙うだろ。いくらでも実験の材料が買えるぞ」

急に話を振られて、トマスは少し驚いた。

年の離れた兄弟なので、子どものトマスは大人の話題には加えてもらえないことも多い。とは言っても、学年で言えばジャスティンとは一学年しか違わないのだが。

「僕は……でも実験機材は欲しいな」

「だろ？　ほらみろ兄貴。そろそろ大事にしてやんないとトマスに奪われるぜ。こいつはこう見えてやり手だよ。女の子の手刺繍のハンカチなんか持ってんだ」

その言葉にぎくりとした。

知られているとは思わなかった。が、飛び級で首席のトマスは目立つ。学校で噂になっているのかもしれない。

「まじかよ！　おいトマス、そいつはちゃんとした子なのか？　年増の性悪女に騙されてんじゃないのか？　いるんだぞ、年若いのが好きな危ないババアってのが」

「メアリーは違うけどな」

身を乗り出してきた長兄へ、面白そうに笑って次兄が茶々を入れる。

「うるさいぞジャスティン。さてはお前、僕を子豚とくっつけて、自分が粉屋にしけこむつもりか」

「それもいいねえ。そろそろ一人に落ち着こうかなっと」

「お・ま・え～～」

年増と指摘されてヒヤリとしたが、二人は別の話題に移ったようだ。自分の乗り方がどうとか言っている。兄弟で馬術を競うのは活発な二人にはいつものことで、こうなると屋内専門のトマスは蚊帳《かや》の外だ。

オーブリーには、最初から恋愛結婚の自由はない。

どれだけ浮名を流した所で、いずれはトレイシーと結婚する。そうならなかったらあの癇癪《かんしゃく》もちの子爵が何をするか分からない。長男とはそういうものだ。

そうしてトマスも、金持ち女を引っ掛けないといけないらしい。実験機材を揃えて、科学道楽がしたければ。

どこかの成金娘を想像してみる。

機嫌をとって、歯が浮くようなおべんちゃらを言って、自分もせいぜい着飾って。

「……無理」

思わず呟いた。

想像だけであまりにも面倒くさい。溜め息に、ジャスティンがこちらを振り向いた。

「何だよトマス、おれのナンパ術はそんなに無理か？」

「女は嘘つきだ」

弟の仏頂面に、オーブリーも首を突っ込んでくる。

「おいおい、まだ子豚のこと根に持ってるのか。許してやれよ、子どものやることだろ」

許すも何も怒ってなどいない。が、トレイシーこそはトマスに人生で初めての『嘘』を教えた年増の性悪女である。岩と抜けない剣の関係性に知的好奇心を苦悩させ続けた日々は、トマスに科学の基本と非科学の壁を学ばせた。

「女は嘘つきだ」

もう一度、苦い顔で呟いて、首を横に振った。

暖炉の中では、炎の直上にある楢を差し置いて、樺の木が赤く着火している。予測は外れた。細い楢と比べても樺の方が燃焼しやすいのか。

チロチロと赤やオレンジの炎が踊る。

トレイシーの嘘なら付き合ってもいい。慣れたし。

けれど他の女の嘘は面倒くさい。その辺の我慢がきくかどうかが、結婚できる男とできない男の差なのだろう。

ジャスティンが「童貞人生なんてつまんねーぞ」と心配顔で覗きこんでくる。オーブリーは眉をひそめてこちらを見ていた。

「お前、まさか……」

疑いの眼差しを感じてギクリとする。

長兄は末弟と同じ青い目を険しくし、詰問するように問うた。

「イートンのホモ教師に何か吹きこまれたのか？」

「は？」

予想だにしなかったセリフに一瞬思考が止まったトマスの肩を、後ろからジャスティンが掴んで思いきり揺すった。

「何だと、誰だ⁉　畜生、お前チビだから気をつけとけって、言うの忘れてたぜ！」

その後は次兄も長兄も大騒ぎである。

十八歳のオーブリーが、十三歳のトマスを歯牙にもかけるわけがなかった。

お稚児《ちご》疑惑はしばらく続き、その後しばらく、ジャスティンが校内でくっついて回ってウザかった。

涙目になった彼女に興奮するって、自分は案外あぶない奴なのかもしれない。

取りあえず仕切り直しをすることにしたトマスは、自身の欲求を一旦脇に置いた。それくらいの理性は戻ってきていた。まず定番はキスだろう。そういやそれすらも今日はしていなかった。

トレイシーの栗色の髪を撫でると、嬉しげに微笑んでくれる。間近で温かな感情を向けられて、こちらまで嬉しくなった。

そっと唇を寄せると目を閉じたので、そのままゆっくりと重ねる。

少年の頃に想像していた通り、彼女の唇はふっくらと柔らかかった。

落ち着いてその弾力を楽しむのは初めてだ。前回は欲求に任せて貪ってしまったので、こんな風に下唇を甘噛みする余裕などなかった。

唇に唇で触れ、軽く歯を立て、舌先でなぞる。

トレイシーがうっとりと溜め息をつく。

また唇に触れる。

角度を変えて、今度は口角から上唇をなぞる。

首に回されてきた二の腕の感触に、キスっていいものだな、と思う。

今まで特にしたいと思ったこともないし、これからもしないと思っていたのだが。兄たちが声高に論議していた〝テクニック〟とやらを、興味のないふりをしつつも聞いておいて良かった。

目を閉じた彼女の睫毛を眺めながら、舌先で唇の裏側をチロリと舐める。

「あ」

と艶かしい声がした。

「感じるの？」

唇を合わせたまま尋ねると、

「うん……」

と、薄く開いた腫れぼったいまぶたで答える。桜色に上気した目尻が情欲をかきたてる。

耳元に唇を寄せると、触れただけで肩が震えた。

「ここは？」

触れながら唇を動かすと、

「あ、あ、あ……」

と、要領を得ない。

耳朶をやわく噛むと甘い息。耳介の内側を襞に沿って舐めると、

「ひゃあぁんっ」

と、小さな悲鳴が上がった。

「感じてるって、判断するよ？」

唇を離さずそう言うと、囁く吐息だけでまた丸みのある肩が震えた。

耳の裏側から首筋へと順番にくちづけていく。滑らかな舌触りが心地良い。うなじで揺れる栗色の後れ毛に、十代の自分がどれだけ懊悩《おうのう》したことか。

トレイシーは「あ」だの「う」だのと意味のない声を上げて、悩ましげに震えるばかりだ。

「ちゃんと言えって」

「だっ、て、あん……」

鎖骨から下へ唇を這わせれば、あばらの感触をふた畝越えて、その向こうはふっくらと柔らかな

二つの乳房。

全体をよく見ようと身体を起こすと、首に回されたトレイシーの腕が名残惜しげに肩を這う。薄茶の瞳が不安げに見上げるので、安心させるように髪を梳いてやる。額を撫でて、解きほぐされた栗色のゆるい巻き毛に指をうずめると、トレイシーは心地良さげに目を閉じた。

情が胸に湧き上がる。

この感情を、大切にしまって生きていこう。

いつか、何年後か。トマスの秘密を知った時、彼女はきっと恨むのだろうが。

視線を落とせば、あれほど焦がれた「でっかいおっぱい」。他の女性のものは知らないが、緩やかになだらかに丸みを描く曲線を、きれいだと思う。

豊穣《ほうじょう》の美だ。

そしてふわりと色づく乳房の頂きは、薄紅色。

鉱物学に入れ込んだ級友が、希少なのだと自慢気に見せた薔薇《ばら》石英《せきえい》の色。日に当たるとその紅は失われるのだという。うぶな男子学生が大事に大事に、しまいこんでは飽かず眺めた秘密の輝石。

「ここ」

「ひゃうっ」

指先で突くと、トレイシーの身体が跳ねた。指の腹で転がすと、また意味をなさない声を上げて、両脚をもじもじと動かし始める。

「あ、あ、あんっ……」

指の下で先端が固くなってきた。こりこりとしたその感触に、指先からぞくぞくと震えのように悦楽が上ってくる。指は性感帯ではないはずなのに、その感覚は下半身へダイレクトに訴えた。

「ここ、いいんだ？　こうするのと、どっちが良い？」

転がした乳首を軽くつまむと、

「やぁんっ」

と、またトレイシーがのけぞり、嬌声を上げる。

喘いでばかりで会話にならない。まあいい、詳細はあとで聞こう。

両手で乳房を捧げ持ち、たふたふと揺らして重さを堪能する。

水を入れた丸底フラスコとも違う。揺らして、揉むと、自在に形を変える。なんと柔軟な女の身体か。

乳房を揉みしだく手の指がたまに尖った先端に触れると、トレイシーはまた、

「んっ……」

と甘い声を漏らす。

今や両手で口を覆ってしまった彼女だが、その手が役に立っているようには見えない。胸の頂きに唇を寄せようものなら尚さらである。

「あっ、あっ、やだ、だめ、あっ」

舌先で胸の尖りを転がすたびに、鼻にかかった声。

元がダミ声なので、喘ぎ声も低音になる。しっとりとした掠れ声が今のところ自分だけのものかと思えば尚ぞくぞくする。

「いや？　だめ？」

「ち、違う。ごめ……あ、あっ」

「いいの?」

「い、いいっ、凄く、んっ」

『やだ』は『いい』の強調表現のようだ。紛らわしい。

正直、先ほどの挿入は性的快楽とは異種のものだった。

征服欲は大いに充足した。さしたる快感もないのに、泣こうが喚こうが自分の女にしてやったと思えば昏い愉悦がこみ上げた。彼女の痛々しい表情に危うく中で射精する所だったなんて、まるでオーブリーだ。

まあ勿論、冷静になってみればどうかしていた。なにせ勘違いで頭に血が上っていたので。本当に、会話は大事だ。

それで、さっきのは大して感じなかったし、むしろピリピリ痛いくらいだったのだが。

また、入れたい。

本能だろうか。トマスのブツは全く大人しくなる気配も見せず、じんじんと股間で脈打っている。会話をもって笑顔を見、身体に触れて官能を見、甘えるように腕を回され、二の腕の柔らかさに包まれては。

こりもせずまた彼女の中へ入り込みたいと感じる自分がいる。

しかしさっき何か切れた感触があった。処女膜かもしれない。噂の出血部位だ。再び押し入る前に、どの程度粘膜を損傷したか確かめた方がいいだろう。

「下、見るよ」

「あっ、や、やだ……」

「やだ？　やめる？」

「……ううん、続けて」

「嫌なら正直に言いなよ。続けてだけじゃ分かんない」

「あ……み、見ていいから」

「本当に？」

事務的に確認する。

「見て……見て欲しいの」

蕩けたような表情で、トレイシーが小さく喘いだ。

「いいよ、見てあげる」

のぞいて見える羞恥の色に、胸のうちがぞくりと粟立つ。

夜具をわきにどけ、トレイシーの足元へ移動すると、朝日に裸身を晒した彼女は紅い頬で目を逸らした。

「脚、開けよ」

簡潔に命じる。

トレイシーは恥ずかしげにぎゅっと目をつぶり、そろそろと自ら膝を開いた。会話って便利だ。

…………。

おお…………！

女陰だ。

しっかり見たのは初めてだ。

解剖図とは少し違う。個体差が大きいのか、資料の正確性に問題があるのか、デッサンした奴が下手くそだったのか。

栗色の繁みの陰にひっそりと息づくそこは、てらてらと濡れて光っていた。

「き、汚いから……」

トレイシーが泣きそうな顔をしている。いい顔だ。可愛い。

「ここが……」

つんっと、女陰の上端にある小さなふくらみを突く。

「ひんっ」

彼女の身体が大きく跳ねた。

ふうん、噂は本当か。

噂の出処は勿論年上の同級生達と悪い兄達である。男子校育ちで男兄弟。下半身の話題には事欠かなかったが、聞くと見るとでは大違いだ。

「ここが陰核で、包皮を被っていて、あ、これだこれだ」

「ひっ、あんっ、だめ、だめぇっ……」

かねて小耳に挟んだ通りの構造を確認し、ぷっくりとふくれたそこの薄皮を剥《む》こうと触れる。

「女が一番感じる所」と聞いていた通り、いじるたびにトレイシーはビクビクと跳ねまわって、ちょっと辛そうなくらいだ。

「そしてここが大陰唇？」

「あああぁっ……！」

つうっと肉の唇を指でなぞると、掠れた声が切なく張り上がった。御好評のようなので何度も繰り返しなぞる。トレイシーは首をイヤイヤと振って身悶える。よし、ここは憶えておこう。

「で、この内側が小……ああ、なるほど」

「あっ、ああ、んぁ」

大陰唇があれほど喜ばれた理由が分かった。肉の割れ目の内側で、粘膜が赤くひくひくと充血している。男性でいうところの勃起と推察される。外側をいじったことで、緩やかな刺激が内側にも伝わったのだろう。

「あ、血」

襞が何層にも重なるように見えるその端に、黒ずみはじめた血塊がゼリー状になってこびりついている。

「ああ、ここかあ、切れたの。へえ。破る前に見ときゃ良かったな」

「痛っ、ト、トマス、触ると……」

「あ、ごめん、痛いね」

名残惜しいが、粘膜に裂傷があるとあってはこれ以上触れるのも気の毒だ。傷の治りが遅くなってもつまらない。今日の再挿入は断念。

「でも最後にちょっとだけ」

「えっ、あっ」

人差し指を一本だけ、入れてみた。

中の様子を確かめたかっただけだ。男性器が入る奥行きのあることは分かったが、指で探ってみれば骨など当たるのかもしれない。

が、予想に反して、何も当たるものなどなかった。

代わりに、包み込む粘膜の温かさ、柔らかさ。先ほどとは比べ物にならないぬめりが、容易に指を飲み込む。

「うわ」

全然、さっきと違う。

感触が、すごく気持ちいい。

トレイシーはと見ると、指を噛んで耐えている。多少は痛むかもしれないが、折角我慢してくれているんだから、もう少し確認しとこうか。

入れていた指を、抜いて、また入れてみる。

「んっ……」

白い腹が動いて、膣がきゅうっと締まった。

また抜き差しする。

「あ、ん、ふぅん……」

掠れた吐息が聞こえ、どろりとした透明な粘液がさらに溢れてきた。

これか。

愛液とかいうやつだ、多分。さっきと全然違うのはこれのせいだ。女性が感じると出てきて、性交を助けるのだという。これが出てくるということは……。

「指、感じてる？」

痛くないようゆっくりと抜き差ししながら尋ねると、ギュッと目を閉じて手を噛んだトレイシーはこくこくと頷いた。

その肯定を免罪符に、今度は多少力を込めて内壁を探る。ぬめりに乗って指を増やし、試しに何箇所かを強く擦るうち、

「ああっ」

とトレイシーが仰け反る場所を見つけた。

「あんっ、あっ、ひっ、そこ、そこダメえっ！」

「駄目？　いいの間違いじゃない？」

「いい、いい、けど、あっ、もう、お願い……っ」

嬌声を上げながら頭を左右に振る彼女が、何をお願いしているのかは不明だ。

入れた指の腹には、場所によって異なる感触がある。ぬるぬるすべすべしていたり、つぶつぶして、少し固かったり。トマスの方としてもそれらの器官の機能をつぶさに観察したいという知的好奇心が、さっきまでは、あった。

だが今は。

切なく眉を寄せて、男の指をあさましくくわえこむ女に、自分の欲のたぎりをぶつけたい。柔らかな身の内に己を埋めて、一つになってしまいたい。この指で感じると知れば尚さら。自分のもので感じて欲しい。

処女に無理強いをするのは紳士的ではないが、彼女は強引なのも嫌いではないようだ。最初は誰

でも通る痛みだとも聞く。

なら、ちょっとくらい。

ぬちゃぬちゃと蜜口をいじりながらの煩悶が、自分に都合のいい方へ傾きかけた時、眼鏡ごしの視界の隅に鮮やかな赤が飛び込んできた。

オレンジがかった、蛍光色の赤。

「鮮血⁉」

ぎょっとして指先を引き抜くと、愛液に混じって薄くなってはいるが、鮮紅色の血液が付着している。鼻を寄せると、確かに鉄の匂い。慌てて女陰へ目を近づけると、先ほど確認した出血部位とは明らかに異なる奥の方から、粘液混じりの血液が流れ出ている。

「え、血……？　きゃあっ、何見てるの！」

まだ気怠げだったトレイシーが、股の間に夫の顔を認めて悲鳴を上げてはね起きる。

「だめっ、汚いのっ、臭かったらどうするの⁉」

「いや、そんなに臭くないってば、今さらだろ。それよりこれ、奥から血……」

「血……やだ、今日⁉　明日来ると思ってたのに！」

「来る？」

「だ、だめ、お終《しま》い！　今日はもうお終いよ！　出てって‼　服着て侍女を呼んで‼」

「はあ？　出血部位を確認してからだろう、馬鹿言ってんじゃない。ちゃんと見せろ！」

「だめえぇぇっ！　いやあああ！」

力ずくで妻の股ぐらを押さえつけ、滅茶苦茶に髪を引っ張られながら鮮血の出所を探るトマスに、勿論悪気はなかった。加虐嗜好に目覚めたわけでもない。

純粋に妻の心配しかしていなかった。

自分の扱いが乱暴だったせいで、彼女の身に何か悪いことでも起きたら、生きていけないとさえ思っていた。

何しろ経血なんて、初めて見たので。


のしかかるトマスを無理やりひっぺがし、シーツを巻いた姿で必死で壁のベルを引いたときは、呼べば侍女が来てくれるものだと思っていた。

ロンドンの街屋敷で御者席の隣へ乗り込む時も、女主人の初夜に向けて気合い満々だったのだ。助けてくれると思っていた。

ところが現れたのは、初めて見るふくよかな中年女性だった。

茶色の髪にクリーム色の健康的な肌、濃いまつげが縁取る大きな茶色い瞳が、トレイシーをみとめた途端、真ん丸に見開かれた。

こんな姿を見られてしまって……！

もう、妄想癖はバレるわ、月のものは来るわ、伯爵家のメイドにあられもない姿を見られるわ、散々である。

絶望に泣き崩れるトレイシーを、しかしメイドは優しく抱きしめ、

「旦那様！」

と、キッとトマスを睨めつけてくれた。

「メアリー、血が出ているんだ、誤解しないでくれ。トレイシーに何かあったら……」

「血が出たんなら良うございましょう。何で奥様は泣いてらっしゃるんですか⁉」

「その血じゃない！」

怪訝な顔をするメイドしか縋る人のいない現状である。トレイシーは恥を忍び、小声で打ち明けた。

「つ、月のものが来たの。最中に」

メイドは「ああ」と頷き、一転、にっこりと笑ってトマスを振り返る。

「旦那様、ご病気ではございません。女が子を為すのに、必要なことでございます」

「そうなのか？」

トマスは訝しげに眉間のしわを深くした。妻の身を心配してくれているのだろうか。

「今回は運がのうございましたね。五日経ったらまた、睦まじくされると良いですよ。さあ、奥様のお支度をさせてくださいまし」

メイドは有無を言わさずトマスを部屋の隅へ追い払い、ズボンに足を入れながらもチラチラとこっちを伺う主人へギッと睨みをきかせる。

渋々着替えて出て行ったトマスは、扉をくぐる時も気遣うような視線をトレイシーへ向けていた。ちょっと嬉しい。

トマスがいなくなると、メアリーは「さて」とトレイシーを守っていた太い腕を開いた。

「まずは当てものをして安心しなくちゃですわね。大丈夫、ご準備してございますよ、新品です。下着もね。ロンドンの流行にはかないませんが、ブライトンで一番の店で作らせました。奥様のために旦那様が用意させたんですよ」

「そ、そうなの？」

「まあ、実際選んだのは私ですけどね。男の方には分からないから。でも、立ち寄った際にご不自由のないよう準備しておけというのは、きつく言い渡されていて。私達、奥様がいらっしゃるのを心待ちにしていたんです。旦那様が夢中なお方はどんな方かしらって」

トマスが妻のための準備をしてくれていたとは意外だった。街屋敷で言い渡されたのは、即離婚か即初夜かの二択だったから。てっきり彼は即離婚のつもりで来たのだとばかり思っていた。

「あの、エレンは？」

当てものはいいとして、着替えだ。ゆったりめの服を選んで、髪もどうにかしなければ。

「ああ、奥様の連れていらした侍女でしたら、ブライトンに買い物に出かけました」

「はぁ!?」

信じられない。主人の一大事に、許可も得ずに買い物？

「だって、ねえ。うふふ。旦那様が奥様をお部屋に連れ込んだ勢いを見たら、そりゃあ昼過ぎまでは出ていらっしゃらないと思っちゃいますよ。責めないでやってくださいまし」

太ったメイドはニコニコとウインクする。

あれを見られていた！

カーっと顔に血が上る。使用人達が主人の見てない所で何をしているのかなんて考えたこともなかったが、よく考えたら彼らも同じ人間なのだ。覗きもするし、噂話もする。主人たちのことをあれこれ詮索したりもするだろう。

それにしたってあれはない。

一言も口を聞かず、当人だって気まずかったのだ。端から見たらどれだけ険悪に見えただろう。どう考えても仲睦まじい夫婦ではない。今まで伯爵が一度も夫人を訪ねることのなかった事実を思えばそんなことは既に周知の事実だろうが、改めて不仲を見られたとは屈辱である。

「お支度が済んだら使用人の紹介をいたしますね。と言っても、ここは普段使われないお屋敷だから、三人しかいないんですけど。私は台所番のメアリーです。フランス生まれだから、料理の腕は期待してくださいまし」

メアリーは寝室のクローゼットから当てものやら詰めものやらを出しながら請け合った。

確かに、今朝部屋に運ばれてきた朝食は複雑に味付けしてあって美味しかった。茹で過ぎで味付けもろくにしないイギリス風とは違うというわけだ。

着替えを終えて廊下に出ると、トマスが固い顔をして待っていた。

メアリーに何やら耳打ちされて、ああ、と頷き表情を緩める。

「なんだ。僕はてっきり子宮か卵巣に悪性の腫瘍でもできたのかと」

「縁起でもない。勘弁してくださいな」

月のものだと伝えてくれたのだろうか。トレイシーが自ら言うのはまだ恥ずかしすぎる。もっと関係が深まれば、気楽に言えるようになるのだろうか。

下男のマシューと洗い物担当のネッサを紹介されると、二人共興味津々の笑顔でトレイシーを眺めてきた。街屋敷では有り得ない不躾さであるが、そんなに嫌な感じもしない。この狩猟小屋では、使用人との距離が近いらしい。トマスの好みなのか、田舎の土地柄なのか。

他にメアリーの息子と娘がいて、息子はウィンチェスターの寄宿舎におり、娘は今の時間は教会に預けられているという。平民の子どもの教育事情がどうなっているのかさえ、トレイシーは知らなかった。彼らに興味を持ったことなどなかったから。

メアリーは髪結いの技量もなかなかだった。もう十歳若ければ、ロンドンでやり手侍女として引く手あまただろう。中年の台所番はよく見れば品のある整った顔立ちをしているから、容姿の美しさを求められる侍女の職には最適だ。多少痩せる必要はあるとしても。選んでもらった午後用ドレスと髪型の組み合わせも良い。フランス人はセンスが良いというが、単にメアリーが何でもできるスーパーおばさんなのかもしれない。

無断外出から帰ってきた本職侍女のエレンは、勝手を詫びる代わりに地団駄《じだんだ》踏んで悔しがり、恨み言を言った。

「奥様の御髪《おぐし》を可愛らしく結うのは、あたしのお役目じゃあなかったんですか⁉」

いなかったくせに。

ジト目で見てもまるでへこたれない。打たれ強い侍女である。

朝から弱々しく訴えていた頭痛と腹痛が、本格的に月経の到来を主張し始めたのは昼食の後あたりからだった。

ああもう、痛いよう。

こうなるとトレイシーは動けない。

侍女やメイド達は毎日変わらず働いているが、彼女達は月のものが来ないのだろうか？　痛みを我慢して働いているのだとしたら、それはすごいことなのでは。

今まで、貴族なのだから当然だと思っていたが。

月のものが来るたびにベッドの上でゴロゴロするなんて、よく考えたらみっともない。こんな風に毎月ゴロゴロしていたら、屋敷内のメイドにも下男にも、「奥様は今、月のものが来ているんだな」と、バレていたんじゃないだろうか。本当は、動けないという程の痛みでもないのに。

トレイシーに初潮が訪れた頃、母は恋人に夢中だった。

経血の始末はメイドに世話された。当たり前のように汚れた布を処理させていたが、貴族女性が月のものに際して本来ならどう振る舞うのか、母から教わらずじまいだったのは残念なことだ。令嬢が身につけるべき大切なことのあれこれを、トレイシーは両親の離婚によって学びそこねた。けれど、離婚がなかったとしても、教えてもらえたかどうかは分からない。

父親似の娘を、落胆混じりに見るあの顔は忘れられない。

『私に似れば美人だったのにね』

お母様、私だって、好きであんな男に似たわけじゃないのよ。

目をつぶると、婚約者に何度目かで置いていかれた夏が蘇る。

オーブリーは彼女を振り返らない。少し暗めの金髪の、光と陰の陰影が美しい快活な少年。真っ青な瞳は王子様のよう。こんなパッとしない許嫁《いいなずけ》を宛てがわれて、さぞ嫌だったことだろう。

貴族の宿命とはいえ、自身の結婚と恋愛を完全に切り離して考えられるようになったのは、もう少し大きくなってからだ。振り向いてもらえないたび傷ついて、遊びに行く背中を涙をこらえて睨んでいた。それが報われた試しはない。

あの頃、トマスが一緒にいてくれなかったら。

オーブリーと同じ青い瞳で、「鉱物標本を買ってもらったんだ」と、無表情に言う子ども。ボサボサの赤毛。青白い鼻の上にそばかすがいっぱいに散って、おまけに目つきも悪い。

子鬼のようだと思った。

ただし、優しい子鬼。

浅い木箱の鉱物標本を見せてくれた。

「これは金。こっちが黄銅鉱《おうどうこう》」

「そうなの？　黄銅鉱の方がキラキラしてきれいだわ」

「この金は原石だ。精製すれば金色になる。女は好きだよね」

子どものくせに、ふん、と、小馬鹿にするように鼻を鳴らす。

赤毛は魔力を宿すという。昔話に描かれるケルトの妖精学者は、赤毛で偏屈。そして妖精は、偏屈な人間を殊《こと》のほか愛するのだ。赤毛なら赤毛なほど、偏屈なら偏屈なほど。

「トマスはきっと、優秀な学者になるわ」

「そりゃどうも。あんたの話は信用しない」

「なんでよう」

「嘘つきだからだよ」

二歳のトマスに吹いた法螺《ほら》を、彼はずっと根に持っていた。

「ねえ私、この色も好き」

「銅？　貴金属の中じゃ格下だよ。金とか銀がいいんじゃないの？」

「でも、これが好き。この色が一番好きだわ」

そう言って笑いかけても、トマスは胡乱《うろん》げな眼差しを返すだけだった。

本当は、彼は慰めてくれたのでも何でもない。寂しいトレイシーが縋りついただけだ。

哀れな末っ子は、兄に置いていかれた兄嫁のために子ども部屋に残ったのではない。青白い肌は生まれつき日光に過敏で、夏の強い日差しに当たると真っ赤に腫れてしまうのだ。

思い出からふと立ち戻り、ベッドの上でトレイシーはもぞりと顔を上げて窓の外を見た。

まだ九月。残暑の太陽が眩しい。

「あ、旅行……」

この光は、トマスには強すぎるだろう。どこへでも連れて行くとは言われたが、日中の観光に歩きまわって、彼の肌が火傷《やけど》のように赤く腫れるのは嫌だ。

痛みの波がまた襲ってきた。息を止めてこらえて、細く吐き出してまたこらえる。

出産はもっと痛むという。

耐えられるだろうか、今でさえゴロゴロしていても苦しいのに、そんな苦痛。

けれど、苦痛があると分かっていても、子どもは欲しい。

できれば、赤毛で、色白で、そばかすのある、青い目の。いつか鉱物標本を買ってあげるのだ。

まるで離婚することが前提のように、トマスは言った。有責は引き受けるし、偽証もすると。トレイシーの再婚のために。

だから、一人で育てることになるのかもしれない。

片親にするのは不憫《ふびん》だけれど、トレイシーには資産がある。それに、嫡出子としての権利を要求すれば、トマスはきちんと応じるだろう。変人で頑固だけれど、我が子を庶子に落とす男ではない。

何より、片親育ちのトレイシー自身が、今、自分は幸せだと思っていた。それで考えが少々甘くなっていた。

ずっとときめいていたトマスの妻になれたし、振り返ってもらえた。期間限定でも。

生まれてきて良かった。


夕方になってトマスがやって来た。

何冊かの旅行記と、観光案内書を持っている。

「できれば、あまり都会には出たくない。眼鏡をかけていたい。外してしまうとよく見えないんだ」

落ち着かない風で言ってから、取ってつけたように「身体、大丈夫？」と聞いてきた。彼らしくて笑ってしまった。

「眼鏡、かけてればいいじゃない」

ベッドから起き上がれないトレイシーが笑ったままそう言うと、何故か押し黙る。

「だってその方がよく見えるのでしょう？　どうして外すの？」

「いや……」

トマスは面食らったように下を向き、何故か眼鏡を外し、またかけた。

「あんたに、恥をかかせたくない。眼鏡の男が隣に立ってて」

「恥？」

そんな風に思ったこともない。

「眼鏡って、そんなにいかがわしいものなの？」

からかうように言うと、流石に嫌そうな顔をされた。

どうやらトマスは、眼鏡がみっともないと信じているらしい。彼の眼鏡姿も気に入っているトレイシーには意外だ。

「眼鏡、似合うのに。目つきがちょっと柔らかくなるし、それに、邪悪な魔……学者って感じで良いわ」

「邪悪？」

「だって目つきが悪いんだもの……あいたた……」

痛みの波に思わず顔をしかめると、トマスがそっと腰に手を当ててさすってくれた。

昨日初めて触れられて、想像していたよりも大きいと思ったトマスの手。

温かい。楽になる。

「あ、しまった」

「え？」

「明日までは指一本触れるなって言われていたんだった」

眉間にしわを寄せて顔を顰める。トマスの渋面。ずっと見てきた。

「そういう意味じゃないと思う。あたた」

「意味？」

メアリーあたりに釘を刺されたのだろう。トレイシーが痛がりながら笑うと、怪訝そうな顔をした。

「メアリーと仲がいいのね」

「うん、まあ……」

目を逸らしたのは、照れているのだろうか。貴族の子弟が、それも今や伯爵ともなった彼が、母性あふれる使用人と親しいのは外聞が悪いと思っているのかもしれない。

「私も、メアリーが好き。ねえ、旅行、やめない？」

提案に、ぴくりとトマスが片目をすがめる。

「今さら……」

朝と同じ低い声が返ってきたので、慌てて補足した。

「ああ、違うのよ、そうじゃないの。このお屋敷、居心地が良くて気に入ったの。ここから近くの観光地に日帰りして、二人でのんびり過ごしたいなって」

「そんなんで良いのか？」

「ええ。実を言うと、日焼けしたくなくて」

だから、日中の観光は曇りの日だけにして、その分、夜のブライトンを案内してよ。

そう言うと、

「夜……何もないよ。居酒屋くらいしか」

と、また渋い顔をする。

「トマスも居酒屋なんか行くの？」

「たまに。噂話が入ってくるんで。領地の方でも寄ることはある」

「行ってみたいわ、こっそり。ねえ、トマスもお酒飲むの？」

「そりゃ飲むよ。いくつになったと思ってるんだ。けど、あんたを連れて行くには治安が……」

結局、ブライトンの居酒屋は女には危険というトマスの主張により、狩猟小屋近くの村に一軒だけある、のどかな酒場兼宿屋に連れて行ってもらうことになった。

トレイシーは満足だった。はっきり言って、居酒屋なんか別に見たいわけではない。

トマスと会話をするのが楽しかった。

それから、普段と違う所でのトマスの姿を見るのが楽しみだった。

一ヶ月。与えられた幸福はそれだけだ。

正式に離婚するということの意味を、トレイシーは知っている。そのためにしなければならないことも。トマスと触れあった後では嫌悪しか湧かない。以前は普通だと思っていたこと、恋愛感情とは切り離すものだと思っていたこと。

それでも、彼が望むならそうしてあげるしかない。どうせトマスは意思を曲げない。

痛みに甘えてゴロゴロと寝転がる身体同様、彼女の自己決定能力もまた怠惰だった。

自分の希望を押し通すことを放棄したのは、一度それをやって失敗したからに他ならない。結婚式でのトマスの冷たい態度。目も合わせず、腕も貸さず、声すらもかけられなかった。公衆の面前で。

離婚を拒否して嫌われることに、もう耐えられる自信がなかった。


「う、嘘でしょう……」

翌日、居間として使っている南向きの一室で、トレイシーは絶句していた。

そのあまりにもあまりな「お願い」に。

「いいじゃん。どうせもう見てるんだし」

トマスはケロリとして要求を下げない。純粋な知的好奇心が彼を堂々とさせているのだろう。しかし、そういう目で見られるのが、快感な時もあればそうでもない時もあるのだ。

「だ、だって、有り得ないわ」

「知りたいんだ」

「男の人には関係ないことよ」

「人類全体にとって、重要なことだ」

「穢《けが》れてるんだってば！」

「後で手を洗えば良いよ」

「眼鏡外してっ！」

「お断りだね」

そう言ってトマスは、眼鏡のブリッジを中指ですっと押し上げる。

深い青が、ギョロリと彼女を射抜く。

ああ、この目に弱い……！

ぞくぞくと胸を這う悦びに、思わず顔を背けた。ここで説得に応じてはならない。女として、いや、人として。

「トレイシー、僕は今日はあんたに触れちゃいけないって言われている」

トマスが猫なで声を出した。

下心がありありと見える。

彼に機嫌をとられているという異常事態にときめく胸を、懸命に説得する。

乗せられては駄目。

「けど、あんたを見たい気持ちに変わりはないんだ。だから、あんたが自分で上げろ」

声音の割に命令調で言われて、ついスカートの裾に手をかけ、慌てて頭を横に振った。

「ぜ、ぜ、絶対見せないわ！　月の穢れが見たいなんて、おかしいんじゃないの⁉」

「僕は元々おかしいよ」

即答されては言葉もない。しかも彼のおかしい所にときめいているトレイシーも大概おかしい。

「トレイシー」

トマスの青い目が、じっと彼女を見据える。

「スカートと下着を上げて、足を開け」

あああああぁぁぁ……！

トレイシーの胸が盛大にキュンキュンと鳴った。

震える指でスカートの裾を握りしめ、シュミーズと一緒に持ち上げる。ギュッと目をつぶった彼女に、眼鏡の鬼畜男は追い打ちをかけた。

「足は？」

観念して、そろそろと膝を離す。ドロワーズの袷《あわせ》が開いて、外気の温度が秘所に触れた。

「ふーん」

トマスの動く気配がする。空気の動きが内股に伝わり、彼が足の間に顔を入れてきたのが分かった。

　自分達はとんでもないことをしている。

　羞恥が徐々に押し寄せて、今さら心臓が張り裂けそう。

「生臭いな。やっぱり血液だね」

「か、嗅がないで……」

「嗅ぐだろ、普通。邪魔だなこの布。何これ」

「きゃ……！」

　股ぐりの袷が広げられる感触がして、反射的に足を閉じた。スカートの中にトマスの頭を閉じ込めるような格好になる。慌てて足を広げ直し、スカートをたくし上げて抗議した。

「さ、触らないって言った！」

　当のトマスは気にする風もなく眼鏡を直している。

「身体には触れていないよ。こんな布切れがあったんじゃ、何も見えない」

「布切れじゃないわよ！」

　仮にも自分が用意させた下着を！

「え、何この棒」

「ひっ、やめて、漏れちゃうからっ」

　トマスがつんとつついた物は、詰め物の布を巻きつけた短い棒の端である。女性が自らの性器に触れることは神の教えに背くので、触らずに詰め物をするためにこうして棒を使う。……と、実家の家政婦に習った。このやり方が一般的なのかと聞かれれば自信はない。後でメアリーにフランス式を聞いておこう。

「なんだよ。僕より先にこんな棒がここに入ってたのか」

「な、何の話を……」

「抜いてしまえ。よっ、と」

「だっ、ダメ！　絶対ダメ！　ダメだめ駄目～～!!」

今度こそ良識と羞恥が勝って、力いっぱいトマスを突き飛ばした。腕だけではびくともしないので、両足で蹴った。蹴られたトマスは「ぐぇっ」と呻いて、後頭部から床に転がり落ちる。トレイシーは内心「ざまあごらん」と思ったが、「いてて」と頭をさする夫のもう一方の手を見て瞠目した。

血みどろの布が絡まった棒。

一拍置いて、自分の中から液体が伝い出てくる感触。

嫌な予感に蒼白になる。

「あ。タオル」

気がきいてるんだか鈍いんだか、そこへトマスがタオルを差し出した。「拭けばいいよ」と用意していたものだ。こんな穢れた用件にパイル地のタオルなどという高級品を使うことに一瞬躊躇したが、背に腹は替えられない。

とりあえずそれを股に当てて、トレイシーは涙目でトマスを怒鳴りつけた。

「馬鹿！　鈍感！　出て行け～～～～!!」

廊下でその棒を眺めていたトマスは、階段の方からメアリーがせかせかと歩いてくるのを一瞥し、また視線を棒に戻した。

「旦那様、御用ですか？」

「いや、僕じゃない。多分トレイシーだ」

部屋の中からベルで呼ばれたのだろう。伝声管でも屋敷に付ければ便利だろうか、と、どうでも良いことを考えながら、また視線を棒へ。

「旦那様……その、それは……まさか……？」

メアリーの遠慮がちな声が、次第に険を帯びていく。

「知らない方が良いこともあるんだな」

トマスは溜め息をついた。

オーブリーに負けるならともかく、こんな棒に。

その後トマスは、丸一日、トレイシーに口をきいてもらえなかった。


伯爵の寝室と伯爵夫人の寝室は、中でひと続きになっている。間に扉はあるが、その扉に鍵はない。よって妻がどんなに固く籠城したくとも、夫はその城に裏口から簡単に入ることができる。

逆もまた然りなのだが、逆のパターンは当分ないだろう。

ベッドの上で布団に潜りこんだ妻を見て、トマスは眉間にしわを寄せた。

何が気に入らないのか、さっぱり分からない。

むしろ気に入らないのは自分の方なのだが。あんな棒。それも毎月。

昔の貴族が初潮来たての幼い少女を妻に求めた理由が今なら分かる。あんな棒が入れられる前に、せめて数度の出し入れで済む時期に、自分が入っておきたかった。トレイシーの初潮が何歳で来たのか知らないが、平均的に十五歳だとすれば、これまで九年間掛ける十二ヶ月掛ける平均で五日間、あの棒が我が物顔で出入りしていたことになる。

不快だ。

確かに彼女を女にしたのは自分だったが、中で出したわけじゃない。これからその予定もなければ、孕《はら》ませるつもりもない。そうなると自分と彼女の繋がりが、ぐっと目減りして感じられた。つまりはその細い棒に、妬けて妬けて仕方がないのである。

しかもこんな意味の分からない癇癪のせいで、もう丸一日彼女の姿を見ていない。声も聞かせてくれない。トマスがいる限り布団から出ないつもりらしい。

あと二十六日しかないのに。

自分が勝手に決めた期限だとしても、それを破るつもりはトマスには毛頭ない。決めたものは決めたものだ。覆すわけにはいかない。

「トレイシー」

もう何度目かになる呼びかけは、当然のように無視された。

布団がモゴモゴ動いたので、聞いてはいるのだろうが。

「恋文をお書きになっちゃいかがです?」

今朝メアリーは目を爛々《らんらん》と輝かせ、浮かれ声で唆した。

「できるはずがないだろう」

少なくとも一回、メアリーの前で署名をしたことがある。トマスの事情を知らないわけはない。分かっているくせに言うのは、何かの罰のつもりだろうか。

「時間がないってのに」

「期限なんか設けちゃうからですよ」

トマスが眉間にしわを寄せて溜め息をつくと、呆れたように言われた。まるで子ども扱いである。まあ確かに、この台所番に比べたら自分など子どもだ。年齢の問題ではない。動乱も凋落《ちょうらく》も自分は知らない。そういう人生の深みに、兄達は惹きつけられたのだろう。

「いっそ私等のこと、なかったことにしちゃどうですか。そうしたらずっと御二人ご夫婦として暮らせますもの、ゆっくり仲直りできますよ。あの子だって今の暮らしで十分幸せそうです」

人生経験豊富なくせに、夢のようなことを言う。それこそ、できるはずがない。

「署名をしただろう」

「黙ってりゃバレませんよ」

「秘密はいずれ露見する。それに僕にはテレーズの将来を守る務めがある」

「またそんな堅苦しくおっしゃって。今のまんまでお釣りが来ますよ。食事も屋根もある暮らしができて、母親に仕事があって兄には教育をつけてもらって。あの子にとっちゃ夢のようです。本当なら親子三人、野垂れ死にしていたはずだったんですもの」

冗談じゃない想像だ。

「そんなこと絶対にさせない」

「お気持ちは嬉しいんですけどねえ。女の子の教育ってもっとほどほどで良いんじゃないですかね。外聞だって……。奥様も何も御存知ないのに、お可哀想ですよ。まあ、庶民の浅知恵ですけどね」

そう言って、太った台所番は丸い肩をすくめた。

それくらい分かっている。泣かれて、恨まれるだろうことくらい。けれど今さら時間は戻らない。トマスは既に選択したのだ。五年も前に。それが世間の言う〃破滅〃につながる道だとしても。

睨みつけると、メアリーはひょいと眉を上げて、わざとらしく溜め息をついて部屋を出て行った。


恋文を書くとする。

文面なら問題はないのだ。そんなもの彼に思いつくわけもないが、幸いにしてトレイシーの夢見がちなコレクションの中に相応しい資料があった。

彼女は結構過激な趣味らしく、トマスにはちょっと理解できないようなマニアックな志向の小説をいくつか隠し持っていた。かと思えば行き違いばかりで全く話の進まない、修飾語だらけの苛々するような本も多数見受けられる。ベラベラと美辞麗句を並べる男など信用しない方が良いと思うのだが、まあ、女主人公のその後の人生がどうなろうとトマスの知ったことではない。

代書屋に頼むという手は使えない。彼らの仕事は貴族同士の紹介で回っている。そしてトマスに紹介してもらうつてはない。何しろトマスの友人は皆、トマス並なので。

となれば、城へ帰って秘書に書かせるしかないか。

行き帰りの時間が勿体ないが、急がば回れだ。このまま何日も不貞寝《ふてね》されたのでは敵わない。期限の前に、彼女の姿をたくさん見ておきたい。声も聞きたい。肌に触れたい。あわよくばもっと色々。

「トレイシー」

もう一度、ベッドに向かって声をかける。留守にすることを、メイドに言付けるのではなく直接伝えておこうというのは、彼なりの誠意だ。

「僕は城に帰る。あんたはここで好きなだけ寝てろ」

親切にも寝ていて良いと伝えたのに、上掛けがガバッと開いて、目を丸くしたトレイシーが跳ね起きた。

髪はボサボサ、化粧もせず、寝乱れた夜着のままのぐうたらな姿。目元は泣いたように赤く、少し腫れている。

(泣き顔、可愛いな)

トマスも大概変わり者である。

「あ、あ、あの、トマス？」

トレイシーは声も聞かせてくれた。機嫌が直ったのだろうか。トマスの好きなガサガサのダミ声は少し鼻声だった。

「お城に……帰る、の？」

「うん」

トマスの一族は未だに中世末期に建てられた城に住んでいる。改装を重ねても尚じめじめとして不便な建物だが仕方がない。城が好きなご先祖達の意向で、新築の屋敷が何軒も建ちそうな金額が修繕と改装の方面に代々使われてきた。

「わた、私、あの……」

「じゃ」

相手の機嫌が直ったとしても、行くと決めたら行くのがトマス。簡潔に出立を告げると、トレイシーはわなわなと震え出した。薄茶の目からぽたぽたと涙がこぼれる。自分の留守が寂しいのだろうか。光栄だ。

早く行って帰って、あの眠そうなまぶたにくちづけよう。彼女の腫れぼったいまぶたは幼い頃から触れてみたかったところだ。きっと柔らかい。痩せたせいで随分すっきりしてしまったが、ああして泣いていれば腫れて昔に戻るようだ。

トマスはさっさと踵を返した。

好いた女性の泣き顔を見て心が高揚していたので、閉めた扉の向こうから悲痛な嗚咽が上がった時には、もう階段を降りていた。


夫は行ってしまった。永遠に去ってしまった。決定的に捨てられた。最後のチャンスを棒に振ってしまった。私はなんて馬鹿なの。あんなことくらい、我慢すれば良かったのに。甘えすぎた私がいけないの。こんな女、捨てられて当然よ。もう消えてしまいたい。残りの一生、石になって過ごしたい。

わあわあと泣きながら訴えるトレイシーを、メアリーはその豊満な胸の中に収め、よしよしと背中をさすってくれた。

「あれはねえ、違うと思いますよ」

「違わないわ、私がいけないの。こらえ性のない、最低女よ！」

扉の影から、エレンがハンカチを噛み締めて、口惜しげにこちらを伺っている。今は侍女よりこの大きな胸で泣きたいので、それは無視した。

「うーん、そっちはねえ、我慢しなくて良いと思うんですけど。ありゃあ旦那様が悪いですよ」

夫に捨てられた絶望を、メアリーの大きな胸が魔法のように癒してくれる。

お母さんみたい。

トレイシーの母はほっそりとした美人で、こんな包み込むような身体でも心根でもなかったのだが。

「まあ、晩御飯までには帰ってきますよ。お城まで馬を飛ばせば半日で往復できる距離ですから」

にっこり微笑むと、メアリーはまるでラファエロの描く聖母のようだ。田舎のおばさんくさい喋り方をするのに、不思議な品というか、透明感があるのだ。

「トマスに捨てられても、メアリーに会いに来ていい？」

しゃくり上げながら問うと、

「なんて勿体ない！　旦那様なんて、奥様の方からいっぺん捨てておやんなさい。そうすりゃあの朴念仁《ぼくねんじん》も、御自分の立場がお分かりになるでしょうよ」

と、明るく切り返された。

女友達も似たようなことを言った。モテる女性というのは強気な発想ができるものだ。メアリーも若い頃はモテたのだろう。

むっちりと包み込む年上女性の弾力が、自信のない自分を受け止めて励ましてくれる。

胸の大きな女性を好む男性心理が、今なら分かる気がした。

思えば兄は、口がうまかった。

「おいトマス、子豚って、けっこう声良いな」

壮行会の夜、わざわざ夜中にトマスの部屋へ来て、入隊を控えたオーブリー先生がおっしゃることには。

「少し低目で、ハスキーなんだ。落ち着いた感じで。ギャンギャン騒いでも、あんまり聞き苦しくなくてさ。まあ、子豚は家庭が複雑だから、そういうとこ気を遣う癖がついているのかもしれないが……低い声の女に甘えられると、許してやりたくなっちゃうよなあ？」

甘えられたのか。そうですか。そりゃ良かったね。

トマスごときの頭では「ガサガサのダミ声」としか形容のしようがないトレイシーの声は、女たらし用語では「低目でハスキー」と表現するそうだ。

「僕、ちょっと興奮したわ」

にやっと笑って、それで格好つけたつもりか。

どうせそのうち結婚するんじゃないか。そうなってからいくらでも興奮しろよ。早いよ。

兄はトマスの冷たい目線も気にかけず、べらべらとトレイシーの話を続ける。曰《いわ》く、胸がでかい、尻がでかい、谷間が深い、肌が白い、二の腕が吸い付くようだった。あの低い声で泣かれると……泣かれると!?

泣かせたのか。そうか。そういえば、戻ってきた時、目が赤かったな。

握った拳の内側で、掌に爪が食い込んだ。

「もっと早くに話しときゃ良かった。時間を無駄にしたな」

そういう兄は、トレイシーの泣き顔とダミ声で、すっかり彼女を気に入ったようだ。これは結婚秒読みか。今まで散々放っておいて。

所詮、トマスはただの義弟、夫になるのは兄。

兄がその気になれば、トマスの出番はそこで終了だ。主役が留守の間の単なる暇つぶし相手。練習用は用済み。

弟の醒めた空気がやっと伝わったのか、オーブリーが真面目な顔を作って向き直った。

「なあトマス、トレイシーは伯爵夫人にならないといけない。それ以外の選択肢は許されない」

噛んで含めるような言い方だった。

あ、バレたな。

やんわりと、釘を刺されたのが分かった。

「どの道お前は家を出るんだろうが、大学に居着くんでも、留学するんでも、伯爵家ができるだけ援助する。そこは心配するな。お前の才能は我が家の誇りだ」

出て行けということだ、遠回しに。二人が結婚して、兄嫁がこの城に住むようになったら。妻に横恋慕中の弟がいたのでは、安心できないのか。女たらしのくせに。

「僕はトレイシーと結婚しなきゃいけない。父上は病身だし、今のうちの経済状況で子爵には逆らえない。僕はいいんだ、子豚のことは結構気に入ってる。あのおっとりした垂れ目で、切なく僕の後ろ姿を追ってるかと思うと、それはそれで興奮する。大事にするよ、誓って」

え、あの眠そうな腫れぼったい目を、女たらしは「おっとり」と表現するのか。そこ、イコールでつなげていいんだ。

「ただあ、僕が戦死したら、ジャスティンの奴……子豚のこと、大事にするかなあ？」

「無理だよ」

トマスは即答した。

ジャスティンは飽きっぽい。加虐嗜好もない。オーブリーほどは腐っていないので、いじめて楽しい女を好むたちではない。トレイシーのような胸がでかいだけの夢見がちな馬鹿女を末永く尊重するとは思えない。これは別に、トマスに加虐嗜好があるという意味ではないが。

「だよなあ。そこなんだよ。僕が死んだらあいつが爵位を継ぐんだしさあ。子爵は伯爵夫人でなきゃいい顔しないし、もう八方塞がりだよ」

お前が次男なら良かったのにな、と嘯《うそぶ》かれると尚さら腹が立つ。

「じゃあ死ななきゃいいじゃん」

内心では逆のことを考えながら、ぶっきらぼうに返事をした。

自分の死後のトレイシーを心配する権利。

それもトマスが持っていないものの一つだった。

そして、口のうまさも、多彩な修飾語に美辞麗句も、トマスが持っていないものの一つだ。恋文を書くとなれば、さらにもう一つ、考慮すべき事情が彼にはある。

何が何でも城へ帰らざるを得ない事情が。


泣き疲れて眠ってしまったんだわ。

目を開けると朝の光が眩しくて、トレイシーは夜が明けたことを知る。

ふと、伸ばした手にカサリと何かが当たった。

指を伸ばし手にとって見る。……手紙？

百合模様がエンボスされたクリーム色の美しい封筒には、整った実直そうな筆跡で、宛名に「麗しのアッシュウッド伯爵夫人へ」と書かれている。微かに花の香りがするのは香水だろうか。

夜中に伯爵夫人のベッドに近づける人間は、限られる。まして、この人里離れた狩猟小屋で。

逸る心を抑えて寝台を降り、文机に向かう。

ペーパーナイフで封を切り、きちんとたたまれた便箋を広げ――――トレイシーは言葉を失った。

まったく、読めない。

「何これ、暗号？」

英語に見える。多分、英語だ。いや、ギリシャ語？　鏡文字？

母国語に近い所をスレスレでかすめて遠ざかる、読めそうで読めない文字。大きさがぐちゃぐちゃで、文字の角度も一定していないので、離してみると何かの幾何学模様にも……見えない。こんな汚い幾何学模様、多分、ない。

そして判読不能の暗号文の一番下に、これだけははっきり分かる、トマスの署名。

結婚式の時に一度見たきりだが、忘れようにも忘れられない。

脂汗を垂らしながら、憎々しげに目をすがめ、ことさらゆっくり署名していた。よほど署名するのが嫌だったのだろう。字が震え、曲がっていた。気が進まない結婚のせいか……と、思っていたが、もしや。

窓の外から子どもの声が聞こえる。

ガラス戸越しに見下ろすと、中庭でトマスが小さな女の子と遊んでいるのが見えた。

腕まくりをした白い腕で、女の子を抱き上げてくるくると回る。ボサボサの赤毛はますますボサボサに。無邪気な声がキャッキャとはしゃぎ、もっともっとと遊びをねだる。

初めて見る、子守りをするトマス。

それから、初めて見る、多分トマスの筆跡。

とにかく、帰って来てくれた！

一番簡単に着られるドレスに急いで着替え、三つ編みを頭に巻いただけの簡単な出で立ちで外に出る。

「トマス！」

遠くから声をかけると、彼女をみとめたトマスは子どもを下ろし、何か言い聞かせて使用人口の方へとその子を送り出した。

走って行く女の子の髪はシナモンブラウン。メアリーの娘かしら？　と、チラリと思う。伯爵に遊んでもらうなんて、幸運な子だ。こんなに気さくな主人、街暮らしの貴族の中には滅多にいない。都会では高慢に振る舞わねば使用人に舐められるからだ。

「おはよう、トレイシー。昨夜はぐっすり眠っていたから、声をかけなかった」

トマスは少し照れたように微笑んだ。この表情から察するに、あの手紙の内容はそれほど悪い知らせではないのだろう。まあ、トマスなので油断はできないが。

「おはよう。気づかなくてごめんなさい。お手紙も、ありがとう」

トレイシーも微笑んで、大事に持っていた封筒をちょこんと胸の前に示す。

「ああ……うん」

ソバカスの浮いた頬が少し赤みを帯び、彼は下を向いてしまった。

そのまま数秒。

「機嫌……直った？」

ちょっぴり不安そうな声で、上目遣いにトレイシーの様子を伺う。

「ええ。ごめんなさい、我儘を言って」

人道的には我儘なのはトマスの方だが、そこの分別がつくくらいならトマスではない。

「ただ、あの……」

ん？　と、心細げな青い瞳がトレイシーを見る。

ああ、この状況で、言いにくい。

でも、言わないと。

「読めなくて」

そう言って便箋を広げてみせると、トマスの表情が凍った。

「宛名は大丈夫だったの。ただ、本文が……署名はちゃんと読めたわ、教会で見たことあるし。その、私も不勉強で、綴りが……ちょっと知らない単語なのかもしれないのだけれど……」

どう伝えたら彼の心を傷つけずに済むだろう。

あれこれ考えながらモソモソと喋っていると、トマスのほんのり赤かった顔が、真っ赤になっている。

「ジェンキンス……下書きだって言ってたくせに……裏切ったな！」

そのまま駆け去ったトマスは、厩へ向かったらしい。昼過ぎに息を荒げて戻った時も、何かブツブツと悪態をついていて不機嫌だった。この手紙の内容を教えて欲しい、とは、言いにくい状況である。

メアリーに相談すると、

「そのうちお城に行く機会があったら、秘書のジェンキンスさんに解読してもらうと良いですよ」

と教えてくれた。

トマスの悪筆を読み解くことができるのは、先代から仕えるジェンキンス氏だけなのだそうだ。外向きの文章は、たいてい秘書が代筆しているという。

トレイシーはアッシュウッド城を訪れる予定がない。離婚を前提とした関係で、夫人を連れ帰ることをトマスが良しとするとも思えない。

中身は一生分からないかもしれないが、もしそうなっても、一生の宝物ができた。ジェンキンス氏の裏切りに感謝だ。

トマスの自筆が、とても嬉しかった。


「昨夜は、入浴した？」

朝食の席で、ぶっきらぼうにトマスが聞いてきた。

まだ少し、機嫌は悪そうだ。

「ええ」

トレイシーは目玉焼きを切り分けながら答えた。

本当に、メアリーときたら何て料理上手なのだろう。こんな絶妙に半熟の目玉焼き、今までお目にかかったことがない。野菜の味付けも塩コショウではなかった。ドレッシングだ。お洒落だ。

昨日はトマスがイライラしていて近づきにくかったので、ほとんどメアリーとエレンと三人で過ごした。メアリーが銀器を磨き、食材やら何やらの帳簿を付ける。その隣で侍女のエレンが繕い物をし、トレイシーは暇つぶしに刺繡をする。狩猟小屋にあった資材で適当に刺しているので、単純な図柄なのだが。

なんとメアリーは、フランス語とイタリア語がペラペラだった。フランス語に関しては母国語なのだから当たり前かもしれないが。大陸の読み書きは困らないが英語は未だいまいちという彼女は、亡き夫の商売の都合で十年前にこの島国へ移り住んだのだという。

「昔は英語が全然読めなくて。書類の意味も分からずサインしちゃう、なんてこともしばしばでしてねえ。夫には随分怒られたもんです」

ケラケラと笑うメアリーに「何て世間知らずな！」と叱るふりをする侍女は、もうこの太った台所番に対抗するのはやめたらしい。母親ならではの温かい眼差しと不思議な品の良さに陥落したのだろう。なぜってトレイシーもそうだから。

エレンは、「マリー・アントワネットを見たことがある？」と目を輝かせて質問し、「何度かね」とウインクされて、大興奮だった。

回想から戻ってふと見ると、トマスの手が止まっている。

「もう食べ終わったの？」

その割に、皿の上には炒め玉ねぎが少し寄せて残してある。

トレイシーが玉ねぎを見ていると、トマスが憎々しげに言った。

「嫌いなんだ、玉ねぎの芽」

芽、というほど他と違うようには見えない。硬そうでもないし緑なわけでもない。

「メアリーも他の奴らも、体にいいから残すなって言うけどね。苦いし、口当たりが気持ち悪い」

どうして他の奴らは平気なんだ。と、溜め息混じりに言うトマスは、神経質そうに眉をひそめている。

トレイシーはその芽とやらがまったく気にならない。そもそもその、他の部位と同じ色、感触でしかない「芽」とやらを、よくぞ判別して避けたものだ。……というほど、トレイシーには違いが分からない。

「トマスって、舌が良いのね」

感心したので、率直に褒めた。

彼が片眉をぴょんと上げる。

「そうなのかな。気にしすぎだって、よく言われる」

そりゃあそうだろう。作る側、もてなす側にしたら、面倒くさいことこの上ない。

「正直言うと私も気にならないから、気になる人の気持ちは分からないわ」

もう一度残された玉ねぎをよく見てみた。やっぱり分からない。

「でも、トマスには分かるのよね、気になる人の気持ちが。それって凄いと思うわ」

夫は面食らったような顔をした。

それから気まずそうに食堂の壁に目をやり、しばらく明後日の方を向いていた。

トレイシーが卵を食べ終えてフォークを置くと、トマスが立ち上がる。

待っていてくれたの？

問うように見上げると、青い目が舐めるように見下ろす。

居心地の悪さを感じて目を逸らすと、

「口のとこ、ついてる」

と指摘された。

あわてて口元に手をやったのを掴まれ、驚いてまた目を上げる。

「拭ってやるよ。寝室に行こう」

あ、そうだった。

月の穢れは、昨日で終わったのだった。


これほど緊張することなど、もうないだろう。

前回もそう思ったが、今回も思っている。

後ろに回ったトマスはドレスの留め紐を外し終え、コルセットに取り掛かっていた。今朝エレンが、「着付けの簡単なお召し物にいたしましょうね」とニヤニヤしていた意味が、今さらになってわかってくる。

「ここに、小さい滑車があったら良いと思う」

トレイシーの方はこんなにドキドキして、脱げかけたドレスで必死に胸元を覆っているというのに、トマスはまたコルセットへの知的好奇心に引っかかった。

「滑車？」

「胴を締めたいんだろう？　滑車が付いていれば、少ない力でもっと締め上げられる。作ってみるかな。当たれば産業になる」

伯爵を辞めてコルセット職人にでもなろうというのか。いや、産業ということは領内で作る話か。

「ああ、でも、あんたはそんなもの着けちゃ駄目だ。健康に悪い。元気で長生きしてくれないと」

そう言ってうなじにくちづけられ、肌が震えた。

「手、離せよ」

紐を解く作業が終わり、緩んだコルセットがずるりと下がる。後ろから脇腹を撫でるように伸びてきたトマスの手が、トレイシーの掌を包む。そして、ゆっくりと掌を持ち上げられ、
心臓が、口から出そう。

トレイシーは観念して指を離した。

ふわりとしたモスリンと重量のあるコルセットが、肌を伝って床に落ちる。夫の指がむき出しになった乳房を掴む。そのまま両手でむにゅりと揉みしだかれて、思わず溜め息を漏らした。

大きな固い掌が、胸の頂きをかすめる。

そのたびに形容しがたい痺れが下腹を貫き、あっという間に硬くなった先端を、トマスの指がこねるように転がした。

「あ、あ、あ」

びくびくと震える首筋にくちづけられ、舐められる。猫のような舌は耳の後ろをねっとりと這い

まわり、尖った舌先が顎の線をくすぐる。

乳房を揉んでいた手が片方離れ、臍の下へと這うように移動していった。

あそこに、触れられる。

そう思って、トレイシーが官能の記憶に打ち震えたその時。

「あ、やば」

そう言って、はたとトマスが我に帰った。

「また忘れる所だった」

急に手を離され、中途半端に燃え上がっていたトレイシーはいたたまれない。両手で胸と下を隠し、ベッドの中へ逃げ込もうかと赤い顔で思案する中、トマスはサイドテーブルの引き出しを開けた。

彼が取り出したのは、陶製の広口瓶だった。

トマスが慎重にコルク栓を抜く。入っていたのは白っぽい半透明の……何というか……。

「ヒトの生皮?」

まさか、と疑って聞くと、

「豚の腸」

と、一言だけ返ってきた。

液体に浸されていた腸を手でつまみ、びろーんと持ち上げたトマスの声は平板で、何の話かまったく読めない。どうやら筒の形になっているらしいそれは、端に紐が通してあって、口を縛るようにできている……っぽい。何かの袋? 巾着袋にしては長いような。

「油でも塗った方が良いだろうか。滑りはそんなに悪くないようだけど」

トマスは布で軽く水気を拭いながら、手触りを確認している。彼にとっても未知のものなのだ。

「それ、何？」

不安になって尋ねた。

トマスは品物から目を上げて、いつもの抑揚のない声で言った。

「避妊具」

夫が、妻との子どもを、彼女との未来を、全く予定に入れていないことを思い知らされた。


ぺたん、と、冷たい感触がして、自分が床にへたり込んだことが分かる。

それはまあ、そうだろう。

最初から分かっていたことだ。この期間が終われば彼は彼女と別れるつもりだ。子どもなど残しては後腐れになる。

お情けにも、子種《こだね》などくれてやる気もないのだ。こんな、豚の腸などというものを、妻の体内に入れてまで。彼女はその小さな希望に、縋りついたというのに。

恋愛における温度差は残酷だ。

この時初めて彼女は、トマスとの関係に「恋」という言葉を使った。

今まで、頭の中ですら、それを自分に許したことはなかった。何度彼にときめいたとしても、なけなしの貞操観念が、オーブリー以外の男性に恋していることを認めてはならないと戒めていた。

わたしの好きなひと。

その形容を、たとえば思い浮かべるだけでも、自分に禁じてきた。彼の兄に忠実に仕える、貞節な女であらねばと思っていた。

それしきで許されると思うとは、何と浅はかな。

浮気者の自分に相応しい、残酷な末路が待っていた。

「トレイシー」

トマスの声が降ってくる。

「そんなに嫌なら、しない」

使わない、ではない。

しない。

彼女と無防備に身体をつなげることは、『しない』。

「私は、……したいわ」

これを逃したら、もう機会はない。どうせもう処女と言い張れる身体でもない。

好きな人に抱かれる。

そこに彼が何の感情も持たなくとも、快楽はあるだろう。

好きな人の手で悦楽を感じて、そして彼にも感じてもらう。

自分の身体で。

とても素敵なこと。

「そんな風に泣かれたら、無理だ」

トマスがしゃがんで、彼女の顔を覗きこんできた。

そうは言っても、目から流れる涙はどうしようもない。

「止まらないの」

「うん」

「したくないわけじゃないの」

「うん」

「赤ちゃんが、欲しかったの。青い目の」

「うん。……そうか」

トマスはそっと彼女を抱き寄せた。

シャツを着たままの肩口にもたれると、涙が後から後から溢れてくる。

「どうして急に、私とする気になったの？」

怖くて聞けなかった問いが、するりと出てきてしまった。それを聞いたら、全部壊れる気がしていた。

トマスは一瞬息を止め、小さく吐き出した。

「叔父に強要されて」

ああ、やっぱり。

馬鹿みたいにドキドキして、一喜一憂してはしゃいだ時間が、ガラガラと崩れ落ちるような理由だった。

「僕は、オーブリーがずっと妬ましかった。あいつが戦争に行く時、死んでしまえって、心の底では思っていたんだ。……そしたら死んだ。ジャスティンと、二人揃って仲良く。僕の望み通りに」

トレイシーを抱きしめたまま、トマスの声は淡々としていた。

「それで、流石に根性悪な僕も後ろめたくなってさ。オーブリーが継ぐはずだった義務とか務めとか、そういう面倒くさい所はきちんと引き受けるとして、おいしい所は全部放棄しようと思ったんだ。だからあれ以来、趣味の方の化学実験は一切していない。専攻も植物学に変えた。化学反応に詳しい領主より、土壌改良ができる領主の方がいいだろう？」

トマスの意外とゴツゴツしていた掌が、どうやってできたのかが分かった。土を耕して、領民を豊かにするための実験を繰り返していたのだろう。

「あんたと一緒になる権利は、真っ先に放棄した。あんなことになって、断りきれなくて結婚したけれど、本当は僕はそれができる立場にない。あんたが同意しだい結婚は解消するつもりだったから、叔父に頼んだんだ。早く結婚して跡継ぎを作ってくれって。そしたら叔父が出した条件がこれだった」

なるほど。

つまりトレイシーは巻き込まれたのだ。兄弟の確執とトマスの贖罪《しょくざい》に。

さっさと離婚しなかったばっかりに。

素直に婚約破棄しなかったばかりに。

「別居だけっていうのは、駄目？」

名前だけでも、あなたの妻でいたい。

ささやかな望みは、勿論すぐに否定された。

「駄目だ。こんな関係、続けられない」

こんな関係。

自嘲が漏れる。

「あんたに魅力がないって意味じゃない。僕に問題がある。あんたは、独身に戻れば男どもが放っておかないと思うよ。血筋もいいし、財産もある。一緒にいて楽しいし、見ていて飽きない。僕だって、ずっと……」

ずっと？

顔を上げると、深い青い瞳は真摯に彼女を見つめていた。

「僕が爵位を望んだのは、それがない男ではあんたに相応しくないからだ。親父さんも認めないだろうし、僕も嫌だ。上等なドレスだけ着て、かしずかれて生きて欲しい。三男坊の学者じゃ、そんな金稼げない」

考えたこともなかった。自分が生きるのに、どれだけのお金がかかるのか。それを支える財力が、どれだけ恵まれたものなのか。

「酷い男だよな。ちゃんとした説明もなしにあんたの貞操をいいようにして。本当は、僕にそんな権利なんかなかったんだ。あんたは断っても良かった。……今さらだけどね」

仕返ししたくなった？

小さく言って、トマスの顔が苦しげに歪んだ。

最初の時に、彼が制止の言葉に過剰に反応したことを思い出す。

「復讐は簡単だ。『オーブリーが良かった』って、正直に言えばいい。それだけで、僕の胸は張り裂けるよ」

そんなことを言うはずがない。一度も思ったことがない。

それなのに、トマスは自分で言っておいて落ち込んだらしい。うなだれてしまった。

銅《あかがね》色のつむじが目の前にある。ちょっと、曲がっていた。

心の中で、死んだ婚約者に「ごめんね」と謝って、トレイシーは夫の額にそっとくちづけた。

「あなたが好き」

額と額を合わせて、覗きこむようにトマスを見る。

二歳年下の幼馴染は、傷ついた目で、伺うように妻を見つめ返す。

「ずっと、好きだったの」

もう一度言って、そっと唇を触れ合わせる。

彼女は、許すことにした。

豚の腸を体内に入れることを。

彼の情熱と共に。


惚れた女の許しを得るや、トマスは縋りつくように固く固く抱きしめ返した。

「トレイシー、トレイシー……」

掠れた声で繰り返し名前を呼び、その髪に唇を押し当て、頬ずりをし、またぎゅっと抱きしめる。

抱擁のままベッドへ倒れこみ、シーツへ押し付け、顔中くまなくくちづけし、もどかしげに着衣を脱ぐと、乱雑に投げ捨てた。

たわわな乳房にがっつく姿は、まさしくけだもの。

両手でその柔らかさにしがみつき、顔を埋めてこね回す。

技巧も何もない乱暴な愛撫なのに、どういうわけかトレイシーの中心が熱くなった。

既に尖った頂きに、トマスの熱い舌が触れる。押しつぶして、転がして、吸い上げて。そのたび嬌声が喉からこぼれて、自分の甘い声が脳を煽る。

私、好きな人と淫らなことをしている。

トマスの掌が秘部を包むように触れると、それだけで甘い痺れが狭間を濡らした。のしかかる男の熱い息が耳元をくすぐる。

押し付けるように揺れてしまう腰の動きに合わせ、肉の上から花芯を愛撫していた手が、つぷりと指を中に入れた。

固く合わせた内側を、一本の指がツゥっとなぞる。

喜悦の声を漏らして弓なりになった彼女の中へ、無遠慮な指が入ってきた。

「あ、あ、あ……」

挿入に合わせて声が出てしまう。

内壁を擦る力加減がこの前より強い。痛いくらい。その痛みに相手の渇望を感じて、いっそもっと乱暴に、もっと満たしてと腰をくねらせる。

トマスが身を起こし、サイドテーブルから避妊具を手に取った。

ああ、そうやって着けるんだ。

荒い呼吸の下で見守っていると、振り返ったトマスも荒く息をついている。気だるげな青い瞳は情欲に暗く翳《かげ》り、彼女の目を見てニタリと笑った。

分かるのかしら、わたしのふしだらな心のうちが。

大きく脚を広げられる。眼鏡をかけたトマスがじっとそこを見下ろすのは、見るため。トレイシーの秘めている女の部分を。

くちゅりと秘裂が広げられ、薄皮越しの熱い塊を感じた。

あんなに痛かったのに。この前のは終わったあとも、数日は用を足す時ヒリヒリした。その上、今日なんて豚の腸ごしに。

でも、早く一つになりたい。

最初の時と違い滴るほどに濡れた粘膜は、ぬるりと吸い付きながらトマスのものを受け入れた。

「あ、あ、あぁぁぁ……」

太くて熱い杭がゆっくりと押し入る。甘い痺れが骨盤に広がって、深く息をついた。

悦楽って、きっとこれのことだ。

陶然と瞑目したトレイシーのまぶたにくちづけが降りてきた。

そしてトマスがゆっくりと動き出す。

出ては入る動きに、粘膜が擦られて蜜があふれる。身の裡《うち》に感じる男の感触は、震えるような快感を女の肚《はら》に溜め込んでいく。

「あんっ、あっ、あぁっ、あっ」

揺すられて、突き上げられて、淫らによがって、はしたない。

こんな私を、トマスはどう思ったかしら。

目を開けると、すぐ前に彼の顔があった。

大好きなソバカス。大好きな赤毛、大好きな青い瞳。毒の結晶と同じ色。

薄い唇を赤い舌がチロリと舐め、それから彼女の鼻先を犬のようにべろりと舐めた。

「可愛い、トレイシー」

熱っぽく囁く瞳は捕食者の眼。

犬じゃなくて、狼だった。

そのまま抱きすくめられて、抽挿が激しくなる。

閉じ込められた腕の中は、じっとり熱く、汗の匂いがした。

喉が枯れるほど喘いだ身体に、何度か強く腰を押し付けられ、内部でトマスが一瞬膨らむ。その一瞬のあまりの歓びに、肚は痺れ頭が真っ白になる。

脱力したトマスがのしかかってきても、トレイシーには押し退ける力も残っていなかった。

内股が重い。

放出にドクドクと脈打つ雄の感触に、内壁が反射のようにきゅうっと締まる。一滴逃さず絡め取ろうとするように。

だが哀れ、そこには人造の薄皮が。

思っていたより、気持ち良かった。

それから、覚悟していたより、ずっと虚しかった。

どのくらいだろうか、多分、そんなには長くない時間。二人は荒い息のまま抱き合うように重なり合って、気だるさと余韻に浸っていた。

トマスがのそりと上体を起こす。

股の間からずるりと性器が抜き取られた感覚がして、目を開けた。

「それ、どうするの？」

トマスは避妊具を外しながら答えた。

「これ？　中身を出して、よく水洗い」

へえ、再利用するのね。

トマスは添えられた説明書きを読んでいる。フランス語っぽい。勉強熱心でなかったトレイシーには、片言しか分からない。

「そうだね、水洗いだ。あとはまた水に浸して保存」

彼が眼鏡のつるを人差し指で押し上げる。あの仕草、好き。

「そんな道具がこの世にあるなんて、初めて知ったわ」

だるさから、声が溜め息混じりになった。

「僕も王立学会で聞くまで知らなかった。本来は性病予防に使うものらしいけど、避妊にも有効だというんで現在三家族が実験に参加してる。実験って言っても、まあ、仲間内で報告しあってるだけだけど」

トマスの青い目が笑った。実験という言葉が出るだけで、この人は本当に楽しそう。

疲労に動けない身体でうっとりと眺めていると、使用済みの避妊具をぞんざいに布でくるんだトマスが、再び引き出しを開けた。

「これ結構、高いんだけどさ」

中から同じ瓶がもう一つ、顔をのぞかせる。

え、なんで。

「あんたとセックスするために、二つも買い込んだ」

トマスの骨ばった手が、またびろーんとそれをつまみ上げた。

さっきの一回でへばりきったトレイシーには信じられないことに、トマスはあれを続けて二回もする気らしい。

無理だ。体力が保たない。

「会話もなくがっついて悪かった。今度はじっくりやろう。ちゃんと、感じる所は言うように。希望があったら伝えてくれ」

ニタリと笑った眼鏡の奥には、観察者の目があった。

トレイシーは、さっきの今なのに、ぞくぞくした。

その後、彼は彼女をさんざん嬲《なぶ》った。

苦しげに顔を歪めて想いを告げた、あの真面目な青年と同一人物なんだろうか、というほど。

「二回目だから、保つよ」

言われた意味も分かった。

どこがどう感じるのか、恥ずかしいことをたくさん言わされ、執拗にそこを責められ、あられもない痴態をつまびらかに口述され、またあの豚の腸で覆ったもので貫かれて、様々に体位を変えて揺すり上げられた途中から記憶がない。

しばらく眠っていたのだろう。物音に目を覚ましてぼんやりと目を開けると、トマスが窓際で何かしていた。

出窓の日の当たる所に細長いガラス瓶を並べている。ああ、試験管だ。昔、何度も見せてもらった。中に何か、白いひらひらしたものが浮いている。

日差しが背中に影を作っていて、本当に、身体つきががっしりしてきたな、と思う。農作業って凄い。日焼け対策はどうしてるんだろう。真っ赤になる体質だったはず。

眺めていると、トマスがチラッと振り向いて、「起きたんだ」と、微笑んだ。

さっきまで泣いても喚いても許してくれなかった目つきの悪い夫は、笑うと少し可愛い。

「あのまま陶器の瓶に詰めたら、瘴気がこもって病気になりそうな気がして。日に当てようかと」

さんさんと降り注ぐ日の光を浴びて、試験管の中でふわふわと陽光を透かしているものは、先ほどのあれらしい。

爽やかな初秋の朝に、キラキラ光を反射する試験管と、避妊具。

大事な実験器具に使用済みの豚の腸なんか入れちゃって、いいのかしら。

トレイシーは自分も豚の腸なんかを挿れられちゃってる件は、考えないようにした。

試験管にコルク栓をし、シャツとベストをきっちり着込んだトマスがベッドの端に腰掛ける。対して自分は裸のまま。髪も乱れきって、股の間がまだじんじんと重い。

「食事、どうする？」

聞かれて、そういえばと空腹に気づいた。

「いま何時？」

「三時くらい」

すごい。半日以上もベッドで過ごしてしまった。行き遅れにして既婚処女だったトレイシーが、とんだ荒淫ぶりである。

「今日はもう、どこへも観光行けないわね」

そう言うと、トマスは肩をすくめた。

「体力的に無理。だるいし眠い。初夜が夜な理由が分かったよ」

二人で顔を見合わせて笑う。

夜のことを朝に執り行う実験は、「疲れるのでオススメしない」という結論を導いた。

それからトマスは食事を部屋へ運んで来てくれて、トレイシーに勧めた。彼自身はもう済ませたのだという。彼女が気だるく食事する間、一人がけのソファに腰掛けて本を読んでいる。

何を読んでいるのかしら？

チラリとタイトルを盗み見て、口の中のベーコンを吹きそうになった。

「何？」

赤い背表紙から目を上げたトマスは、普段通りの無表情である。

トレイシーは何と言っていいのか分からなくなって、手元のスープを見下ろした。トマスを見て、またスープを見下ろして、次は本の背表紙を見た。

『マダム・アンジェの閨事指南』

そういや持って来ていたんだった。

ごほんと咳払いして気づかなかったふりをすることにし、再びパンを千切る作業に戻る。

「この本さあ」

そこへ空気を読まない夫が声をかけた。

「女性向けを装っているけど、男性向けだった」

「そ、そうなの。ふーん」

女性が食事をしている目の前で、そんな本を読まないでください。

「自慰の仕方が書いてあるんだけど、多分これ、違うなあ。男の思い込みだよ。あんたの感じる所と、同じではないね。個人差だろうか」

か、感じる所って、言わないでよ。

「解剖図も酷いもんだ。この断面図、膣と直腸は書いているのに尿道と膀胱がない。男性器の解剖図は正確なのにさ、笑っちゃうよ。挿れる穴以外には興味ないのかって」

挿れる穴？

「でも、直腸は書いてあるんでしょう？」

「うん？」

「その、夜のお務めに使わない方の……所についても、ちゃんと……」

「トレイシー、あんた……ぶはっ！」

トマスが急に吹き出した。

何なんだ。

含みのあるニヤニヤ顔でこっちを見ないで！

「あんたさあ、僕がノーマルな男で、本当に良かったね」

どこが？

それこそ、どこが？

あんな詳細に私の恥ずかしい所とか恥ずかしい姿とかを口頭陳述しておいて、どこがノーマルなの⁉

口にパンを入れてしまったせいで、いいタイミングで言い返してやれないのが残念だ。

「まあ、そういう過激なことはする気ないんだけどさ」

トマスはパラパラとページをめくりながら、またニヤニヤと笑った。

「せっかく教本があるんだし、初心者向けの所は、ひと通りやってみようか」

それから三日間、トレイシーは寝室から出してもらえなかった。


『童貞が女をおぼえると盛りのついた犬のようになる』

と、聞いたことがある。

いやいや、うちの夫に限ってそれはないですわよ。と、思っていた。

夫が童貞だったかどうかは知らないが、初体験の妻をリードする気もないようだったし、やたらと女体に学術的興味を示すし、多分、トレイシーが初めてなんじゃないかな、と思う。

まあ、女性をリードする気がないのは、トマスがトマスだからかもしれないが。

実際の所、性的快楽の追求なのか、ただの知的好奇心なのか、はたまた愛情表現なのか、判別の付かない所がトマスにはある。いや、最後の愛情表現説はなしかも。

まあ、それにしたって、こんなに毎日毎晩、トレイシーが歩けなくなるまでいたすことになるとは、半月前は予想だにしなかった。もはや観光どころではない。旅なんか出なくて本当に良かった。

「今日はもう無理かな、残弾数ゼロ」

そう言って、トマスは勝手に休憩を挟む。

休憩と言っても休むのは彼だけで、空いた時間、暇を持て余した研究熱心な指やら舌やらが、女体の探求に勤しむのである。トレイシーには休む間がない。よがりっぱなしの濡れっぱなしで、腰周りだけ脱水になりそうだ。

夫婦のお務めって、思ってたより体力使うわ。

今、中庭のベンチにもたれてぐったりできるのは、トマスがメアリーの娘にせがまれて勉強を教えに行ったからだ。

メアリーの娘テレーズは、五歳になったばかりだというのに恐ろしく頭の良い子だった。テレーズはテレサのフランス風の呼び方。トレイシーは普段は愛称の方で呼ばれているが、元の名前はテレサであるから、たまたまながら二人は同じ名前ということになる。だというのに、テレーズの青い目は知的にくりくりと輝いて、数学が大好きときたもんだからエライ違いである。その上あの歳でフランス語がペラペラだなんて信じられない。お母さんがフランス人だから当たり前なの？　と、メアリーに聞くと、

「この先の港から対岸のフランスまで船で半日なんです。近いから、みんな行き来してるんですよ。だからこの辺じゃあ、特に漁師なんかは、簡単な会話程度なら喋れて当たり前な感じですかね」

と、笑顔であっさり返された。

トレイシーは五歳児以下で漁師以下ということになる。

ま、まあ、庶民の発音と貴族の発音は違うものよ。と自分を慰めつつ、少しはテレーズのように勉強しようかな、と謙虚に思い直す気持ちもある。

離婚したあと、科学の勉強でもしていれば、多少はトマスと近い気持ちでいられるのではないか。向学心は大切だ。動機が少々よこしまではあるが。

物思いに耽りながら秋に向かう庭を眺めていると、台所の方からトマスが帰ってきた。肩の上にテレーズを乗せている。

「トレイシー、結晶作らないか？」

唐突に言われて、きょとんとなった。

結晶とは、二人の愛の結晶？

……なわけないか。

「テレーズが、僕の信奉する粒子説を鼻で笑ったんだ。だから、塩と水が連続体にならないことを証明してやろうと」

粒子？　連続体？　意味がわからない。

小さなテレーズも生意気そうに片眉を上げている。

「座りながらでもできる？」

「大丈夫だよ」

そう言ってトマスは、慣れた様子で台所にトレイシーを伴った。

貴族の館で、伯爵が台所をウロウロすること自体が珍しい。

その上、鍋に塩水を沸かしているとあっては尚さら。

「できた？」

針金を渡されて「何か形を作れ」と言われたトレイシーは、隣でテレーズが星形を作るのを見ながら、勝手知ったる丸メガネを作った。

トマスはそれを見て何も言わなかったが、少し笑ったように感じる。

「じゃ、それにこの糸を巻き付けて」

渡されたのはしつけ糸だろうか。毛羽立った、上等でない糸をぐるぐると巻いていて、ふと横を見て気づいた。

トマスが手元で作ってる針金の形、あれ、もしやハート型？　かなりいびつだけど。

そんな可愛いものを作るとは、意外である。

出来上がった針金工作は糸で長しゃもじに吊るされ、長しゃもじは塩鍋の上に渡されて、星とメガネとハートもどきは白く濁るほどしょっぱい湯の中に浸された。それをボロ布を敷き詰めた木箱に入れて蓋をする。

「明日の午後になったら、これを開ける。さっきの針金がどうなっているのか、予測するのが今夜の課題だ」

テレーズに向かって偉そうに講釈を垂れる姿は立派な教授である。五歳児に向かって、課題って。

しかし五歳児の方は神妙に頷いて木箱を睨みつけているので、あの二人はあれで良いのか。テレーズの兄もあんな調子で勉強を見てもらったのなら、学校ではさぞ成績優秀なのだろう。

そのあと、メアリーが即席で焼いたクッキーを並んで食べて、トマスが窯にまつわる熱伝導の講義を始めてトレイシーが眠くなった所で、勉強の時間はお開きになった。

自室に戻ると、侍女が満面の笑みで待っていた。

「できましたわ、奥様」

「え、何も言いつけた憶えはないわよ」

怪訝な顔をすると、侍女は満足気に手に持った布を広げる。

……どう見ても農婦の服である。

切り替えで配色した色合いは畑に同化する灰色、茶色、ベージュ。自慢するような物ではない。

トレイシーが身につけるような物でもないだろう。

「どうです、このライン！　奥様のお胸が映えるように、ウエストの高さを微妙に調整いたしましたのよ！」

「え、私が着るの？」

「もちろんです。さ、お早くお召し替えなさいませ」

そうして強引に着ていたドレスをひっぺがされ、農婦の格好をさせられた。鏡の前に立ってみれば、確かにきれいなラインのドレスではある。生地は残念だが。

更に鏡台の前に座らされ、地味ながら品のある編み上げが出来上がった頃、続きの扉からノックもせずにトマスが入ってきた。いつものパリっとした服装ではなく、畑と同化しそうな色合いのジャケットを着ている。田舎紳士風な。

「できた？　うわ……」

田舎紳士は入ってくるなり口を手で覆った。

「駄目だろう、これ。美人すぎてかどわかされる」

眉をひそめて真顔で言う言葉か。

ここで「まあ、私の農婦姿ったら、結構いけてる？」などと思ってはいけない。トマスの言葉は間違いなく非難する口調であって、褒めるとか女性の機嫌を取るとか、そういう要素は微塵もない。

「そりゃあそうでございますよ。元が良いのですから」

エレンは頬をふくらます。相手が夫人だろうが伯爵だろうが、全く怖気づかない彼女は通常運転である。

「美人なら良いってものじゃないだろう。臨機応変だ」

同レベルで頬をふくらませているトマスもまあ、通常運転である。

おそらくトマスには「美人」という一定の枠組みがあって、単にトレイシーが今、その枠にハマっているだけなのだ。美人と言われたからって褒められているのではない。

多少の虚しさを感じていると、トマスと侍女は羽織物を着せることで妥協点を見いだしたようだ。薄手のショールを肩にかけられる。トマスに胸元を覆うようにぐいぐいと結び目を上げられ、侍女に胸元を出すようにぐいぐいと結び目を下げられ、なんやかやしながら手を引かれて外に出た頃には夕闇時である。

厩番から手綱を受け取るトマスにどういうことか尋ねると、きょとんとした顔で言われた。

「居酒屋、行きたいんだろ？」

なんで分からないんだ？　と言わんばかりである。

今日行くなんて聞いてない。

言ってくれなきゃ分かんないって！

二人乗り用の鞍に乗せられ、後ろに跨ったトマスが手綱を取る。まるで物語に出てくる騎士と姫君のような、とうっとりしたい所なのだが、

「トレイシー、頭、邪魔」

と、にべもなく言われて出発早々縮こまることとなった。

物語の騎士は長身で、座高も姫君より頭一つ分以上大きい。余裕で前が見渡せるのだろう。

「ねえ、どうして二人乗りなの？」

「悪かったよ、チビで」

「言ってないわよ、そんなこと。馬なんか何頭もいるのに、どうして一頭で行くのかなって思っただけ」

「贅沢すると悪目立ちするだろう」

え、馬二頭って、贅沢なの？

トレイシーが疑問に眉をひそめると、

「これから行く店は、治安はまずまずだけど労働者階級の店だから。あんたも多分目立つし。ああ、ちゃんと胸隠せよ。だいたいあんたは白すぎるんだよ」

不機嫌そうなのは一体どうしたことか。

チラリと谷間を睨まれて、慌てて結び目を押し上げた。

村に着いてしばらく行くと、山羊《やぎ》と羅針盤亭《らしんばんてい》という看板を出した大きめの建物に着いた。

馬から降りると、トマスは慣れた様子で馬小屋へまわり、空いていた房に馬を繋ぐ。それからまた表へ戻り、トレイシーの肘をしっかり掴んで建て付けの悪い扉を開けた。

初めての居酒屋！

と、わくわくする間もない。中に入った途端に漂ってきたタバコの煙と酒臭さに、トレイシーは思わずむせた。トマスはカウンターの店員に軽く会釈をすると、咳き込む彼女を奥の席へと引っ張っていく。

席に着くと、彼がテーブル横の小窓を少し開けてくれた。ようやく息ができる空気が入ってきて、トレイシーはホッとした。

庶民の居酒屋、思ったより難易度高いわ。

見回すと、こぢんまりとした店内は半分くらいしか埋まっていない。

「まだ早い時間だから」

トマスが解説を入れてくれた。

座っているのは男性ばかり。そこそこ清潔感のある者からくたびれた旅装の者まで、身なりも年齢も多様である。

「宿を兼ねるから、色んな階級の者が集まる。とは言っても、食事客の主流は近場の村人達だし、金持ちは泊まらない。ブライトンが近いから、そっちへ行く」

なるほど、それは確かにある程度の変装が必要だ。

そこそこ喋っていると、店員の少年が注文を取りにやって来た。トマスはトレイシーに一言の断りもなく、

「適当に二人分。あと、酒も適当に、彼女の分も」

と、適当な注文をした。

少年はそれを復唱すると、トマスに向かってニカッと笑い、

「旦那、二階のお部屋は取っときますか？」

と、聞いてくる。

「いらない。これはそういう人じゃない」

そう答えたトマスは来た時以上に憮然《ぶぜん》としている。

何の話？　と身を乗り出して聞くと、トマスはまたショールの胸元を見て苦々しく言った。

「あんた、僕の愛人か娼婦だと思われてる。さっきからじろじろ見られてるだろ。気をつけろよ」

愛人？

さっと周囲へ視線を巡らすと、ぱっと目を逸らした客が何人かいた。

「こんな田舎の村に、そんな洒落た格好の美人、そうそういるわけないだろう。あの侍女め。いいか、食事をしたら帰るからな。酔うなよ。僕は喧嘩が苦手なんだ。絡まれないようにしろ」

んな無茶な。

「ねえねえ、私、そんなに色っぽい？」

「馬鹿な質問だね」

そうはおっしゃいますが、トマスに愛人っぽいと言われると少し胸が高鳴ってしまう。所詮妻とはいえかりそめ。風前の灯の法律上の地位よりも、自分の身体に何がしかの魅力を感じてもらう方がいい。

「ねえトマス」

「何」

さっきの実験、実験ぽくなかったけど、楽しかった。どうして誘ってくれたのかな。私と一緒にいたかった？

そう、素直に聞けたら良いのだが。

「えっと……連れて来てくれてありがとう」

「うん」

以前から好意を持っていたようなことは言われた。けれど、考えてみればはっきりと言われたわけでもない。夜ごと執拗にその身を開かれる行為が、彼にとってどんな意味があるのか。言葉で証が欲しいと願うのは女の我儘なのか。

「何。まだ何かある？」

トマスが無表情に聞いてきた。

居酒屋の粗末な椅子に腰掛け足を組んだ彼は、きっちりとクラヴァットで首元を覆って、毎夜の荒淫の痕は見えない。

「何か言いたそうだ」

「そ、そう？」

そんな風に聞かれても、「本当に私が好き？」と尋ねて、「そうでもない」などと言われようものなら憤死できる。

「言いなよ。面倒くさいな」

トマスが本当に面倒くさそうに肘をついた。

これは言えない。

困って小さくなっているのに、青い目は射すくめるように彼女をとらえる。

「言え」

あう。

毎度毎度、命令形にキュンと来るトレイシーである。つい、口が滑った。

「どうして、私を好きになったの？」

メガネの下で、トマスの目が少し見開かれた。

ああ、言ってしまった。

そういや「好き」もちゃんと口に出してもらったわけじゃない。どうしよう、聞いちゃったわ。

テーブルに突っ伏して顔を隠したトレイシーの頭の上に、容赦のない返事が降ってきた。

「他に出会いがなかったから」

……ソウデスカ。

…………ですよね～。

タイミングよく、先ほどの少年が酒を運んでくる。グラスの中身を確認する前に、トレイシーはそれを奪うように引っ掴み、一気にあおった。

あ。

の形に開いたままの口で、トマスと少年がこっちを見た。世界がスローモーションになった。

ダンッと空のグラスを叩きつけるように置くと、少し遅れて焼けるような熱が喉を駆ける。熱は順繰りに下がり、胃のあたりがカッと熱くなった。

目が回る。

いいやしかし。

トマスが中腰でこちらへ伸ばした手をバシンと叩き落とし、トレイシーは給仕の少年に向かって威勢よく言い放った。

「おかわり！」

これが飲まずにやってられるか！


……どうしてこうなった。

笑ったまま眠り込んだ妻の腰を左手でしっかり抱えたトマスは、丸テーブルを挟んで座る髭面の男に仏頂面を隠せなかった。

給仕の少年ではなく髭面の仲間の痩せた若ハゲが、テーブルにショットグラスを二つ並べる。そして、真ん中にドンと置かれた酒瓶には、赤い制服をまとった老近衛兵のラベル。

うんざりする。元々は利尿薬であった物だ。健康を願って作られた酒をこんな風に飲むなんて、科学者の努力はないがしろにされすぎだ。

「おいおい、お坊っちゃんにジンはキツいんじゃねえのかあ？」

髭面の隣で茶化すように笑ったのは、フランス訛《なま》りの赤ら顔のハゲ。こっちはてっぺんハゲだ。

店に入った時からトレイシーをじろじろ見ていた。彼女が酔っても酔わなくても、結果は同じだったかもしれない。

「こんなイイ女をモノにしようってんだ、ちったあ背伸びしてもらわなきゃなあ」

下卑《げび》た笑いがおこる。

トマスは憮然とした。が、それはまあ、その通りだ。

「じゃあルールを確認するぜ。坊っちゃんと、このグレッグで、注がれた酒を一気にあおる。俺らは審判をする。勝負はどちらかが倒れるまで続ける。勝った者は、このきれいなお姉ちゃんを手に入れる！」

若ハゲが両手を広げておどけてみせた。

店内からやんややんやと囃《はや》し立てる声。旅装の者達はそそくさと席を立って客室へ上がっていく。巻き込まれたくないのだろう。給仕の少年はハラハラしながらこちらを伺っている。他にも遠巻きに見ている者がちらほら。知った顔もいくつか心配げに見ているが、善良な子羊は喧嘩に弱いのが定番である。あてにはならない。

「そのルールだと、僕が勝った時に手に入るものがないよ」

人手を呼ぶとして、近さでいうなら狩猟小屋だが、御者が二名と侍女とメアリーしか置いていない。洗い場女は通い、下男は腰痛持ちだ。となると、ブライトンの警察署の方が確実か。

往復で二時間弱。

「女が手に入るだろう。子どもには早いがな」

「それは最初から僕のものだ」

髭面が吹き出すように笑った。彼女に似つかわしくないと自分で思っていても、実際他人から指摘されるとなると、例え酔っぱらい相手でも面白くない。

イライラする。

トマスは首をすくめるように、少しだけ背を丸めた。そしてさりげない風でクラヴァットを緩め、上端をやや引き上げる。

「僕が勝ったら、あんたら酒をやめろ。そして明日から真面目に働け」

爆笑がおこった。

音に反応したのか、腕の中のトレイシーが何やら寝言を呟き、くすくすと笑ってトマスの胸に頬を寄せてくる。その柔らかな姿態も酔った男達を煽っているのだろう。だが、冗談じゃない。見るな。全員、盲目になってしまえ。メタノールでも飲んでろ。

トレイシーがこの調子では穏便に逃げるのは無理だ。袖口から右手を少しだけ引っ込める。顎を軽く揺らして、伸びかけた髪を振った。二週間前に散髪したばかりだ。妻に会うために、柄にもなく身なりを整えた。切るんじゃなかったな。

若ハゲがグラスにジンを注ぎ始めた。

困ったことだ。

絡まれ始めてからの時間を逆算すると、もう少し時間稼ぎをした方が安全なのだが。

このサイズのグラスだと、多分すぐに倒れてしまう。

向こうが。


「第十騎兵連隊である！」

腹に響く名乗りとともに真紅の士官服が踏み込んできたのは、髭面が五杯目で昏倒し、若ハゲが

BEFFEATER
LONDON

ったのだ。


三杯目に手をかけた所だった。

勝負が終われば乱闘になると冷や汗モノだったが、運良く若ハゲが二番手を名乗り出てくれたのだ。彼が突然怒りだした理由は定かではない。トマスが「その頭は遺伝か？　酒のせいか？」と素直な疑問を口にした途端、顔を真赤にして「勝負してやる！」と怒鳴り始めたのだ。本当に幸運だった。

木の床をいくつもの軍靴が音高く鳴らし、目を丸くした首謀者達と見物人を拘束する。こそこそと裏口から逃げる連中もいたが、外の騒ぎからすると待ちぶせの騎兵にお縄にされたらしい。

「無事か？　我が甥っ子よ」

爽やかな声に顔を上げると、叔父がいた。ホッとしたような顔の店主が、汗だくで息を切らして並んでいる。

「こちらの方がお前の危急を屯所《とんしょ》に知らせてくれてね。たまたま私も戦友を訪ねていたんだ。アッシュウッド伯の危機だってんで皆喜んで馳せ参じてくれたよ」

なるほど、警官より騎兵の方が脚が速い。その分戻りも早くなる。店主の機転に感謝である。

「ありがとうございます、叔父上。ありがとう、アントワン。迷惑をかけた」

店主が眼尻を下げて会釈した。小さい頃から知った顔だ。山羊と羅針盤亭は父が出させた店で、宿泊を提供する他、旅路の治安を守る側面を持つ。

店内の混乱はあらかた収束に向かっている。店主は「後でお部屋を用意させます」とペコリと頭を下げて騎兵達の方へ向かった。

「お前も事情聴取があるぞ。女連れとはどういう……トレイシー!?」

たしなめるように言いかけた叔父がギョッとする。

「え、痩せた⁉　いや、痩せすぎだろう！　病気か？　大丈夫なのか⁉」

慌てたように閉じられた下まぶたを開けてみたり、脈を取ってみたり。

「脈が速いぞ！　やっぱり病気か！」

「酔っぱらってるんです、叔父上」

「ああ、なるほど。って、レディに酒を飲ませたのか⁉　やるじゃないか！　酔わせてナニをする気だったんだ？」

「いや、自分で飲んでしまって」

「つまらんな、お前」

それから叔父は、戻ってきた騎兵達にトマスの身元を保証し、トマスも簡単に事情を聞かれた。丁寧に礼を言い、店主に労いの酒を出してもらう。

例の三人は他所者《よそもの》らしい。港町が近いために時々流れ者が村に入ってきては騒ぎを起こす。今回はたまたま絡まれたのが貴族だったので、話が大事になった。

「対岸の方も落ち着かなくてね。二月にベリー公が暗殺されてから、何かときな臭いんだ。物価も安定しないようで」

地元民からなる野次馬は、今夜一晩厩で反省の後、放免となるそうだ。見知った小作人の顔を思い浮かべてホッとする。彼らにも心配をかけた。

「あれ？」

士官達に追い立てられて、しょんぼりと裏口から出て行く酔客を見送っていると、見覚えのある顔があった。

いや、顔ではなく、耳。

特徴のある外耳の襞に、ほくろ。

ロンドンで見かけた時には、もう三十歳は若く見えたのだが。

臙脂色のベレー帽などかぶって、老け込んだ老人のようだ。老人といえばあのベレー帽、最近城の近くでちょくちょく見かける散歩の老人のと似てないか。あっちは遠目でしか見ていないが色も形も一緒だ。年寄りの間で流行《はや》っているのかもしれないが……。

「部屋の用意ができたぞ。トレイシーを寝かせてやれ」

叔父に声をかけられ、我に返った。

自分で抱き上げようとしたトレイシーを簡単に叔父に抱え上げられ、己の非力に内心舌打ちする。

狭い階段を上りながら、耳ほくろの男の姿が頭から離れなかった。

二週間であんなに老けこむなんて、酒って恐ろしいものだなあ。

トマスには、複写のように情景を記憶する才能は備わっていたが、得た情報を分析する才能は絶望的に乏しかった。

何しろ他人に興味がないので。


ベッドに降ろされたトレイシーが探すように伸ばした手を、キュッっと握ってやる。

そうすると安心したように微笑んで、また眠りに落ちた。

手を握ったままベッドの端に腰掛けると、ニヤニヤしながら叔父も粗末な椅子に腰を下ろす。

「女連れで居酒屋とは意外だね。トレイシーに飲めるところを見せたかったのかい？」

アイスブルーの瞳は明らかに面白がっている。

「冗談じゃない。酒なんか好きでも何でもありません」

トマスは空いた方の手でクラヴァットの結び目をぐっと引っ張った。アルコールを吸って濡れたリネンは、なかなか緩んでくれない。

兄達に助けられた、と思う。

寄宿舎に入った弟を心配して、悪い先輩に飲まされる前にと教えてくれた「飲んだふり」である。飲み比べでやるなら立派なイカサマだ。

大袈裟《おおげさ》に危ぶむオーブリーの渋面と、面白がって演技指導をしたジャスティンの軽薄な笑顔が記憶に蘇る。「酒が飲めると女の子にモテるんだぜ」と、得意気にジャスティンは笑った。隣で眉を上げてみせたオーブリーも、この技術を駆使して娘達にもてはやされたのだろうか。トレイシーという人がありながら。

「結構うまく行っているじゃないか」

満足そうな笑顔を見せる叔父は、何も知らない。

「……条件は、満たしましたよ、僕は。次は叔父上の番です」

目を見ないようにして答えた。

叔父の出した条件など、トマスの中では既に有名無実になっている。今となっては計算も思慮もなく、感情の赴くままに彼女を好きにしている状態だ。一ヶ月は、そうしようと決めた。残り二週間。

「まあ、そう結論を焦るな。どうだ、夫婦円満って良いものだろう？　トレイシーだって幸せそうだ。このまま続けちゃどうだ。修復できない仲じゃないだろ」

わけ知り顔の叔父に腹が立つ。助けてもらっておいてなんだが、約束は約束だ。

「僕らは一ヶ月だけ夫婦として過ごすと決めました。それが終わったら離婚の手続きに入ります」

離婚は聖書の定めに逆らう行為で、社会的なペナルティを伴う。トレイシーの父親には力があり、トマスの方が世間から制裁を受けることは想像にかたくない。そうなる前に、叔父に家を譲る道筋をつけたい。

「……トマス。何を言っているのか、分かっているか？」

咎めるような、案じるような、静かな声。亡き父の声に似ている。

父を亡くして以来、こうしてトマスを親身に案じてくれる親族は、この叔父だけになってしまった。母は存命だが、長男の死に落胆してスコットランドの実家に帰ってしまい、以来一度も顔を見ていない。

「分かっています。だからこそ、叔父上にお願いしている。これはトレイシーも承知のことです」

「お前が要求して、彼女が承知したんだろう。強要したようなものだ」

全くだ。

しかも合意した時には既に彼女は純潔を失っていた。無理やりに。

「僕は彼女と結婚できない」

「しているじゃないか。維持すればいいだけの話だ」

「できないんです」

「何を意固地になっているんだ？　愚痴なら聞いてやる。話せ」

「愚痴などない。ただ、不可能なんです」

「何の話だ？」

アイスブルーの瞳が険しくなった。

言うべきか、言わざるべきか。一瞬迷って、トマスは言うことに決めた。自分に何かあった時に、あの親子を守る者を残さなければならない。

「娘がいるんです」

叔父が息を止めた。

「頭のいい子で、いずれはきちんとした学校に入れてやりたい。将来のためにも、嫡出子として。だからその時までに、トレイシーとの結婚を終えておかなければならない」

「いや、待て。今さら離婚したって、生まれた時点で両親の婚姻が成立してなきゃ、嫡出子にはなるべきだ」

「……」

言いかけて、目を剥いたのは、理解したということだろう。

「僕は、トレイシーと結婚する以前に既に結婚している。今の婚姻関係は無効です。彼女は自由になるべきだ」

重婚罪を打ち明けることより、彼女を不名誉な結婚詐欺の犠牲にしたことの方が、言葉にしてみると重かった。

柔らかく、きれいで、可愛いトレイシー。

握りしめた白い手のように、無茶を強要する自分を温かく受けとめる。全て受容して笑った年上の女性。憧れの人。

他に出会いがあったら、こんな犯罪に手を染めずに済んだろう。

だが、いなかった。

くるくると表情の変わる、ふくよかで愚かで嘘つきで、そしてハンカチに刺繍をしてくれる娘など、他には。

あの頃、彼女の父親に結婚を強要されていた頃、嫌われるために随分酷いことをした。向こうから婚約破棄をさせるために、公衆の面前で無視して、思いつく限りの悪態をついて、心が死にそうだった。それなのに、醜聞が起きて彼女の名誉と娘の将来の二択を迫られた時、迷わず彼女を選んでしまった。おかげで今、どん詰まりだ。

亡き兄の、貞節な婚約者。

許嫁を喪《うしな》って二年経っても、ラベンダー色の半喪服を頑固に着続けた。

自分との結婚を望んだのは、オーブリーの弟ゆえか。面影を求めたのか、想い出を求めたのかは知らない。

長兄と自分の瞳は同じ色だ。青い目の子どもが欲しかったと言っていた。避妊を強要されて泣いた。この酷い男に、ずっと好きだったと言ってくれた。優しい嘘をつく幼馴染。

嘘でいい。その言葉は、自分のものだ。

「……相手の女の身分は」

叔父の声が一段低くなった。

「労働者です」

「貴賤《きせん》結婚だな」

「はい」

「公にはできない」

「はい」

「知られれば、お前は社交界から追放されるだろう。王立学会からも」

「はい」

「嫡出子として扱うならば、いずれ露見する」

「分かっています」

そこで叔父は一旦口を閉じた。

気詰まりな沈黙が部屋を包むと、下の階の喧騒が客室に響く。

「トレイシーをどうする」

「白い結婚を証言させます」

「偽証だな」

「……はい」

神の前で彼女に嘘を強要する行為を、叔父の短い言葉が断罪した。

もはや夫婦の仲は白くもなんともない。真っ黒だ。

叔父は難しい顔で再び押し黙る。

繊細な眉間にしわを寄せた表情に、かすかにオーブリーの面影が重なる。

叔父に似た容姿を、ジャスティンはやたらと羨ましがり、オーブリーは得意げだった。叔父は父方の祖母に似たのだという。トマスは祖母よりも母に似た。

「子どもは何歳だ」

「五歳です」

「結婚したのは？」

「五年前」

「どこで式を挙げた」

「シェルブールの近在で登記しました。式は挙げていません」

「流石に貞節を誓ったのはトレイシーだけか」

「はい」

「フランスの法律じゃ離婚は難しいのか」

「不可能です。王政復古後の法改正で禁止になりました」

「子どもの瞳の色と、髪色は」

「青い目で、明るい茶色です」

「女が茶色なのか」

「はい」

「賢いと言ったな」

「はい」

「子どもは可愛いか」

「はい」

「その子どもは誰の子だ」

思わず息を呑んだ。

指揮官の風格をもった鋭い目がトマスを射すくめている。

叔父はゆっくりと脚を組み直した。

トマスの背に流れる冷汗を、知っているかのように。

「答えろ。その子どもは、誰の子だ」

だがそれは、言うわけにはいかない。母親の名誉が地に落ちる。子どもの血筋に疑いを持たれる。

「ぼ、僕……と、その女の……」

「嘘だな」

絞り出した稚拙な虚言はバッサリと切り捨てられた。

叔父がゆっくりと立ち上がる。

「なあトマス。私は別に、お前が貴賎結婚したことを責めているわけじゃない。お前がそうしたのなら、それなりの理由があったんだろう」

背の高い叔父はトマスよりも頭ひとつ大きい。見上げるような長身で、身体つきもがっしりしている。

「だが、私に相談しなかったことは許しがたい。これでも、父代わり、兄代わりのつもりだったんだ。死んだ連中にお前を託されたと思っていた。だから……」

温かい言葉に胸を打たれた。もはや誰も頼れる者がないと思った、兄達の葬儀を思い出す。

あの時すでに病に冒されていた父に、この秘密を打ち明けられなかった。だが叔父に全てを明かしていれば、あるいは違う結果になっていたかもしれない。

一瞬、ツンと上がってきた涙を振り払ったトマスに、次の瞬間、叔父の子どもっぽい主張が襲いかかった。

「私の純情を踏みにじった報い、受けてみよ‼」

その純情は、唸りを上げる右ストレートの形をしていた。


目が覚めた瞬間から眠くてだるいって、どういうことかしら。

見慣れない簡素な天井に、ああ、あの居酒屋兼宿屋に泊まったのね、と想像を働かせる。このだるさは二日酔いというものだろうか。

お腹が重い。

と思ったら、腕が乗っていた。

背中にぴったりとくっついた温かい身体。そっと振り向くと、トマスが眠そうな目でこちらを見ていた。

「目、覚めた？」

シュミーズ一枚の自分に、シャツ一枚のトマス。

そういえば、泊まる支度なんてして来なかった。何がしか着ているということは、昨夜は久々に清い夜だったのだろう。避妊具がないのだからそれはそうか。

「うん。でも何か、眠いわ」

甘えてしまおう。そう思って言うと、

「飲みすぎ」

鼻で笑われた。

「キスしていいか？」

トマスの腕がウエストを引き寄せる。甘い言葉で仰向けにされて、うっとりと愛しい夫に唇を寄せようとして、ギョッとした。

「目、……目！　トマス、目!!」

くちづけを妨げられた本人は、慌てる風でもなく、

「目？　ああ、これ、そんなに酷いかな」

と、右目を押さえている。酷いなんてもんじゃない。目の周りが黒ずんで、しかも中心付近は赤黒く腫れている。痛そうだ。

布団から出て洗面台に向かったトマスは、

「あー、こりゃ目立つな」

と、鏡を見ている。

あんな酷い怪我をするなんて、昨夜一体何があったっけ？

思い出そうとするが、二杯目に口をつけたあたりからどうしても思い出せない。ずっとトマスに抱きかかえられていたような気もするが、妄想のあまり夢見がちな夢を見た可能性も否定できない。

「昨夜、どうだったの？」

「どうって……普通」

普通だというなら憮然とするのは何故なのだ。

「ああ、あの男を見たよ、ロンドンですれ違った、労働者からいきなり馬上の紳士になってた男。今度は臙脂色のベレー帽をかぶった老人になってた」

「……それ、本当に同じ人？」

「じゃないかな、耳の襞が同じだしほくろもあった。酒って恐ろしいな。三十歳位老けこんでいたよ。あんたも気をつけろよ」

それって、もしかしたら変装なんじゃないの？

指摘しようかとも思ったが、トマスはそれ以上の興味はなさそうだ。ふと、父が使っている私立探偵のことが頭をよぎった。が、今になって娘婿の身辺を探る理由もない。

父がトレイシーの結婚のためにあれこれ策を弄《ろう》したのは、契約が履行されないことを自分への侮辱と受け取ったからだ。娘を案じてのことではない。結婚後の破綻した夫婦関係など、気にも留めていないだろう。

「身支度が済んだら下に降りよう。ここの食事は美味しいんだ。昨夜は食べ損なっただろ」

トマスはさっさと着替えを始めてしまった。

慌ててベッドを降りて、壁にかけてあった自分の農婦ドレスを手に取る。コルセットに手間取っていると、服を着終えたトマスがやって来て、無言で紐を締めてくれた。着付けも手伝われ、最後にうなじにキスされる。

ぞくりと走った疼きに、夫と別れたあとの自分が心配になった。こんなに簡単に身体が熱くなるなんて、今後の人生、大丈夫だろうか。

「……あとで話があるんだ」

肌に触れるか触れないかの所で、トマスの唇が動いた。

今日は折り返しの半月目。

何か、ここではできないような、込み入った話。

この一週間、何度肌を重ねようとも、睦言に似たものを囁こうとも、トマスは薄皮の壁を決して越えはしなかった。彼女の身体に溺れているように見えても、理性はついぞ失わなかった。

彼は、曲げない。

いっそ二日酔いで起きられないくらい、飲んでしまえば良かった。だがそれができない体質なのは昨日の一件で立証済み。記憶がないというのにだるいだけで済んでいるということは、寝こむほどは飲めない体質なのだろう。浴びるほど飲んで暴れる父を思えば、酒に弱い自分の体質に文句は言えない。

「いいわよ。ねえ、帰りも二人乗り?」

わざと明るく、何でもないことのように言った。トマスが「うん」と短く肯定を返す。

「じゃあ、ちゃんと小さくなってるから、べたべたして良い?」

甘えるようにそう言って半分振り返ると、青い目が少しだけ眉を上げて見返した。そしてニヤリと笑って、

「いいよ」

と答える。

それから彼は、いつもより長い時間、触れるだけのキスをした。

美味なる朝食を終えて宿を出れば、外は雲ひとつない青空。

今日は気持ち良く晴れそうだ。早く屋敷に帰ってトマスを日陰に入れないと、彼の肌が焼けてしまう。

「天気いいわね」

「うん。観光、行こうか。僕の顔がこんなだから、街じゃなくて海の方」

トマスは荒淫をやめて予定に戻ることにしたらしい。この一週間あまりの堕落した生活は彼らしくなかった。多少なりとも、自分の身体が夫に影響力を持ったことに満足しよう。十日と保たなかったが。

「日焼けは？」

「ああ、そうか。まあでも、箱馬車で動けば大丈夫じゃないかな。気になるなら、今日は屋敷で計画だけ立てよう」

優しく微笑む瞳は、ずっと焦がれた深い青。その色は変わらずトレイシーの胸を締め付ける。

半月後に捨てられる時、自分が泣いてもこの瞳でなだめてくれるのか。

それとも冷たく突き放すのか。

どうせ後者なのは目に見えている。冷たい彼が好きなのだから、それはそれで役得。

何があっても、満足しなければ。

その日は結局、トマスの顔に仰天した使用人達に止められ、どこへも出かけなかった。

トレイシーは女達とお喋りがしたいと言って台所に引き篭もり、トマスはテレーズと遊ぶ権利を条件に、渋々それを受け入れた。座学をした後、昨日の実験の続きに入るらしい。

夫と二人きりになるのを少しでも先送りしようという浅はかさなど、何の解決にもならない。けれど侍女に買ってこさせた刺繍糸は、色鮮やかに艶めいて心が踊る。つかの間だけでも憂さを晴らしてくれる。

慣れた図案を刺しながら、エレンが拾ってきた村の噂話に興じた。

身分の低い者達と親しく接するのは初めてで、そしてこの狩猟小屋を出れば、そうした機会はもう二度とないだろう。女主人が甘い顔を見せれば、下への示しがつかない。

けれど、繕い物をしながらぺちゃくちゃとさえずるエレンは陽気で楽しそうだったし、彼女のねだるメアリーの思い出話もなかなか壮大で、冒険心をくすぐった。ナポリに住んでいた話、マルセイユでナポレオンを見た話、海を旅してスコットランドへ行った話。そして何より、病没した夫との思い出。

革命に追い詰められた十五歳の彼女を匿《かくま》った、イギリス人の男性。敵国人同士が世間に素性を隠して、というのも高得点だ。二十歳も年上のやもめの行商人という減点要素にはこの際目をつぶろう。

「ねえまさか、ご主人はハゲちゃいなかったわよね？」

エレンが真剣な目で問うと、

「頭の毛は……残ってはいたわ」

メアリーも真顔で答え、コロコロと笑った。

小さな顔に精一杯の真面目な表情を作り、可愛らしい声がもっともらしく予想を立てる。

「テレーズはね、しょっぱくなったと思います」

「何が？」

「お星さまと、めがねと、あとあれの、ええと、丸が少しの三角の……」

「丸？」

「おじちゃまがやってた」

ハートに見えなかったか。そうか。

作った自分にそう見えなかったのだから、まあ、そうだろう。愛の結晶を作ろうとして歪んだ愛の結晶になったな。と、考えてから我ながらうまいことを言ったと思った。惜しむらくは全然面白くない。

「針金がしょっぱくなったと思うのは？」

「お母さんが煮込み料理をする時に、おんなじようにするの」

温めて、ゆっくり冷ますの。

たどたどしい言葉が、観察していた母の仕事を報告する。温度による浸透圧変化を利用するとは、フランス料理は科学的合理性に基いている。なるほど、イギリス料理とは違うわけだ。

思えば調理と化学実験は似ている。物質同士を混ぜ合わせ、熱を加え、冷却し、あるいは蒸留し。台所で育つことは、この利口な娘の科学的感性を育むのに良いかもしれない。

「じゃあ、開けてみるか」

七歳になれば入学できる女子寄宿学校もある。

醜聞がついて回らぬよう、外国の学校が良いだろう。国内に知れるのは少しでも遅い方が良い。母親の出自を考えればフランスか、イタリア。言葉ももっと教えなければ。そろそろ家庭教師をつ

ける か。

離婚が成立すれば、新しい使用人も探しやすくなる。秘密厳守の条件に今ほど神経質にならずともよい。優秀な教師を、愛しい娘に。

木箱を開けると鍋はうまい具合にまで冷めていた。冷却時間を延長するためのボロ布をよける。蓋を開け、吊るした糸を上げると、台所にいた女達が歓声を上げた。

星と、眼鏡と、いびつなハートは、予定通りに塩の結晶を析出して、白いモールのようにキラキラと控えめに輝いている。

美しい物に対する感動は、女性も男子学生も変わらない。それが宝石でなくとも。

寄宿学校の教室で、級友たちとむさ苦しくも野太い歓声を上げていた頃を思い出す。あの頃は学ぶこと全てが楽しかった。

「雪みたい！」

テレーズが青い目をいっぱいに大きくして、素直にはしゃぐ。

塩が水に溶けたからといって両者が連続体になったわけではない。と解説したが、どうやら聞いていない。女達も同様。降誕祭にはこれでツリーを飾ろうと言ってはしゃいでいる。白い塩の眼鏡を手に、トレイシーも笑っている。

クリスマスの頃には、彼女はいない。

青い目の子どもと楽しげに寄り添う人。今、この関係に、彼女には何のメリットもない。

子種欲しさに応じた情事は、見返りもなくただ弄ばれただけ。

それでも妻ならば応じるのが務めとでも思っているのだろう。重婚の妻は妻ではないというのに。

重大な秘密を知らせもせず、身勝手に愉しむだけの己の何と恥知らずなことか。

薄暗い独占欲が熱を持って脳を焼く。早く早くと気ばかり焦る。時間が密度を高めるように。彼女の何もかもを手にしていたい。あと二週間。たったそれしかない。期間を延ばすと言えば彼女は応じるだろう。だがテレーズのためには終わりは早い方がいい。

トレイシーがふと顔を上げた。

薄茶の瞳がトマスをみとめて心配げに眉を寄せる。

顔に出ていたか。

「トレイシー、手が空いたらでいいから、ちょっと上で話そう」

先に行ってる。

そう言い残して台所をあとにした。

少し、頭を冷やしておこう。


トレイシーがノックをして居間に入ると、トマスは窓辺に立ってぼんやりと夕日を見ていた。

気の緩んだ彼は珍しい。

「遅くなってごめんなさい」

声をかけると、こちらに首を傾け、「いや……」と言って微笑んだ。

トレイシーも微笑む。

「これ、仕上げてしまおうと思って。まだ一枚目なんだけど」

手にしていた白いリネンを差し出す。

パリっとした生地端を三ツ巻きで始末し、いつもの眼鏡と、伯爵家の紋章、それにトマスのイニシャルを刺繍したハンカチ。

水通し、裁断から、全て自分で仕上げた。

「離婚しても、あなたなら使ってくれるかと思って。物に罪はないでしょう？」

以前贈った稚拙な作品は捨ててもらうとして、洗い替えも含め五枚もあれば不自由しないだろう。合理的なトマスは、別居中も妻の手作りの品を使ってくれていた。これもきっと、大事にしてもらえる。

折りたたまれたそれを受け取ったトマスは、一瞬目を瞠り、トレイシーの顔を見直す。そして手元を見下ろし、困惑したような複雑な顔で手刺繍の品に触れた。

獅子の紋を指先でたどり、布目通りに入った正確な三つ折りステッチをなぞり、自分の名の上で動きを止める。

なにか言いかけた薄い唇が、途中できゅっと引き結ばれた。

「なあに？」

受け取れないなどと言われようものなら、心臓が止まる。

そう思えば、殊更に甘い声が出た。男を甘やかす、慎重な売女《ばいた》の声音。ハンカチだけでもそばに置いて欲しい。縋りつく必死な未練を、悟られれば煙たがられるだけだ。

「いや、ありがとう」

硬い声が受領を告げる。

トレイシーは張り詰めた息をそっと吐き出した。

「離婚の話、しなくちゃな」

トマスは刺繍を眺めたまま、ポツリと言った。

「そうね」

答えながら、トレイシーは長椅子に向かう。

言っておかなければいけないことがある。世間知らずのトマスが知らないこと。トレイシーが、知りたくもないのに知っていること。

「白い結婚の話だけど」

腰掛けて切り出すと、銅線色の頭がふわりと動き、青い目が彼女を見た。

「多分、無理だと思うわ。今はそういうの、ないの。同衾《どうきん》してないなら早くしろって言われるだけ」

父が母を離縁するとき、まずは型通りに行おうとした。婚姻の無効は結婚の効果を遡及して取り消す。危うくトレイシーは嫡出の権利を剥奪される所だった。それほど父の怒りは凄まじく、妻への疑念は深かった。

国内の教会裁判所が白い結婚を付与する機能を失って久しいことを、その時初めて彼ら親子は知った。離婚を禁ずる教えのもと、経験者などそうそういないのだから、情報が流布《るふ》されていないのも当然といえば当然である。婚姻の有効性を争おうにも、教会で正式に挙げられた結婚を覆す条件などそうそうない。

八方塞がった父は、腹立ちまぎれに家で娘を無視した。

多感な年頃だった娘は、心を守るために想像の世界へ逃避した。婚約者ではない少年の、ぶっきらぼうな優しさだけが胸を温めた。

「他に無効の要件と言ったら近親婚だけど、私たち、親戚でも何でもないから……だから、やっぱり『離婚』になると思うわ」

教会法も民法も、離婚は避ける方向に働く。キリスト教社会はそのようにできている。神が祝福したもうた二人を分かつことは教えに背く。従って、よほどのことがなければ離婚は認められない。耐え難い暴力、耐え難い不貞。耐え難さは裁判官の裁量による。

その上、教会裁判所が付与する〝離婚〟と称するものは、〝法的に認められた別居〟に過ぎない。それは結婚の軛《くびき》からの解放ではない。離婚の当事者に再婚の権利はなく、夫には扶養の義務が残る。二人が和解したと見なされれば、教会離婚はあっさり無効になる。何事もなかったかのように元の鞘《さや》に収まることを、神は望んでおられる。

「教会に訴えても、多少の不貞は我慢して仲直りしなさいって、説得されるのが関の山よ。父がそうだったの」

酒に酔って理不尽さへの怒りを爆発させる姿。当時を思い出して苦い笑いがこぼれる。

「だから皆、議会にかけるわ。私的立法で離婚を通すの。不義や暴力の証拠を揃えて。根回しが必要だし、不義の相手を訴えて、教会離婚も取っておかないといけないから手間も費用もかかる。でも、この国で離婚って言ったら、今はそれしかないのよ。原告は再婚許可も取れるわ。それでね……」

トマスは硬い表情のまま見ている。

「議会離婚では、女性からの請求は通らないの」

青い瞳がすがめられた。

けれど、仕方がない。男女は平等ではない。女性は耐え忍ぶべきと議員達が考えている限り、夫の不義をなじる妻達の請求は通らない。

「犯罪は別よ。知らない間に籍を入れられていたり、脅迫されて結婚したり、そういった離婚は成立しているわ。あとは、相手の不貞によっぽどの……近親相姦とか、重婚とか、そういう、特別酷い何かがあれば別。大抵、女性のお父様が頑張るみたい」

良いお父様よね。

そう呟いたのは本心から羨ましかったからだ。

「暴力はね、多分無理。あなた結婚式のあと、私を放ったらかしにしたでしょう。あれで相殺になっちゃうわ。それと、証拠作りに協力するって言ってたけど、あれって私があなたを死ぬほどボコボコにするって意味よ。失礼しちゃうわ、そんな腕力あるように見える？　診断書だけじゃ駄目よ、目撃証言もないと。口裏合わせがないか、徹底的に調べられるの」

診断書くらいなら、医師に金を積めば何とかなる。ただし、複数の証言となれば難しい。長きにわたって耐え難くとなれば更に。

離婚は、無理づくしだ。

トレイシーは微笑んだ。

「だから、私が密通するわ」

逆光にかたどられたトマスの影が、息を呑む気配がした。

彼が何をやっても、余程の醜聞でない限り妻からの離婚は通らない。そんな咎《とが》を好いた男に負わせるわけにはいかないし、大体、連座で迷惑を被る領民を思えば、誰が有責を引き受けるべきかは自明の理である。

かつてのトレイシーならば、下々の暮らしなど考えはしなかった。

だが今は。

領地のために土に触れ知恵を絞る夫を、誇りに思っている。

ゆえに、胸を張ってこんなことも提案できる。

「ありきたりな不倫では駄目よ。議員達が納得するような、酷い不祥事を起こすわ。特定の方にあまり迷惑にならないように……遊び人を何人か、手当たり次第身を任せれば、多分、うまく通せると思う」

手当たり次第。

その言葉に、夫の顔が凍った。

「病気でも、うつされたら……」

「あら、それこそ願ったりだわ。離婚すべき妻だって、誰もが認めてくれるでしょう」

始めから梅毒持ちを狙えば、人数は少なくて済むかしら。

冗談混じりに言ったが、トマスは全く笑わなかった。

「そんなに深刻にならないで。私がいけなかったの。あなたは結婚できないってはっきり言ったのに、私がしつこく追いかけたから。あの時、足を引っかけたのが私だったって、知ってた？」

舞踏会の夜、押し寄せる人ごみの中で、故意に彼を転ばせた。

自分も足を取られたかのように、身を重ねるように彼の上に転んで、そして周囲がふしだらだ醜聞だと結婚を強要するよう仕組んだ。

愚かな茶番。

一世一代の賭けだった。

「……知ってた。あんたは転んだ時、僕に怪我をさせないように避けて手をついた。わざとらしいと思った」

温度のない平板な声。

怒っているだろう。あれさえなければ、彼は予定通りの人生を平穏に過ごせた。

それでも、あれがなかったら、トレイシーは女の喜びも恋の成就も知らずに生きねばならなかった。

自分の不幸に少々酔いながら、とびきりの笑顔を作って彼女は彼へ向き直った。

「迷惑をかけてごめんなさい。私、責任を取ります。だから、この話はもうお終い！　ね、私のことをお風呂で洗ってくれるって言ったことは憶えてる？」

なるべく明るく話題を変えたが、彼の眉間に刻まれたしわは消えない。

「洗ってよ。石鹸、たくさん買ったのよ」

本当に一ダース買ったの。

そう言って笑うと、ようやく夫の表情が少し和らいだ。

「わかった、洗う。それと……明日から、ちょくちょく城に戻る。実は仕事が溜まっていて」

そういえば刈り入れ時ね。

答えると、そうなんだ、と、ソバカスの浮いた頬が慈しむような形に笑った。

行為の最中、時々彼女は「好き」と言う。

熱に浮かされたように、切なげに柳眉を寄せて、低くしどけない声で。

「好きなの、トマス。ずっと好き。あなただけ」

白い指に、柔らかな身体に縋りつかれ、その言葉に溺れそうになる自分を叱りつけて理性を取り戻す。尖り始めた乳房の先に指を滑らせれば、儚《はかな》い睦言はあえかな吐息の中に消える。

「トマスは、まっすぐで変わらない。嘘をつかない」

そんな風に自分を買いかぶるのは、よく知らないからだろう。

「……つくよ。大人になってからは嘘ばっかりだ」

湯の中に揺れる二つの白い丸み。掌に余るその柔らかさに唇を寄せ、強く吸って所有の証をつける。

この乳房を、誰彼かまわず安売りするつもりでいたとは。

「大人って言ったって、まだ二十二じゃない」

言い募る唇を塞ぎ、石鹸にぬめる手で滑らかな重みをこねまわす。豊満な女体がバスタブに押し付けられ、湯が波立つ。

嘘ばっかりだ。自分は矛盾している。一度隠しごとをすると、どうにもならなくなるものらしい。

学府に閉じ籠もって、世間の荒波を知らずに生きていくはずだった。何も持たない三男坊の人生は、どんなに気楽だったことだろう。

今となっては想像もつかないほど、この身には様々なものがのしかかっている。家名、領地、奉公人、小作農達。多くの暮らしがトマスの肩にかかっている。

好きな女を諦めて、どこへでも学びに行く自由を保障されていたあの頃。オーブリーの肩に生まれながらに押し付けられていた重さを、想像するだけで理解はしていなかった。

「あのね、十代の頃、私、夢があったの」

丸みのある頬に笑みを浮かべて、落ち着いた掠れ声が言う。

「どんな？」

「笑わないでね。ふふ、駆け落ちに憧れていたの。グレトナ・グリーンの町へ行って、愛を誓って、新聞沙汰になるのよ」

「そっちの夢か」

「そうよ、夢見る乙女だったんだもの。ね、私が連れて逃げてって言ったら、一緒に逃げてくれた？　言っとくけど、うんって答えてね」

「……うん」

「ふふふ、ありがとう」

楽しい嘘しか見るつもりのない彼女は、きっと知りもしない。

兄の態度に頭へ血を上らせた三男坊が、実際にそれをやらかす所だったなど。スコットランドには母の実家がある。旅程は熟知している。国境までの三日間、眠らせ続けるための阿片《あへん》チンキを算出していて正気に返った。

「あまり楽しい話題じゃない」

「ごめんね、私は凄く楽しいわ。二人で逃げたら、新聞の見出しは何て書かれるのかしらね」

「馬鹿な若者を取り締まれって、書かれるだけだよ」

たくし上げたシャツの袖が濡れるのも構わず、白い腹に手を沿わす。そのまま撫でるように手を下げ女の深い所に指を入れると、くぐもった喘ぎがくちづけの中にこぼれる。

湯気に濡れたのか唾液に濡れたのか、さだかでないおとがいの雫を舐め取り、石鹸の香りに陶然と意識を委ねる。

再婚させてやろうと思っていた。他の男のものになるのも、はじめから仕方のないことだと。自分のものにする資格は、ないのだから。

誰もが幸せな結末の何と困難なことか。

好きだ、と囁くと、嬉しい、と応える。

病める時も、健やかなる時も、貞節と忠誠を誓った。

愚かで愛しい、僕の妻。

晴れた日は狩猟小屋で持ち込んだ仕事に没頭し、曇りの日は馬に乗って出かけた。夜は無論のこと、爛《ただ》れた情事に耽る。

子どもの頃乗馬が全く駄目だったトレイシーは、いつの間にか苦もなく馬を乗りこなすようになっていた。

「お友達に習ったの。慣れると楽しいのね」

言っておくけど、女性よ。安心して。

おどけて言う彼女の栗色の髪を海風がさらう。

白い海岸線と緑深き森。

曇天の鈍色が先行きの刹那《せつな》を示すようで、今の気分に相応しいと思う。

一日おきに城へ帰るトマスのせいで、大した観光はできなかった。それでもやっておくべき仕事は山積みに残っている。時には秘書を狩猟小屋に呼び付けもした。

秘書はトレイシーを憶えていた。

トマスがしがない三男坊だった頃、兄の許嫁を物欲しげに眺めていたことも知っていたのだろうか。手紙を下書きとすり替えたことは、この秘書がやったのなら正しいことなのかもしれない。

そうやって夫婦のように毎日を過ごして、期限まであと三日という日、彼女に再び月経が来た。

「ごめんなさい、一人にして」

来て当然のものが来たのだ。おかしな所は何もない。

それでも彼女は落ち込んだ。

改めて、終わりを思い知ったのか。

「今日は、城にいる。夜に戻る」

そう言うと、もう来なくていいと言う。

万が一にも子を授からぬなら、仮の夫などもはや不要ということか。

苦い言葉は口に出さずに笑ったつもりが、思ったよりも引きつれた声が出た。

「私きっと、とても取り乱すと思うの」

顔を歪めたトマスに、トレイシーは静かに言った。

「月のものが来ると、いつもとても落ち込んだり、気がたかぶったりするの。もう少しすると痛みも始まって、起き上がれなくなるわ。最後なのにそんな姿、あんまりだと思わない？」

なるべくきれいにお別れしたい。

薄茶の瞳が目尻を下げて、いじらしく微笑んだ。

「行く前に、もう一回言わせて。あなたが好き。ずっと好きだった。青い瞳も、くしゃくしゃの髪も、酷いことを言う口も、頭の良いところも、性格の悪いところも」

「性格、そんなに悪い？」

顔をしかめると、

「悪いわ。でも、すごく優しい」

そう言って小首を傾げ、目を細める。

トマスには人の美醜は分からない。

ド近眼で、乱視だ。そのトマスが語るのはおこがましいが、トレイシーほどずっと見ていたい女性は他にいない。仕草も、声も、表情も、何もかも。二十年見てきたが、見飽きたことは一度もない。

それが彼には『美しい』ということだ。

彼女が嘘つきな子どもだった頃から、白馬はなくとも騎士になりたかった。岩から剣が抜けないものかと思案したのは、つまりはそういうことだ。

貶《おとし》めてなるものか。

かつての級友が薔薇輝石を愛したように、トマスもまた、手の中のこの宝石を愛していた。

受け取って欲しい物がある。

そう言って席を外したトマスが戻ってきた時、手にしていたものを見たトレイシーは「あ」と小さく息を呑んだ。

小さなガラス瓶に収められた、深く透明な青。

「憶えてた？」

表情を硬くしていたトマスが嬉しげに破顔した。

忘れようはずもない。

あの頃。家庭は壊れる寸前で、母は既に家にいなかった。逃避半分に、いっそ襲ってくれないかと思いながら通い眺めた美しい結晶。トマスの瞳と同じ色。

「結婚指輪にはならないけど。良かったら持っていて欲しい」

トレイシーの手を取り、今はまだ夫である人がガラス瓶を握らせる。

取り扱い上の注意は憶えているかと聞かれ頷いたが、どうだかな、と苦笑いされ、また一から説明された。

この人じゃない誰かに、身を任せる。

銅線色の睫毛を見ていると、それだけで泣けそうだ。

娼婦だ淫売だと罵られるのは構わない。社交界から追放され友人から軽蔑され、生涯一人で暮らすのもいい。

ただ、心を捧げた以外の人と、愛の行為を行うことに腹の底が冷えるのを感じる。

仕方がない、自業自得だ。彼の平穏な贖罪の暮らしを、無理やり乱したのは自分だ。

それに、元々そうなるはずだったのだ。トマスではなくオーブリーと夫婦になって。貴族の情交に愛はない。今さら尻込みするなど。

「だから……聞いてるか？」

「あ、ええ、何？」

「水に気をつけろって話。これ、ようは硫酸の塊だから。水につけると強酸性の溶液になる。服も

溶けるし皮膚も火傷する。間違っても指にはめるなよ」

大丈夫なのか？

胡乱げにすがめられた虹彩は結晶と同じ毒の色。

やっぱりキュンと来た。

「うん、気をつける。ありがとう」

最高の贈り物だ。一生分の妄想の材料をありがとう。いいや、妄想ではない。回想でトマスとの日々に浸れる。何という幸せ。

「じゃあ、最後に話がある。本当はあんたの体調の良い時に話すべきだったけれど、今日で最後というなら仕方がない。他から伝聞で聞く前に、直接話しておくべきだと思う」

あのトマスが、トレイシーの言い出した我儘を聞いて、予定変更に応じてくれる。

胸が一杯になる思いだ。

青い瞳がトレイシーをじっと見つめ、少し微笑んでから、真顔になった。夫は彼女の手を取って、口を開いた。

「この三年、僕は良い夫ではなかったが、実のところ、夫ではなかった」

………。

……うん？

何か変な言い回ししなかった？

「一ヶ月近く、あんたには妻の務めを要求したが、実際はあんたに応じる義務はなかった。黙っていたのは僕が嘘つきだからだ。今も昔も、あんたが僕の妻だったことは一度もない」

握られた指の先がすうっと冷たくなったような気がした。

なぜ今、そんな話をするのか。

好きだと言ったではないか。

身体をつなげたではないか。

夜ごと激しく求められたのは、妄想が見せた錯覚だったか。

「つ、妻と……思ったことは、ない、と……？」

どうして？

ああ、そう、もしかして、私があんまりしつこかったから、気持ち悪くなった？

仕方なく抱いたの？

「そうじゃない。僕の中では妻はあんただけだ。だが、法律上は違う」

耳の奥でガンガンと何かが鳴る。署名したはずだ。二人で、教会で、登記簿に。証人はたくさんいる。何を、今さら。

「十七の時、子どもができて結婚した。三年前の僕らの婚姻は重婚で、無効になる」

頭が真っ白になった。

「何を……どっから、そんな……嘘……」

やっと出た声は掠れて細かった。

喉が張り付いたようで呼吸がままならない。

「嘘じゃない。ただ、公にできない相手だ。時期も悪かった。あんたの親父さんの制裁は本当に手痛くて、世間に知れれば子どもを養う力を失いかねなかった。そんな時に例の醜聞が起きて、僕は咄嗟に取るべきでない道を取ってしまった。教会で独身者だと名乗ったのは、嘘の宣誓だ。場を取り繕うためとはいえ、最悪の選択だった。謝罪する。申し訳なかった」

赤毛頭が、彼女に向けて深く下げられる。伏せた表情は沈痛で、冗談のかけらも見当たらない。

父が、なかなか結婚に踏み切らないトマスに業《ごう》を煮やし、伯爵領への嫌がらせを画策していたことは知っていた。かつてのトレイシーはそれが領民の暮らしに及ぼす打撃も考えず、父の策が功を奏すれば良いと、浅はかに考えていた。とうに婚約を断られていたにも関わらず。

十七の時。オーブリーが死んだ年だ。

その女性のために、自分はあれほどつれなく袖にされたのか。ずっと好きだったと言っておきながら、とうに他の人がいたのか。

あんたとは結婚〝できない〟。

そう言った喪服のトマスが頭の中でぐるぐる回る。

「私、私、あ、愛人でいいわ」

トレイシーは咄嗟にとんでもないことを口走った。

だがこのまま別れるくらいならそれでも良い。どうせ二番目に変わりない。だったら少しでもそばにいられる方がいい。

「妻は無理でも、愛人なら構わないでしょう？　ちゃんと避妊すればいいわよ。あら、離婚の手間がいらないなんてラッキーね。ずっとこのまま、表面上は今まで通りに……」

必死に言い募る彼女を、しかしトマスは厳しい顔で制した。

「できない。子どもを、いずれ嫡出子として扱わなければならない」

嫡出子。

唾を飲み込んだ。

他の女性との間の、嫡出子。

そこにトレイシーの入り込む余地はない。

視界がぼんやりと歪んだ。滲んだ涙のせいだった。

「……私、お邪魔だったんだ」

「違う！　僕が……っ」

トマスはすぐに否定した。

何か言いかけて、けれど一旦口をつぐみ、それからまた重い口を開いた。

「僕が、馬鹿だった。ろくに調べもせずに、あの場で署名さえすればあんたの役に立てるんだと思い込んだ。この一ヶ月のことも……こんな、割り切れないものだとは思わなかった。何も分かっていなかった。あんたの気持ちも考えず、酷いことをして、クズだった。あの時はただ、あんたに触れたくて」

触れたくて？

顔を上げてトマスを見る。薄い唇を噛み締めて、青白い顔は苦悩に歪んでいた。

「私、魅力的？」

少しだけ、涙目の端で茶化すように笑うことができた。

視線を合わせたまま、トマスは深く頷いた。

「あんたはずっと、僕の憧れで、高嶺《たかね》の花だったんだ。それが僕なんかに嵌められて、詐欺まがいの方法で貞操を奪われただけでも酷い話だってのに、日陰者でいいなんて言うなよ。重婚被害者なら再婚も許されるはずだ。いずれ分かってくれる男が現れる。いい奴を捕まえて幸せになって欲しい。僕が言うのも何だが、あんたはきれいだよ。世界一の美人だ。あんたよりいい女には会ったことがない。僕みたいな若造の嘘つきには勿体ない」

違う。そんなんじゃない。

幸せな結婚がしたいんじゃない。

きれいだと言われてもまるで嬉しくない。

地位も、名誉も、法の保護だっていらない。

「私、結婚とかどうでもいい。あなたの心が欲しい。ずっと欲しかったの。他の幸せなんていらない」

いつの間にか握りしめた拳が、トマスの掌の上で白くなって震えていた。

「心ならもう捧げた」

即答は短く明瞭だった。

「でも、ちゃんと言ってなかったな」

それからトマスは、トレイシーの右手をとったまま片膝をついた。

手背《しゃはい》をおしいただき、まるで騎士が姫君に求婚する時のように。

「テレサ・ガードナー嬢、心からの愛を貴女に捧げる。これまでも、これからも、永遠に、僕のただ一人のひとだ」

トレイシーの旧姓を呼び、夫人ではなく令嬢と言い添え、永遠の愛を誓って、トマスは手の甲にくちづけた。

そしてゆっくりと立ち上がり、数秒、じっと彼女を見つめたあと、振り返らずに部屋を出た。

彼は去った。

彼女は魂が抜けてしまった。

あの手に、あの瞬間に、全てを置いてきてしまった。


どれくらいそうしていただろうか。

呆然と座り込んでいたソファから居間の戸口に目をやると、メアリーが立っていた。

何かあったのかと口に出しかけ、はたと気づく。

「奥様、お話がございます」

いつになく、硬い表情の台所番。

去った夫。

公にできない相手。

十七の時――五年前、五歳。

テレーズの瞳の色。

あんな風に青い目の子どもを、産みたいと願った。

額から血の気が引いて、座ったまま平衡感覚を失いそうになる。

まさか。

信じられない――いいや。

面白くも何ともないのに、乾いた笑いが漏れた。

考えてみれば、これほど納得できる話もない。感情がついていかないだけだ。

下腹が捩れるように痛い。

足が重い。

話を……何の？　今さら、何の話をしようと？

「奥様、あたしとフランスに行ってください。このまんまじゃ全員で破滅です。こんなの、絶対無理です！」

その時バタバタと足音がして、血相を変えたエレンが「大変です！」と駆け込んできた。

「馬車がないんです！　馬も、御者も、鞍も！　旦那様はお一人で出られたはずなのに、いつの間にか全部……‼」

村に馬を借りに行くとして、女の足では二時間はかかる。下男は腰が悪い。

さっきトマスは何と言った？

他から伝聞で聞く前に。重婚被害者なら再婚も許される、と。

これほど重大な秘密を、今さら打ち明けるということは。

まさか、公に。

短時間とはいえ陸の孤島にトレイシーを軟禁したのは――追わせないつもりだ。万が一にも。

交通手段を奪われて、ふと現実に立ち返る。

青い顔をしたメアリー。公にできない結婚の相手は多分この台所番だ。子どもというのはテレーズ。貴賤結婚。

トマスったら、てっきり童貞だと思っていたのに。

……じゃなく。

玉《たま》の輿《こし》と言えば聞こえがいいが、現実がそう美しくないことを、輿を用意する側に生まれたトレイシーは知っていた。

ロマンス小説は美しきメイドが王子様と結婚して終わる。だが現実世界には続きがある。平民の妻は貴族に嫁いでも生涯平民。成金の中流子女ですら社交界では軽んじられ、陰口を叩かれる。ましてや労働者階級。同じ階級に属する使用人達すら、女主人として認めるかどうか。

加えて婚前妊娠。

あと再婚。

しかも言ってはなんだが大年増。更に不倫。

正確には不倫ではないが、婚約者のいる主人を誘惑して結婚に持ち込むなど、まともな倫理観を持つメイド達からは唾棄《だき》される行為である。

当然持参金もないだろう。多少の小金を溜め込んでいたとしても、トレイシーの父が積んだ大金には到底及ばない。金の話はしたくはないが、家にとって、領民にとって、どちらが歓迎すべき女主人であるかは一目瞭然だ。

その上で、重婚。

とんでもない騒ぎになるだろう。しかもトレイシーが実家に帰るなら、当然多額の持参金も返還になる。婚姻は無効なのだ、当たり前だ。そして彼女は世間の同情を集め、父は激怒し、父の友人知人はこの地域の産業に制裁を加える。

その時トマスは、罪を問われて不在。平民のメアリーに領主の代行など務まるはずがない。

この状況で誰がテレーズを養育するのだろう。今まで世話してくれていた教会は確実にそっぽを向く。子守メイドなど雇えるのだろうか。そんな評判の悪くなった家、募集に応じる人間がいるかどうか。メアリーが直接面倒を見ようものなら目も当てられない。それこそ卑しい労働者のやることだと揶揄《やゆ》される。

母親が周囲に蔑まれる中で育つ少女の孤独を、トレイシーは知っている。メアリーに言いたいことは山ほどあるが、テレーズに関しては別件だ。

子どもは、守られるべきだ。

守られなかったトレイシーにとって、その金看板はたとえメッキでも譲れない価値がある。

……金と権力に物を言わせて、母親から引き離そうか。

父親譲りの非道な利己主義が頭をもたげる。目の前に立つ台所番をギリッと睨むと、睨まれた台所番は豊かな身体を縮こまらせて平伏した。

「も、申し訳ございません！　許嫁がいなさったなんて、七年前は本当に知らなくて！」

……ん？

七年？

「知っていたらあんな馬鹿な真似はいたしませんでした。でも、でも本当は違うかもしれないんです。正直なところ、あたしにもどっちなのか分からなくて。目の色をみると、ああ、あっちかなって思いますし……」

メアリーは下に向けた掌を少し上げてみせた。

「でも、髪の色なんかを見てますと、やっぱり、こっちかなって……」

言いながら今度は掌を下げてみせた。

上が、目が青くて、下が、シナモンブラウンの髪。

…………。

「……え？」

そういう外見的特徴を持った兄弟を、知っている。

「そのまた下じゃないの？」

トレイシーも掌を下げてみせた。ぐぐっと一番下あたりまで。

メアリーはぽかんとして顔を上げた。

「全部お聞きになったんじゃなかったんですか？」

聞いてない！

なんなんだトマス、ちゃんと話をしようなどと言って、こっちには散々話させたくせに自分はさっぱりか。あれは闇の中限定だったのか。

これで全てが腑に落ちた。

トマスの感傷。責任感。不器用な贖い。

貴賤結婚の嫡出子など庶子並みの扱いしか受けないことを知らなかったのか。知らなかったのだろう、身分の枠を離れて学者になるつもりだった少年のやることだ。それも今のトマスならまだしも、十七歳の学生の頃、三男気分の抜けない今以上の世間知らずだ。社交界の冷たい風のことなど、法律の条文には書かれていない。一見すれば平等に見えたことだろう。

急を告げたつもりのエレンが、女主人と台所番の険悪ムードにオロオロしている。

しかしトレイシーが本当に険悪になりたいのは今やメアリーではない。

青い目の、上のと、下の。真ん中はどうでもいい。

あんの二人〜〜〜〜〜!!

怒りに拳を握れば腹筋に力が入る。

ドロドロと流れ出る経血の不快な感覚。下腹の鈍痛。頭も痛くなってきた。この体調で馬車も馬もない。

今、自分は動けない。

……と、思っていることだろう、あの世間知らずの学者頭は。

「メアリー、先に確認しておくわ」

睨みつけたわけではないが、月経痛と馬鹿兄弟への怒りでそういう顔になっていたかもしれない。

台所番は蒼白な顔でカクカクと頷いた。

「トマスには、私でないと駄目だと思うの。あの人、世間知らずだから。あなたもそう思ってくれる?」

上のは譲る。こっちから願い下げだ。ばかばかしい。

下のは絶対許さない。首根っこを押さえつけて躾し直す。心の底から後悔したって、一生自由になんかしてやるものか。

「勿論でございます！」

メアリーの必死な声は裏返っていた。

今最善なのは、現状維持だろう。トマスが自滅へ向かう前に、現状を真実に変える。秘密結婚なら穴があるはずだ。そこを突く。メアリー一人では難しくとも、トレイシーには金とコネがある。

ここで冷静な思考が頭をもたげるあたり、つくづく自分は母に似なかった。顔だけかと思っていたが、そうでもないようだ。母ならば今頃半狂乱でそこらの物を投げ散らかして、無為に時間を浪費している。だが差し迫る現実に、そんな猶予はない。

まずはトマスを足止めしなければ。重婚を申し出るなら教会裁判所。挙式した教会の属する教区の。ならばロンドン。

すでに出発しただろうか。

いいや。

断りもなく馬車を引き揚げたのは何故か。時間稼ぎのためだ。蜜月が三日早く終わったのは計算外だったろう。自分の我儘を褒めてやりたい。

今思えばあれほど根を詰めて仕事をしていたのは、後を濁さぬためだ。おそらくは支払いや譲渡の手続き。家名が地に落ちた後も皆が暮らしに困らぬよう、世間知らずなりに気を配ったのではないか。律儀なトマスらしい。

となれば城に寄って、三日分の残りの仕事に目処《めど》をつけねばならぬのでは。

思案していると、エレンが廊下を振り向いた。滅多に階上にあがることのない洗い場係のネッサが、そわそわと戸口から顔を出す。

「奥様、変な男が裏口をうろついているんです。臙脂色のベレーをかぶった男で、老人みたいななりをしているのに、身のこなしが若者なんです。マシューさんが見張っていますが、絶対地元の人間じゃないと思うんです！」

臙脂のベレー。

ピンときた。変装男だ。ロンドンで馬に乗っていたという。トマスをつけていたのか、この屋敷を見張っていたのか。一体何故？

まあ、何故でもいい。

トレイシーはにっこり笑った。

馬の方から来てくれるだなんて、なんてラッキーなのかしら。

「ライフルがあったら、持ってきて。あとは、縄と鈍器かしらね」

使えるものは何でも使う。したたかさは政治家の父を見ておぼえた。

高貴なるものは責務を負う。

夫や自分の人生だけじゃない。使用人の、領民の、皆の暮らしがトレイシーの肩にかかっている。

月経痛がなんぼのもんじゃい。

〝トマスのもの〟になるのは承知したが、彼女はそもそも〝もの〟ではない。

かつてトマスに初めての嘘を教え、不本意な結婚に無理やり追い込んだ年上の嘘つき女である。

そして法律上はどうあれ、自分で考え、行動する、高貴なる伯爵夫人だった。


「やあトマス、熱心だな」

叔父の陽気な声に、トマスは書き物机から顔を上げた。

一分一秒も惜しい時に、ウザいのが現れた。

まあしかし、口頭で引き継ぎができるのは僥倖《ぎょうこう》かもしれない。何しろトマスは字が汚いので。帳簿の整理も目録の確認もひと通り終えた。あとは限嗣《げんし》相続以外の資産を叔父の名義に書き替えるだけ。手はずはあらかた整っている。城の名義は仕方ないが、醜聞の主が住んでいなければ、まあ、非難の矛先からは外れるだろう。テレーズとメアリーは叔父に託す。どう転んだって、自分よりはうまくやるはずだ。

婚姻無効の手続きを終えたら、あの狩猟小屋にでも引っ込んで世間と関わりを断って生きよう。自分を被験体に水銀の人体実験でもしようか。知的好奇心が満たされて、寿命も縮まるとなれば一石二鳥だ。爵位も家名も、生きている限りこの身につきまとう。死ぬことでしか譲れないならば、なるべく早死にした方が良い。

「裏を取ってきた」

オスカーは断りもせず入ってきて、長い足をソファへ向けた。

「お前の子どもの父親だ。なるほど、言えなかったわけだ」

途中でサイドテーブルに寄ってデカンタの水をグラスに注ぐ。優雅な仕草はまさしく貴族。試験管を扱うような感覚のトマスとは大違いだ。

こういう男なら良かったのだろう。

優雅で、世慣れた、貴族的な。

自分が叔父のような男ならば、うまく立ちまわってトレイシーを幸せにできたかもしれない。

彼女もその方がいいだろう。なにせトマスはダンスもろくに踊れない。会話して楽しい相手でも、自慢できる男でもない。

「どこで裏を取ったんですか?」

村で聞き込みなどされては困るのだが。折角ふしだらな粉屋の噂が風化した頃なのに。

「ベルギー」

返答に、トマスは首を捻った。

ベルギー?

真っ先に浮かぶのはワーテルロー。二人の兄の命を奪った戦野がある。

「ジャスティンの墓だよ。あれ、こっちに移していいか?　あの二人はやっぱり並んで眠るのが良いと思うんだ」

「ええ、もちろん」

「良かった。実はもう手配してある。早速迎えに行ってやらないとな」

これまで改葬を思いつかなかった自分もうかつだった。海の向こうの異国の地で、真ん中の兄を寂しく弔ったままだった。あまりの戦死者数に棺桶が品薄になり、移送を待つ間初夏の陽気で遺体も傷んで、とても連れ帰るどころではなかった。

やはり、何をするにも半人前だな。

神童と呼ばれた頃は、一人で何でもできるつもりだったのだが。

「叔父上、実は……」

「いやあ、掘り返すのに名目が必要でさあ。流石に夜中に墓地に忍び込んで墓掘りするってのは、三十男が一人でやるには辛いわけよ」

「名目?」

まるで主眼は墓掘りであるかのような言い方だ。

「それで、ジャスティンに挨拶した後、スコットランドに行った」

「スコットランド……母の実家ですか？」

それくらいしか思いつかない。

母は兄達の死を叔父のせいだと決めつけていて非情に態度が悪いのだが、何か遺品でも届けに行ったのか。

叔父がにんまりと笑った。

何だ？

トマスが眉を寄せた時、控えめなノックが響いた。

「失礼します、奥様の使いと名乗る女が……」

「旦那様っ‼」

ばたんと音を立てて、髪を振り乱した娘が扉を開け放った。執事を押しのけたその肩を、何人かの召使達が押さえている。

「こ、これ、やめなさいっ」

「旦那様！　お、奥様がっ……どうか、お戻りを‼」

縋るような手が宙を掻き、悲痛な叫びが耳を打つ。必死の形相で暴れる娘は、妻の寝室で生意気な口をきいていたあの侍女だ。

「トレイシーに何かあったのか⁉」

慌てて席を立ったトマスに、侍女はポロポロと涙をこぼしながら訴えた。

「思いつめた顔をなさって、あの『青いの』を、そのまま飲んだらどうなるかって、そればっかりおっしゃって……あたし、それが毒だって、奥様方がおっしゃってるのを聞いてしまって……！」

〝ねえトマス、あの青い結晶を、まるごと飲み込んだらどうなるの？〟

お気に入りのだみ声で、薄茶の瞳が、栗色の巻き毛を揺らして微笑む姿が浮かぶ。

全身の血の気が引いた。

「嘘だろ」

呟いた声は喉に引っかかって掠れた。

どうなるもこうなるも決まっている。

体液に溶解した硫酸が、身体を内側から溶かし続ける。のたうち回って、苦しんで死ぬ……！

「トマス？　……おい、どこへ行く!?」

「狩猟小屋に戻ります」

馬を引くよう命じ、足早に玄関へと向かう。

考えておくべきだった。毒物など渡すべきではなかった。思いつめた挙句醜聞を起こすような女なのだ。激情の人だ。

「何かあったのか？　トレイシーは……」

「……っ、そもそも、あんたがっ！」

なおも言い募る叔父に逆上しかけ、飲み込む。

違う。自分のせいだ。

叔父の条件を飲んだのは自分だ。馬鹿なことだと知っていた。その罪科も。全て知った上で目をつぶり、醜行に及んだ。

彼女に触れたかった。

一夜などでは満足できないと。

何も知らせず、手の内に閉じ込めて、あたかも当然の権利のごとく不埒な暴虐をふるった。

歪んだ欲望の末に、全てを失おうとしている。

「私も一緒に行こう。手は多い方が良い」

「不要です。僕の問題だ」

「自死ならば秘匿せねばならん」

自死。

一段ひそめられた言葉に息が止まった。

自殺者は教会に葬られない。神の意に反した魂を天の国は受け入れない。

「……お願いします」

今の自分の判断力はあてにならない。年長者に頼れるものなら頼るべきだ。

……そして、目的地に着いて早々、トマスは叔父の判断に頼ることになる。

厩には縛られて転がされた耳ほくろ男。

扱えもしないマスケット銃を持った洗濯女が、入り口近くの石の上にちょこんと座っている。

男は失禁したまま気絶していた。生えかけた口髭が半分抜かれていた。下男は荷馬車で侍女を送っていったという。

荷馬車。どこから？

そしてこの男は何者だ？

トレイシーとメアリーとテレーズは？

洗濯女はおずおずと一枚の紙を差し出した。

荷馬車と馬の貸し賃が明記された、請求書だった。山羊と羅針盤亭の印がついてある。

「お二人は、テレーズさんを連れて船に乗るとおっしゃいました」

入水自殺⁉

目の前が真っ暗になったトマスの肩を、伯父が気楽な調子でぽんぽんと叩く。

「なるほど船か。考えたな、もうすぐ日が沈む」

「なんですって？」

「午後の便は既に出てしまったってことだよ。一晩出遅れたな。連中はとっくに対岸だ」


そう、もちろん女達は対岸にいた。

英仏海峡は風が良ければ半日で越えられる。夕闇が迫る前に宿を取り、テレーズを寝かしつけた。子どもに夜更かしをさせてはならない。女はいつでも現実的である。

「エレンは大丈夫でしょうか」

幼子に添い寝してメアリーが呟く。

「あの子は大丈夫よ。玉ねぎなんかなくてもうまくやるわ」

髪を三つ編みに結いながら、トレイシーが返答する。

頭がガンガンする。下腹も重い。寝る前にまた詰め物を取り替えなくては。馬をとばすために棒を入れなかったが、お陰でギュウギュウに詰め込むことができた。次から多い日の夜もこの手で乗り切るとしよう。随分手荒な処置だが、月のもので高揚しているせいか気にならない。

「旦那様は追いかけてきますかね」

「あれで駄目なら流石の私も見放すわよ」

自分の命を人質にとった。

愛を捧げると言った言葉が本当ならば、教会裁判所になど向から余裕はないはずだ。結婚騒ぎの時と今回の離婚騒動と、二度、トマスはリスクに目もくれずトレイシーを選んでいる。来るはずだ。これで来なけりゃ股間に弾丸を撃ちこんでやる。重婚男め。

心の撃鉄を盛大に起こし、トレイシーはカーテン越しの対岸を睨んだ。

「この子は……大丈夫でしょうか」

メアリーが優しくテレーズの髪を梳く。

母親の手。

トレイシーが望むべくもなかったもの。

そういえばトマスの母も、長男だけを溺愛していた。

「大丈夫よ。私がどうにかする」

法が守らぬ子の将来を守るのは、親なり後見人なりの力だけだ。トマスには力を持ち続けてもらわねばならない。

どの道猶予がなかったことは今日知れた。探偵がうろついていたということは、父が痺れを切らしたということだ。娘の扱いが悪いことを、子爵は自分への侮辱ととらえたのか。

「それにしたって、トマスの身辺をどう洗った所で、男色罪《ソドミーざい》の証拠なんか出るわけないと思うんだけど」

首をひねると、メアリーも一緒に首を傾げる。

「旦那様には、そういう噂でもあったんですか？」

「あるわけないわ。男女問わず無愛想なので有名よ」

トレイシーは父の愛情を信用していない。色々反省した初老の男が、娘のために議会離婚の証拠をでっち上げようとしたのでは、などとは露ほども思わない。

「あたし、拷問なんて初めて見ました」

「髭を抜いただけじゃない」

「でも、凄い悲鳴を上げてたじゃないですか。それに、奥様ったら恍惚としていらして、それはもう嬉しそうで」

わたし、殿方のお髭をペンチで抜くのは初めてだわ。

……あらいやだ、一度にたくさん抜けてしまったわね。ごめんあそばせ。

でも練習だから、もう少し付き合ってね。一度本物の人の歯を抜いてみたかったの。

安心して、ちゃんとお髭で練習してからにするわ。時間がないからちょっと急ぐけど。太陽王《たいようおう》だって歯抜けになっても長生きしたもの、貴方だってそんなに怯えなくても大丈夫よ。

言いながらブチブチと髭を引っこ抜く間、楽しくなかったと言えば嘘になる。

ずれたカツラを頭に乗っけて、歯を鳴らし息を詰める恐怖の表情に、癖になりそうな高揚感が、あったと言えばあった。多分月のものでイライラしているからだ。

「演技よ、演技」

「ふふ、あんなの恐怖政治の頃だって……」

言いかけて、そういや拷問なしですぐ処刑でしたね、と凄惨なことを言い、台所番は笑った。

亡き愛人達の弟に銃口でもって署名を強要された時、本当の名は書かなかったという。土壇場でようやく残した細い逃げ道だ。

「ねえ、ところで、一つ聞いてもいい？」

「何でしょうか」

「オーブリーのどこが良かったの？」

死んだ婚約者の浮気に全く傷つかなかったのは、トマスの隠し子のインパクトが強すぎたせいだ。あれがなければもうちょっとショックを受けただろう。

オーブリーは格好良かった。トレイシーも多少は憧れていた。

が、人柄に関しては別だ。

「あの人、すっごく意地悪じゃなかった？」

メアリーは首を傾げて、少し考えてから、

「意地は、悪くていらっしゃいましたね」

と、あっさり認めた。

「その上、父親が分からないってことは、ジャスティンと同時進行よね」

「ご、御存知でっ⁉」

「ええ、同時なんでしょう？　二股かけてたの？」

「あ、ああ、そっちの同時。ええ、まあ、そういうことに……なるのでしょうねえ」

同時という言葉に、そっちもこっちもあるものだろうか。

メアリーは照れているのかスカートを握ってモジモジしている。

ふと、読みかけで放置していた過激系ロマンス小説の記憶が頭の隅をよぎった。

「え、まさか……三人で、同時に、とか？」

「……っ！」

メアリーは分かりやすく動揺した。

「ちょ、本当に!?　それってどうなの？　メアリーってそういうの好きな人なの？」

「い、いえ、私が望んでそうしていたわけでは……」

「じゃあ、あの二人が無理やり!?」

「む、無理やりでも、なかったと言いますか、何と言いますか」

「酷いわ！　愛した女性にそんな関係を強いるなんて、不誠実よ！　生きてたら私がぎったんぎったんにしてやるのに!!」

ベネット家の男どもは、一体どういう神経をしているのか。トマスも含めて。

トレイシーの憤りに、メアリーは少し寂しそうに笑った。

「愛ではなくて、私は……お金の関係でしたから」

「でも」

トマスがメアリーを探した経緯は既に聞いた。オーブリーが死の床でうわ言のように呟いた名は自分のものではなかった。がっかり半分、ホッとしたのが半分といったところか。

それなりに恋愛結婚を夢見た頃もあったが、トマスの件で後ろめたいトレイシーとしては、これで「実はずっと君を想っていた」などと言われても寝覚めが悪い。

尚もオーブリーに言い足りないトレイシーへ、懐かしむような目で天井を見上げてから、メアリーはきっぱりと言った。

「ええ、お金を頂いて、その上夢まで見させていただいたんです」

それからメアリーは、トレイシーに今日何度目かの「申し訳ございませんでした」を告げ、深々と頭を下げた。

ふくよかな身体に不思議な気品。ひと目で貴族と分かる、長ったらしい本当の名。

革命政府から追われる身となって、十五の彼女は家族を失った。少女の身で、栄華からどん底へと突き落とされた。

娘には、どうか平凡な幸せを。砂上の楼閣のような不安定な嫡出よりも。醜聞の子と蔑まれる人生など、送らせたくない。

そう訴えたこの母親の願いを、どれだけ叶えてやれるかは分からない。

署名の無効を証明するためには、彼女の出自を証明しなければならないのだ。おまけにこの手の裁判は、貴族と平民で争われれば大体貴族に軍配が上がることになっている。トレイシーが肩入れしたとしても当事者ではない。トマスの同意なしで覆すことが果たして可能か否か。それも、あの唐変木《とうへんぼく》が自滅をやらかす前に。

教会が相手ならば白い結婚と袖の下でゴリ押しするつもりだったが、法律婚とあっては素人のトレイシーには少々荷が重い。

抜け道がどれだけあるのか、朝になったら確認しに行こう。現金をたっぷり持って。

翌朝。目的の村役場に着いてすぐ、トレイシーは荷の重さを再認識した。

「“＄％ω＆＃＄Σk＆@〝＄＊⊿∵」

勤務する役人は一人のみという小さな役場の机の向こうで、丸顔で頭頂部の薄い身分吏《みぶんり》が何か言っている。

「＃＄％＆＃‘＊％@％〝＆ε＋，ω＄」

メアリーも答えて何か言っている。

フランス語である。……多分。

「全く分からないわ……」

そこでつまずくとは思っていなかった。

が、よく考えてみれば当然の帰結である。ここはフランスだ。戦争に負けたんだから英語で話せ、という身勝手はトレイシーの喉まで出かかったが、そもそも戦時中から勉強を放ったらかしてロマンス小説を読み耽っていたのは彼女だ。それにフランスは負けていない。負けたのはコルシカ人の僭称者《せんしょうしゃ》で、フランス帝国が王政フランスに戻っただけなので、厳密にはフランスは負けていない。

……と、言い張るだろう、フランス人は。

ところで、トレイシーには分からない会話だが、テレーズはフランス語を解する。本人の出自に関わる話だ、聞かせて良いものでもないだろう。トレイシーはそっと小さな背を押して、役場の前庭に出た。つぶらな青い瞳が素直に見上げて従う。

唇をぎゅっと引き結んだ。

テレーズを庶子に落とすことに、抵抗がないと言えば嘘になる。

領民のためなどと称して、自分が好きな男を手に入れるために、幼い子どもから権利を奪いたいだけではないのか。気を抜けばそんな自問自答が胸中をぐるぐると回る。

それでも、後見人となって守ってやるならば、トマスもトレイシーも社交界における影響力を失うわけにはいかない。重婚などという大醜聞に引っかかって、評判を落とすわけにはいかないのだ。しかも貴賤結婚は非難の対象になる。大抵の矛先は弱者――子ども本人へ向かう。

しばらく外で待っていると、メアリーが疲れた顔をして出てきた。

「駄目です。取り付く島もありゃあしません。あたしの出生を証明しろと。でも生まれた教会は焼かれてしまったし、今のあたしには前の身分を証明するつてなんて」

「乳母か誰か、親しい使用人を憶えていない？」

「逃げている時に皆はぐれてしまって。しかも、あたしが別人だと証明できたら、今度は公文書偽造罪に問われると言うんです、あの石頭！　子どもが庶子になっても良いのかだなんて、良くて言ってるわけがないのに、酷い言い方！　どうだって旦那様の肩を持とうってんだから腹の立つ」

王政復古で男尊女卑も復活したのか、婚姻時にトマスが袖の下をはずんだか。

予想の範囲内ではある。メアリーもそれが分かっていたから今まで行動を起こせずにいた。

「もう一方の線は？」

「それどころじゃありませんでした。でも、そっちはやっぱり無理だと思います。あの役人も一枚噛んでるから」

「分かったわ。私が話してみる」

「でも、言葉が……」

「大丈夫よ」

毅然と顔を上げたトレイシーは、テレーズをメアリーに任せると堂々たる足取りで役場の扉を開けた。

奥の机で書き物をしていたフランス人身分吏が丸っこい顔を上げる。

どんっ。

その机に、トレイシーは自分の手提げ鞄を置いた。札束が詰まっているので、それなりに重い。

それからふんぞり返って、舐められないよう、なるべく高圧的に言ってみた。

「私、急いでるの。このトマス・ベネットという男が来る前に、あの親子との縁を切っておいて頂戴。経費はおいくら？」

勿論英語で。

身分吏の黒い瞳が大きく見開かれる。

「通訳を雇う時間がなかったの。あなたが務めてくださるのなら、日給ははずむつもりよ」

出したのはポンド紙幣、この国の通貨ではない。ただし、ベリー公の暗殺以来価値の安定しないフラン紙幣より、よっぽどあてになる。

母国語一辺倒だった男は少し考えたあと、にっこりと笑って返答した。

「それで、ご用件は？」

対岸では漁師や五歳児がフランス語を介すのだ。こっちでだって、それも役人を務めるほどの人間が喋れないはずはない。

「先ほどのマダムと同じご用件であれば、私の返答も基本は同じです。我が国の民法に白い結婚による婚姻無効を認める条項はありません。また彼女の姓名に関しましては、五年前の住民登録がマリー・デュポワとなっており、手続き上は矛盾しません」

予想通りの返答である。昨夜メアリーも言っていた。現在のフランスの民法では離婚は全て禁止。結婚が白かろうが黒かろうが関知したことではない。

「そもそも書類不備による無効は裁判官の胸先三寸です。通名を使った程度で不備と認められるかどうか……。いずれ、訴えには彼女の本名を裏付ける証拠が必要です」

身分吏は分厚い本をめくり、ページの一節を指差して見せた。

もちろん読めない。トレイシーは無視して話をすすめることにした。

「じゃあその話は良いわ。でも、彼はこの時十七歳よ。未成年なのではなくて？　フランスでは未成年でも親の許可無く結婚できるの？」

メアリーの話では、この国の結婚は当事者が結構な年になっても何らかの形で親の干渉下にある。親の許可を得ない婚姻は簡単にひっくり返り、子は庶子に落とされる。そもそも貴賤結婚は子孫への相続の権利を許さない。女と子どもは非難を受けるだけ。そこに愛以外のメリットはない。

「未成年の結婚は禁止ですが、女性が懐胎していたため特例条項に従って処理されています。お父上の同意の証明書もありますよ。書類不備はございません」

「ふうん」

トレイシーは目を眇めた。

「その署名は、あなたにも読める字だった？」

身分吏の太い眉がぴょんと上がった。

ピンときているらしい。

「私、早速尻尾を掴んだんじゃなくて？」

「さあ、何のことやら」

「まあ、その署名とやらの正体を証明している暇にトマスに追いつかれちゃうわ。……ねえ、彼にはいくらもらったの？　私の方がお金持ちよ。ようは戸籍をちょちょいと書き換えてくれりゃ良いの。できない？」

「いやいや、できるも何も、それは不正です」

丸顔に笑みを浮かべてはいるが、この男、なかなかの狸である。

「……インチキ署名を受理した罪って、懲役どれくらいになるのかしら」

身分吏のつやつやした頬がピクリと動く。

トレイシーはにんまりと唇の端を吊り上げ、小役人のポーカーフェイスを嘲笑った。

「私の父、内閣でちょっとした役職についているの。こちらの上の方々にも、顔が利くんじゃないかしらね。……試してみたい？」

役人の血の気が一気に引く。

「本当に、書き換えなんて不可能なんです！　原本が王都にある。ここにあるのはただの写しです。私にできることなんて、ちょっとした助言をするくらいで……それに署名偽造を証明なんかしたら、このトマス・ベネット氏が公文書偽造罪に問われますよ！　ご友人なのではないですか、いいんですか?」

「あんな奴、一回ブタ箱に入って頭を冷やしたらいいのよ。中途半端なことしてくれて、おかげでこっちは大迷惑だわ」

「ブタ箱とは、その、もうちょっと穏やかに」

「そういうことでしょ。偽造を証明してトマスに有罪を叩きつければ、この結婚は〝親の承認を得ない結婚〟になる。違う?」

顎を上げて凄む。

「いや、そういう単純なわけには、いきませんで……」

そりゃあ単純なわけにはいかないだろう。唆して偽造書類を受理したこの男も連座なのだ。おおかた袖の下もうまいことせしめている。汚職役人はひきつった笑みを浮かべて目を泳がせた。そこへトレイシーは畳み掛けた。

「そう言えば、〝有罪〟に関しては、もう一件あったみたいだけど……この村でお金をばら撒いたら、目撃者の一人や二人は出てこないかしらね。証人が正直者かどうかなんて私はこだわらないし」

身分吏が息をのんだ。

銃口でもって脅迫した婚姻なら、常識的に考えて無効になるはずだ。黙認した役人には書類偽造以上の罪状がつく。

トレイシーが笑う。

役人は口をぱくぱくさせる。

そうしてしばらく睨み合っていると、前庭の向こうが急に騒がしくなった。次いで蹄の音が轟く。

目を上げて窓の外へやると、猛然と土煙を上げた馬から転げ落ちるように下馬した乗り手が、外庭を突っ切って来るのが見えた。

「トレイシー！」

叩きつけるようにドアを開けたのはトマスだった。悲鳴のように叫んで駆け寄ると、トレイシーの頭を両手で鷲掴みにする。

「飲んだのか⁉」

青い瞳がぎらぎらと光って彼女を捕らえる。荒い息と一緒に詰問が吐き出された。

「の、飲んでない」

「本当か？　嘘をつくなよ。本当のことを言え」

「本当よ、あの、ここに持ってる」

気圧されてポケットから小瓶を出すと、トマスはへなへなと力が抜けたようにその場に座り込んだ。

「馬鹿野郎、心配したんだ。馬鹿、大馬鹿、本当に馬鹿……」

スカートの裾を掴んで繰り返す恨み言は、嗚咽の様相を呈している。

「ど、どうやって来たの？　定期船が着くのは昼過ぎのはずよ」

「夜明け前に漁師を叩き起こした。有り金全部渡して、頼み込んで船を出してもらった。トレイシー、良かった無事で。無事で……」

「そこまで心配してくれるなんて、ちょっとびっくり。ああ、こんな天気のいい日に馬なんて、日焼けしてしまうわ。もうこんなに真っ赤じゃない」

メアリーがそっと娘の肩を抱き、心配げに中の様子を覗くのが見える。テレーズは青い目を大きく見開いて、抱き合う伯爵夫妻を眺めている。

「身体は、何とも無いのか？　腹は痛くないか？」

「大丈夫よ、トマス。飲んでないったら」

「月経痛の話だ。今日まだ二日目だろう。前回酷かったじゃないか」

「ちょっと、人前でそういう話は……」

「心配なんだ、トレイシー」

トレイシーの両手を握り、トマスがかき口説く。

その赤毛を梳いてやると、切なげな瞳が見上げてきた。優しく手を引いて立ち上がらせる。こんな姿勢では話ができない――重要な話が。

ボロボロの体《てい》で追いかけてきた恋人へ向け、トレイシーはにっこりと微笑みを作った。

「心配してくれてありがとう、トマス。私もあなたのことを心配していたわ。……馬鹿なことをするんじゃないかって」

低くなった声音に、トマスが息を呑む。

「ほんの一日ぶりだけど、再会を祝してお喋りをしましょう。愛を捧げた私に、正直に言うことがあるはずよねえ？　十七歳の時の子どもが誰の子なのか、そう言えば聞いていなかったわ」

途端にトマスは慌てだした。パッと視線を外し、どもりながら言い逃れをはじめる。

「テレーズは、ちちち違うっ！　ぼ、僕の実子だっ！」

「あっそう。何が違うの？」

「オーブリーは、せせ誠実な男だった！　浮気なんか、し、し、していない！　ああ安心して良い！」

　顔が赤いのは日焼けのせいなのか紅潮したせいなのか。

　目が、盛大に泳いでいた。

「……隠しごとは上手になったけど、嘘はまだまだなのね。気づくべきだったわ。教会でもずっと目を逸らして変な汗をかいて、今思えば挙動不審だったもの。せっかく一生一度の結婚式だったのに」

式の最中、目も合わせず口もきかなかったのは、つまりはそういうことか。

　トレイシーが溜め息混じりに言うと、トマスの赤い顔が更に赤くなった。

「無様を晒して、申し訳なかった」

「いいのよ。嫌われてたせいじゃないって分かって安心したわ。……それより、あなたに言っておきたいことがあるの」

　彼は無防備に彼女と目を合わせた。

　彼女は表情を消した。

「私、本当はオーブリーの方が良かった」

　トマスの身体が凍った。

　ソバカスの浮いた白い喉仏のあたりで、ひゅっと息の止まる音がする。

　青い瞳の真ん中で、瞳孔が暗い虚空をぽっかり空ける。

　半開きになった唇は紫色に震えて、頼りない細い声がその隙間から搾り出された。

「……知ってた」

無理やり浮かべた微笑みは、歪んで泣き顔のようだった。

それだけで、僕の胸は張り裂けるよ。

彼が以前そう言った通り。

むき出しの内側が傷ついて血を流し、懸命に形を保っている姿を彼女はじっと見つめた。

これはこれでキュンと来る。オーブリーのことは言えない。自分も大概意地悪だ。

「嘘よ」

溜め息混じりに赦免を告げたが、歪んだ表情は元に戻らない。軽く首を横に振って、

「いや、いい」

と言われたら、彼が嘘と真実のどちらを信じているのかは明白だ。

非常に、腹立たしい。

トレイシーはトマスのクラヴァットを掴み、強引に引き寄せて、言ってやった。

「どうしてこんな嘘を信じるの⁉　あれほど好きって言ったでしょう！　ずっと好きだったって、私、何度も言ったわよね？　そっちを信じないでこっちを信じるって、どういうこと⁉　泣きっ面、もっと堪能しようと思ったけど、その前に一発殴ってやらなきゃ気が済まないわ！」

空いている手でソバカスだらけの頰を力いっぱい掴み、殴るではなくグイグイと捻じり上げる。

「い、痛っ、いだだだだっ！」

「嘘、嘘、嘘、嘘よ！　傷つけてやりたかったの！　私はこれくらい傷ついたの！　好きって言われたのも全部嘘かと思って、心臓止まる所だったんだから！　その上、一旦は私よりあの子を取っておいて、また私を取ろうだなんて中途半端なことをしてくれて。場当たりで選ばれたり捨てられ

たりする側の気持ちを考えたことはある？　あの子も私も物じゃないわ、少しは反省しなさい！」

研究対象のように見られてキュンと来た、などという世迷い言は閨限定だ。

トレイシーは人としてトマスを愛している。彼にもそれなりのものを返して欲しい。

贅沢だと思っていたその欲求を、彼女はもはや諦める気はなかった。

あの日、教会でなんと誓ったか。

健やかなる時も、病める時も。愛し、敬い、慰め、助け、命ある限り真心を尽くすと。

『誓います』

そう宣誓したトマスの声は、震えても、どもってもいなかったはずだ。

「いいこと、トマス。私は、慰み者にされて泣くだけの無力な人形じゃない。敬い合い、助け合う。その価値はあるつもりよ。頼って！」

三白眼が大きく見開かれた。

「あなたは判断を間違える。頭は良いけれど、人の心は読み間違える。学者でやっていくならともかく、社交界で生きるなら、私の支えが必要よ。だから……」

進んで言いたいセリフではない。

それでも、その言葉を絞り出した。

「あの子の嫡出は諦めて」

言ってから、胃の腑に石を飲み込んだような重苦しさを感じる。

けれど、決めたのだ。

守り通すならば、きれいごとだけでは済まされない。

「知らなかったのだと思うけど、貴賤結婚の子を世間に受け入れさせるってことは、強力な後見人が必要ってことなのよ。あなたが評判を落としてしまったら、誰がこの子を守るの。私とあなたで力を合わせて、それでようやくできるかどうかって所なのよ」

「……法律上は、問題ないはずだった。調べた」

未だ混乱しているのか、掠れた声でトマスが答える。

「調べた。そう。相談はしていないのね、誰にも。言えば違ったのに」

「言えるはずがない」

「人に言えないようなことをしちゃいけないって、習わなかったの？」

「……あんたに黙っていたのは、悪かった。申し訳ないが、五年前はそこまで信用していなかった」

銅色《あかがね》の前髪の隙間から、眼鏡越しの瞳が腹立たしい本音を告げる。申し訳ないと思っているのも本音のようで、表情の乏しい彼なりに、眉間に沈痛なしわを刻んでいる。

彼女はフンと鼻を鳴らした。

「その判断は正解よ。十九歳の頃の私が聞いたら、ヤケになって何をするか分からないわ、こんな話。だけど昨日言ってくれたのなら、話は違った」

一ヶ月、トマスに愛された。

その時間が自信をくれた。

例えどんな不条理をしでかそうとも、彼の心の聖なる祭壇には自分がいる。

「あなたがテレーズの嫡出を諦めれば全て丸く収まる。秘密婚は簡単になかったことにできる」

「トレイシー、テレーズは嫡出子だ。覆らない」

「拒否する権利はないわ、アッシュウッド伯。これは義務なの」

「拒否とかどうとかじゃない。もう覆らない」

トマスは意外に頑固に言い張って、それからぐっと押し黙った。

拳をぎゅっと握りしめ、唇を噛みしめる。乱れた赤毛が俯いた。

「けど、確かに僕は間違えたようだ。その上、徹しきれなかった。最低の父親だ。どうやったって、僕は結局あんたを選んでしまう」

少しのあいだ下を向いていた青い目が前を向き、心の妻に向けてはっきりと伝えた。

「テレーズのことはもう覆らない。ただ、もし選ぶ自由がまだあったなら、僕は次こそは最初からあんた一人を選ぶよ」

次こそは。

それは今生の話にはなり得ない。

一生を縛り付ける結婚の楔《くさび》を、トレイシーではない女性と繋ぎ続ける。それがトマスの出した答えか。

真剣な瞳は彼女だけを映してゆるがない。

そんなことを言われて、女心が喜ぶとでも思ったのだろうか。

彼女は目を細めて融通のきかない恋人を眺め、通じぬ想いを苦く笑った。

やはり彼は、曲げない。

惜別の感傷を押し込め、ゆるく微笑む。

「不正解よ、トマス。あの子を選んだあなたの不器用さも、私は結構好きだった」

見つめる瞳に万感の想いを乗せた。その陰でこの期に及んで冷静な頭をフル回転させる。時間はかかるが署名の線で行くしかないか。今後一生恨まれ、形だけの夫婦になるとしても。問題はトマスの自爆をどう止めるか。力ずくとしてもなるべくなら露見は狭い範囲に収めたい。どの手を使おう。

トレイシーはちらりと出入口に目を走らせた。

ドアを、閉めさせなかったのは失敗だったかも。

朝っぱらからのこの騒ぎである。集まってきた村人の視線が痛い。チラチラと見ながら通りすがる者、堂々と立ち止まって見る者、様々である。

その見物人の中から一人、馬を引いた男性が進み出てきた。

「やあやあ、どうも」

明るい金髪にアイスブルーの瞳の、田舎じゃ滅多に見ない色男。愛想良く爽やかな笑顔を振りまいているのはオスカー・ベネットだった。トマスの叔父である。

「遅くなったね。いやまったく、トマスが飛ばすんで追いつけないかと思った」

新たな人物の登場に、トレイシーは警戒心も露わに表情を固くした。

整った面差しに愛想の良い笑みを浮かべていても、氷色の瞳はどこか笑っていない。そういう類の美男なのだ。しかもトマスを焚きつけて、このバカバカしい一大事の幕を上げた男。

それでも美男は美男なので、役場の前で騒ぎを見物していた村人達も、そちらへ視線を移して、ほぅ、と溜め息をつく。

満場の注目を集めて、しかし見物客の期待を裏切り扉を閉めると、オスカーは芝居がかって話し始めた。

「さて皆さん、トマスには船の中で簡単に説明したが、ちょっとジャスティンの墓堀りをしてきたんだ。亡骸を埋める時に、気になったものがあったのでね」

墓堀りって。

また妙なことを。ベネット家の男どもの頭の中は、本当にどうなっているのだろう。

「親愛なるジャスティンが、左胸のポケットに大事にしまっていたものがあったんだ。茶色の……多分、長さから言って女性の髪なんだが」

言い終わるや、トマスがキッとトレイシーを睨んだ。

さっきまで猛省中だった三白眼は、端に涙が滲んでいる。拗ねたような哀れな表情にまたキュンと来た。今までの自分にはない傾向だ。昨日やった拷問の真似事で、新たな世界に目覚めたというのか。いや、そんなことより髪の毛だ。

隣を見ると、メアリーが口元を手で覆って目を潤ませている。

トレイシーの栗色とよく似た茶色の髪。恋人へのお守りに、髪一房は定番である。

「その髪が、どういうわけか荷札で括られていたんだ。普通はリボンか何かだろう？　それでその荷札に、宿屋の名前と住所らしきものが書かれていたのが気になってね。調べてみたら、お宝の隠し場所だった」

そうしてオスカーが取り出した二枚の紙。

トレイシーは驚愕に目を見開いた。

トマスはむっつりと仏頂面になる。

メアリーだけが、潤ませた目をぱちくりして、分かっていない。英語の読み書きが未だ得意でない彼女は、堅苦しいその文章を読み下すのに時間がかかるのだろう。

それは、結婚証明書だった。

マリー・ルイーズ・ガブリエル・ジェルメーヌ・ド・なんたらかんたらと、長ったらしい女性名の署名もある。

「スコットランドの国境の村だ。義姉上の実家近くだな。心当たりはありますかね、メアリーさん」

皆が太った台所番の言葉に固唾を呑む。

「え、ええ、スコットランドは行きました。入隊前に母方の御祖父様へ御挨拶されるのに、身の回りのお世話にと雇われて。船で行くから、身重でも大丈夫だろうっておっしゃって」

その頃にはもう妊娠が隠しきれなくなって、職を失い困っていたのだと戸惑いながら打ち明ける。夫を持たぬ者の妊娠に、世間は厳しい。メイドならば露見次第即日解雇も珍しくはない。

「英語はどのくらい読めますか？　古英語は？」

「難しいのはあまり。あのう、それはどういった？」

「結婚証明書です。うちの甥っ子たちとの」

「けっ……」

メアリーは絶句した。身におぼえのない証明書が二通も出てきたのは衝撃だったようだ。普通はいいとこ一通だ。

「署名したおぼえは？」

「とんでもない！　結婚だなんて、そんなこと、あたしが承知するわけが……そう、思い出しました、それは、宿泊の折に記入する身分証明じゃありませんでしたか？　スコットランド特有の制度だと、書かされたおぼえが……」

そんな制度、ない。

「え、違いましたの？　本名を書いてしまえと言われて、ふざけて長い方の名前を書きましたが、そんなものでしょう？　署名と言っても気楽な……いやだわ、そんな。結婚だなんて……ねえ……まさか……」

だんだん声がしぼんでいく。

「このままでは重婚になるので、生き残った方が自分の分を破棄しに行く予定だったようです。宿の主人が結婚登録簿にメモしていました。いやあ、あんな大雑把な登録簿、あるんですねえ。『女性が言葉を解せぬよう、なるべくキツい訛りで式を挙げよと指示された』なんて覚え書きまであって」

そんな訛りで話されたら、同国人のトレイシーでも正直キツい。ウェールズ訛りほど絶望的ではないが。

「ミス・メアリー、あの二人のプロポーズ、断ったんですか？」

からかうような口調でオスカーが首を傾げる。

スコットランドの婚姻法はイングランドと少々異なる。結婚許可証も、教会での三週にわたる結婚告知も絶対条件ではない。二人の証人がいれば結婚は成立するし、その証人は誰でも良い。古代の婚約式の名残を残すその寛容さは、世間の許しなき婚姻にも等しく正当性を与える。駆け落ちの男女が国境を目指すのは、そうした事情があるからだ。

「そりゃあ……当然です。そんな結婚に意味はないし、将来のある若い人に、身分違いの結婚なんてさせられません」

メアリーは顔中に困惑を浮かべていた。フランス人の彼女がスコットランドの事情を知っていたかどうかは不明だ。

「トマスは良いのに？」

「旦那様は仕方がなかったんです。聞いてください、ライフルで脅されたんですよ、それもお腹に照準を合わせて！　その上、村じゅうに子どもの父親のことをばらすと脅されて。その上で職と家を世話すると言われたら、逆らうなんて気力出てきっこありません」

びしっと指さされ、糾弾された脅迫犯こと、マスはどこ吹く風だ。

「やむを得ない。兄の遺児を婚外子にはしておけない」

しれっと言い放ったトマスの後ろから裾を引き、いつの間にか机から回り込んだ身分吏がこそこそと囁いた。

「認めちゃ駄目です！　時効は五年だけど、起算日次第なんです！」

あの身分吏、不正は向いていないんじゃないだろうか。トマスを相方に担ぐなど、秘密厳守の悪事の世界では危険極まりない。

「ともかく、嫡出の件はこの結婚証明書があれば何とかなりませんかね、身分吏殿。その上で婚姻無効に必要な書類はどうにか揃えて、必要ならもちろん裁判にも前向きに応じるつもりです。費用は惜しみません。ああ……寄付金も」

オスカーがキザったらしく肩をすくめてウインクした。今時フランス人だってそんなわざとらしいポーズしないんじゃあ。そう思ったが、窓越しの聴衆は美男のスカした仕草に見とれている。見た目が良いことは正義だ。悔しいことに。

「……そもそも」

増えてきた見物人を横目で見て、身分吏が溜め息混じりに口を開いた。

「我が国の民法では、女性は前夫との死別後三百日間は再婚できません。そして、この結婚禁止期間に生まれた子は自動的に前夫の嫡出と推定されます。よって、女子の懐胎を理由とした年齢要件にかかる特例が消滅し——本結婚は未成年者の結婚、すなわち絶対的無効原因に抵触することとなります」

一気に言って、分かったたか、と言わんばかりに外国人達をぐるりと見回す。

オスカーが満面の笑みを作った。

メアリーは目を見開き、ついで喜色をのぼらせる。

トマスは憮然としたまま、いかにも迷惑をかけられたという顔で長く溜め息を吐いた。

トレイシーは一拍置いて、それからやっと、周囲の表情から状況を理解する。

小難しい法律用語が並んでいたけれど、それは結局、全部丸く収まるということ？

「そちらの結婚証明書のいずれかが有効であれば、その一枚で事足ります。どちらを破棄されますか？」

オスカーがメアリーを見やった。

台所番はハッとして丸い顔を歪ませ、ふるふると首を横に振る。

「どちらか一方を選ぶだなんて、そんな残酷なこと……」

その横をすり抜けてすたすたとオスカーに歩み寄ったトレイシーは、手袋をはめた細腕を伸ばし、証明書の一方を無言でもぎ取った。

「え？」

と尚も軽薄なとぼけ声が聞こえたが、どうでもいい。

能面のような顔のまま、トレイシーはその〝お宝〟と称された紙を真ん中から二つに裂いた。

ぴぃぃー、と音を立てて、黄ばんだ紙は引き裂かれていく。

もう一度、二枚を合わせて真ん中から。

二枚が四枚に。四枚が八枚に。

散々細かくしたら、最後は足元にばら撒く。踵でそれを踏み抜くと、ダンッと木の床が良い音を立てた。

口端が自然につり上がる。

ダンッ、ダンッ、ダンッ
紙屑になった証拠品は、怒りの鉄槌で連打された。口元を歪ませたまま、彼女はブツブツと低く呟きつづける。

この浮気者。女の敵。最低男。バカ。クズ。おたんこなす。

あの時とっくに結婚していたんじゃないの。あんたが正直に言っていればこんなことには。

私の五年間を返せ、裏切り者め。ずっとずっと我慢していたのに。何であんたなんかに遠慮しちゃって。

もう死んじゃえ。死んでるけど死んじゃえ。地獄に堕ちろ、エセ紳士。

サタンにカマ掘られて切れ痔になってしまえ。

爽やかな朝に似つかわしくない、不適切な言葉が混じっていた。

全員が固唾を飲み、その暗く陰惨な復讐を見守る。

メアリーの丸い顔が引きつっていた。脅迫犯トマスも色をなくしている。

オスカーは、「ですよね」と破顔して、両手を降参の形に軽く上げた。

ひとしきり証明書〝だった〟ものを踏みつけたトレイシーは、最後に力いっぱい残骸を踏み抜くと、手袋をきちんとはめた淑やかな指で残った一枚を指さした。

「まあ、証明書がたまたま一通だけになってしまったわ。こうなればこちらを使うしかないわねえ」

そして彼女は、晴れやかな笑みを浮かべた。


一八一五年の春、婚約者が戦争に行くと言い出した。

初めて彼の名をハンカチに刺繍して贈った、花霞の夜。

宴の喧騒を遠くに聞きながら、こっそり連れ出された裏庭で、彼は言った。

「ねえトレイシー、このハンカチ、名前の所に別の針穴の跡が。誰の名前？」

にこにこと笑顔で言われて仰天した。慌ててその手からハンカチを奪い取り、隅々まで確認する。

確かにそれは、トマスに贈ろうと思っていた作品の転用品だった。本当は新しく作り直すべきなのだが、婚約者のこれからを思うと気が動転して失敗が続き、結局手元にある中で一番出来の良かった作りかけを動員したのだ。

でも、まだ名前までは刺していなかったはず。

「嘘！」

焦るトレイシーに、

「うっそーん」

またにこにこと人の悪い笑顔が向けられる。

「ちょっと！」

涙目で怒ったのだが、のらりくらりと笑ってかわされた。

「フルネームの刺繍はありがたいね。あっちで身元不明の死体になっても、これがあれば拾ってもらえそうだ」

入隊者の持ち物にフルネームを刻むことに、そういう意味があることは知っていた。だが願って刺したわけではない。一瞬だけ、可能性を考えはしたが。

そしてその可能性にぞっとして、針を持つ指が震えた。

願っているのは無事な帰還だけ。憎たらしくはあれど、ずっとこの人と結婚するのだと思っていた青年。その彼に、万が一でも痛い思いをして欲しくはない。辛い思いも悲しい思いもせず、戦争の華々しい所だけを歩いて帰ってきて欲しい。彼の華やかな笑顔のように。

だけど今度の戦いは、どう転ぶか分からないのだという。

俯いたトレイシーの額に、柔らかい何かが触れた。

ハッとして目を上げるとすぐ先に青い瞳が笑っている。

「おでこにキスぐらい、いいだろ？」

え、今の、キス？

キスですと⁉

なぜオーブリーが⁉　私に興味なんかないくせに！

動転する彼女の手を取り、もう片手を心臓の上にあてて、宣誓するかのように彼は言った。

「トレイシー、生きて帰ってきたら、僕に貞節と忠誠を誓ってくれ。うちは戦争に金を出しすぎて、正直、君が子爵との縁を取り結んでくれなきゃ家が続かない。僕が死んだら、婚約破棄も仕方ないと思うけど。ジャスティンは面白い奴なんだが、夫向きじゃないからね」

そのときは、天国から君の幸せを願っているよ。

ふんわりとした微笑みと共にもらったプロポーズが、最後の会話になった。


「天国どころか地獄に堕ちろ。と、思うわ。今となっては」

英仏海峡を臨む海沿いの宿。

思い出を打ち明けた妻は、憮然として亡き人に悪態をついた。

トマスが兄への複雑な感情を持て余していたように、彼女もまた一言では表し切れない複雑な何がしかを抱えていたらしい。

騒ぎから二日が経ち、必要な申請の打ち合わせを秘密裏に終えた夜である。身分吏に口止め料をはずみ、手続きをするうちにようやく、自分が好いた女と合法的に結婚しているという実感が湧いてきた。

トマスにとって、こんな幸運なことはない。

「その……ハンカチに女性の髪が挟んであったんだが。オーブリーが持っていた、手刺しの」

ずっと気にかかっていたことを聞いてみる。

「知らないわよ。私の髪なんか一筋も要求されなかったわ。今となっちゃ、爪の先だってくれてやる気しないけどね。ああ、腹が立つ、あの嘘つき男」

てっきり彼女の栗色の髪だと思っていた。だがよく考えれば、薄暗い宿の照明の下で見たので、茶色っぽいというだけで判然としない。状況を考えればメアリーの髪だろう。二人の恋人に、一房ずつ贈ったのだ。

そしてそれをオーブリーは、どういう神経をしているのか、婚約者に送られたハンカチで包んで左胸に入れた。

トマスには理解できない貞操観念だ。

「トレイシー……、じゃあ、あのハンカチは……」

自分の分は、練習用じゃなかったって、自惚《うぬぼ》れてもいいのか？

問うた声は、緊張のあまり絞りだすような震え声になってしまった。我ながら男らしくない。だが、万感胸に迫るものがあり、おそるおそる妻の肩に伸ばした手も震えがちだ。

「いいわよ。でもその前に、このラブレターについて説明が欲しいわ」

彼女がぴらりと取り出した一枚。

秘書に騙されて渡してしまった、トマスの小汚い字の恋文である。

見苦しさに我ながら嫌になったが、見れば先方も片目をすがめて剣呑な目でこちらを見ている。

そんなに汚いかな、この字。

まあ、汚いが。

「私、これは宝物にしようと思って持ち歩いていたのね。それで、ジェンキンスさん？　秘書の。

時間あるみたいだったから解読してもらったの。何カ所か違うだけで、何だかおぼえのある文章なんだけど」

そりゃあおぼえもあるだろう。彼女の愛読書を丸写ししたのだ。いや、少しは訂正したが。

「それで、行方不明の私の蔵書は、一体どこへいったのかしら？　そもそも、誰の許可を得て私の本棚を開けたの？　あそこに隠していたのは、絶対誰にも見られたくなかったからなんだけど」

へえ、そうなんだ。

この期に及んで、彼女が怒っている理由が、トマスにはいまいち分からなかった。

だから正直に言った。

「秘密なんか持つから露見するんだろ。あんただって結局は喜んでたじゃないか。嗜好の問題はお互い共有した方が良い」

ブチッ。

トレイシーの額のあたりで、堪忍袋の緒が切れる音がした。

帰宅してすぐ、夫婦の寝室の中扉に鍵が取り付けられたのは、夫人の権限による。

それからしばらくの間、トマスはトレイシーの寝室に入れてもらえなかった。

エピローグ

僕、オーブリー・ベネットが最初に官能を感じた相手は婚約者だった。

そしてその体験が以降の嗜好を決定づけたことを思えば、ある意味僕の貞操観念は正しく機能していたのだろう。

父が招待した、可愛くもなくブサイクでもない普通の女の子。丸一日放ったらかしてから帰宅した僕を、涙目でキッと睨んだ。

ぐっときた。

女の子本体の容姿だの資質だのは割とどうでも良い。

涙目が良かった。

以来僕は、女と見れば相手構わず泣かせる悪ガキになった。女の子の涙は麻薬のように幼い心を潤した。

そんな僕も、いつまでも子どものままではいられない。

大人になれば異性への興味は別方向へ集約する。性的な方向へ。

メイドや盛り場の娘を相手に、口説いては泣かせ、という罪のない――自分としては――愉しみ方をしていた僕も、このままではいかんと思うようになった。何しろ一歳下のジャスティンが、とっくに童貞を卒業していたと知ったからだ。

「お前……避妊は大丈夫なのか？」

「いや、盛り上がると、途中で抜くってのも何かこう、ね？　やっぱり素人女はヤバいかなあ」

学生の身である。そこら辺に私生児をぽんぽん作って、面倒を見れる立場でもない。

せめて商売女にしろ、と言うと、娼館に誘われた。

嬉し恥ずかし初体験。

……玉砕した。

そして初めて知った。

泣いている女が良いんじゃない。泣きながら睨みつける目がたまらないのだ。

ただ泣き濡れる女なんか萎え萎えだ。泣かない女はそもそも論外。

自分の特殊性癖を知った僕は、この日から一人悩むことになる。

トレイシーと結婚する。

それは良い。決まっていることだ。逆らうメリットもない。おっぱいもでっかい。彼女の涙目は気に入っている。

婚約者が来るたびに、これみよがしに背中を見せて放置した。玄関にある大鏡で、その涙目を堪能しながら。小太りの彼女がみじめさを押し隠して睨みつける様は絶品だ。他の誰をいじめたってあれほどの涙目はそうそうない。

しかし問題は結婚後だ。跡取りを作らなければいけない。

幸せな花嫁相手に、子作りできるか？

まあ、頑張ればできるかもしれない。娼館の時のように盛り下がったまま不貞腐れずに、脳裏に涙を描いて、目をつぶって物理的刺激を与え続ければ。

……あんまり幸せな性生活じゃないな。

あとは、妻との関係を現状維持に近い状態で保つ。涙目で睨まれるようなことと言えば、飲酒、暴力、浮気、放置、変態プレイあたり。

大変残念なことに、この点、僕は真人間だ。酒は弱いし暴力は趣味じゃない。放置しっぱなしじゃ閨を共にできない。嗜虐被虐やスカトロの趣味はもちろんない。

趣味じゃないけど、鎖で繋いで地下牢にでも監禁してみるか？

……ダメだろう。親父さんにバレたら殺される。露見しだい社会的に死亡確定だ。

それに、あんまり虐待じみたことをして、妻の反抗する気力を削いでしまってもおいしくない。うなだれて、全て諦めて夫に縛り付けられる女なんか、全く無理。

貴族の坊っちゃんにしては真面目なつもりだ。結婚したら、妻を愛し、仲睦まじくする予定である。

ただやはり、僕の愛は少々特殊だった。


あの日、粉屋の前で馬が棒立ちになったのは、あとで思えば運命だった。

飛散してきた小麦粉の粒子が馬の鼻をくすぐっただけ、などと思ってはならない。運命だ。

いななきに驚いて飛び出してきた太った女は、無様に落馬した僕に動くなと命じ、ボロ布の担架で小屋に運びこむと、必死で看病してくれた。

領民と戯れるお忍びの次期領主、という感じで、幾分わくわくしたのは否定しない。

頭を動かしてはいけないと言った粉屋の雇われ女は、田舎臭い言葉遣いのくせにやたら外科学に精通していた。

聞けば、革命のゴタゴタで怪我人死人を山ほど見てきたのだとか。試しにフランス語で話しかけてみると、宮廷貴族の発音が返ってきた。

おいおい、有り得ないだろう。

もしかして、ただの庶民じゃないね？　と聞くと、面白そうに笑って、「ラ・コンテス」と、低くしっとりした声が答えた。

没落した伯爵令嬢か。

革命前のフランスには、二万もの貴族家があった。だからフランスの没落貴族は、石を投げれば当たるほどうじゃうじゃいる。土地ではなく官職と連動する貴族制度のせいだ。詐称も多かったと聞く。

頭を動かしてはいけないという指示は、城から遣わされて来た内科医にも念を押された。

三日の絶対安静が暇でしょうがなかった僕は、付き添ってくれる太った女に身の上話をせがんだ。凋落の人生だ、辛い話も多いだろう。この、田舎臭いのに品がある、不思議な女の涙を見てオカズにしよう。

つまりは悲しい思い出話に茶々を入れて、涙目で睨んでもらうつもりだったのだ。なかなか最低なお戯れだね。

考えが変わったのは、彼女が弟の話をした時だ。

年の離れた弟を、愛おしそうに語った。父の後を継いで、伯爵になるはずだった。革命に消えた小さな貴公子。逃亡の途中、泣き声を上げたのが一家の命取りになった。生きていれば十七歳。

「僕と同じだ」

あいの手のつもりで言った言葉に、弾かれたように女が目を上げる。

「僕と同じ。伯爵の跡取りで、十七歳」

にっこり笑いかけた時の、彼女の目。

泣くような、縋るような、否定するような、振り払うような、そしてその苦悩を一瞬で押し込めて、

「さようでございますか。」

と、真っ直ぐにこうべを上げて微笑んだ、その、目。

一瞬で、激しい恋に堕ちた。


撃たれた足が痛い。じくじくと熱を持って脈動と共に疼痛を伝える。船からは下ろされたようだ。ここはどこだ？　汚い天井。宿屋だろうか。

頭は熱くて死にそうなのに、背中は凍えて死にそうだ。

うわあ、どっちみち死ぬんじゃん。

「オーブリー、死ぬな！　死なないでくれ！」

末の弟が泣きそうに叫んでいる。僕、そんなにヤバい状況なのか？

「……ジャスティン……は……」

苦しい息で尋ねると、

「…………！」

たいそう分かりやすく動揺して、目を逸らしてウロウロとあちこち見てから、

「ピ、ピンピン……してる！」

と、裏返った声で答えた。

トマス、お前、詐欺師にだけは向いてないな。

どうやら賭けはジャスティンの勝ちだ。入隊前に賭けた、メアリーの腹の子の父親になる権利。

二通の結婚証明書を用意して、彼女が字を読めないのを良いことに署名させた。

二人共生き残ったら、僕は爵位を継いでトレイシーと結婚し、ジャスティンはメアリーを連れて出奔する。どちらかが死ねば、生き残った方が爵位を継いでトレイシーと結婚し、死んだ方は生前に署名した証明書の通り、メアリーと結婚していたことにする。生まれてくる子は嫡出子。法的に保護される。身分差があると言ったって、国のために戦って死んだ者の最後の望みだ。世間も受け入れてくれるだろう。我ながら何て良い考えだ。

僕がメアリーと結婚する道が、戦死しかないって所が残念なんだが。

まあ仕方がない。あの子爵に逆らったら、妻子を養うどころじゃない。トレイシーをいきなり捨てるってのも気が咎める。

傷口を洗われてかなり痛かったが、どうやら誰も出奔せずに済みそうだと安堵する。

出奔コースだと、メアリーの可愛い息子が一人残されて憂き目を見る。前の夫の息子。妬ましくて憎たらしいが、メアリーの命を繋いだ男には感謝すべきだ。その男の息子なら、恩人の子だ。辛い目には遭わせたくない。

ジャスティンと僕は覚悟していたからいい。高貴なる者は責務を負う。貴族は戦って死ぬものだ。

しかも奴はメアリーと結婚できるんだ、大満足だろう。

僕はトレイシーと結婚確定か。

悪いなトマス。お前の気持ちは知っているけれど、僕にはどうにもならんのよ。

メアリーは……愛人、にはなってくれないだろうな、もう。

妊娠で懲りたろうし、死んだ平民の夫に何年も操立てする女だ。死んだ夫が二人になれば、一人の時より難攻不落だろう。

いいんだ。

見ているだけで。

お前と、僕かジャスティンか、どっちかの子。

ああ、熱が上がってきたな。トマスが懸命に身体を拭いてくれているのに。何だろうな、ぼうっとして来た。

って、おいおい、死にそうじゃね、僕。

ちょっと待ってくれ。賭けの件は僕らとあのニセ司祭しか知らないんだ。ここで僕まで死んだら全部お流れだ。おいトマス、ちょっと耳貸せ。

「メアリー……粉屋……メア……リ……」

ああ、息が苦しい。困った。

「粉屋のメアリー？　何言ってるんだ！　トレイシーには何か言っておくことはないのか⁉」

「いや……粉……メアリ……子……」

「見損なったぞ、この女たらし！」

ちが、ちょ、トマス！

頼むよ。

そう目で訴えるうちに、何か泣けてきた。

メアリーと結婚できない上に死ぬ所だ。悲惨この上ない。

革命がなければ。メアリーが元の身分のままなら。そして僕が、もっと自由な身の上だったら。

いいや。

革命がなかったら、メアリーは今のメアリーにならなかった。そしたら僕は、彼女に恋はしなかった。

メアリーの、あの、目。

悲しみと、怒りと、喪失と、恥辱と、辛いこと全部を呑んで、堂々と前を向く、あの、目。

あの目が良いんだ。

品のある横顔が、閉じた瞼の裏で微笑む。彼女の特別に、僕はなれたのだろうか。

何年も通い、嘘泣きでかき口説いて、なし崩しで手に入れた肉体関係は、魔が差したの一言で片付けられた。一人に捧げる類の愛情は、夫の墓にとうに埋めてしまったと。

じゃあジャスティンと三人で。と言った時の顔ったらなかったな。思い出すだけでイけそうだ。

割り切った金の関係なら、なんて言われた時は本気で泣きそうだったけど。

ほらトマス、お前まで泣くな。男だろう。

僕が駄目なら、お前が伯爵だ。良かったじゃないか。トレイシーを幸せにしろ。

……おいおいおい、しゃきっとしろって。

ああもう、しょうがない奴だな。一つ発破《はっぱ》かけてやるか。

頑張って喋るからよく聞けよ。

「……子豚の、おっぱい……でっかい……僕のブツを挟んで……顔にぶっかけたい……」

「!!」

トマスの顔が怒りだか卑猥な想像だかで真っ赤になった。僕と同じ青い涙目が、ぐっと顎を引いてこっちを見据えている。

そうだよ、その目だよ。負けるな。

僕はそういう目が、大好物なんだ。


オーブリー・ベネット、享年二十二歳。

その破廉恥《はれんち》なセリフが自分の遺言になってしまったことに気づいた時、彼は既に天国の門の前に居た。

隣を見ると、一つ下の弟が未練たらたらで下界を眺めている。

「二人共、もうちょっと穢れが落ちるまで、門の前で待機です」

いかめしい天使の門番が言った。

かなり穢れている自覚はある。結構待たされそうだ。

丁度良いので、雲の上からトマスのその後でも見守ってやるか。我が子の行く末も気になる。いや、我が子じゃないかもしれないが。まあ最悪でも、甥っ子か姪っ子だ。そういやトレイシーにも見守るって言ったっけな。

二人の死者は本当に穢れきっていたので、ようやく天国の門が開いた時には、可愛い我が子だか姪っ子だかは、すでに幸せな家庭を持った後だった。

その禊《みそぎ》の待ちぼうけ期間が、本当に必要なものだったのか、単なる神の慈悲なのか、そこのところは分からない。

後日談　君と秘密のワルツを

パタンと隣室のドアが閉まる音がして、アッシュウッド伯夫人トレイシーは目を覚ました。

朝。

昇りかけの太陽が白く天蓋を照らす。

もぞもぞと腕だけを動かし、天蓋布を引っ張って少し開けると、主寝室へ続く扉をちらりと覗き見た。

扉はぴっちりと閉められ、沈黙したままだ。

盛大な嘆息と共にベッドの中央へごろりと戻る。三年慣れ親しんだ自室のベッド。飽き飽きするほど見慣れている。

二ヶ月前までだったら、一人寝の天井を苦痛に思ったりはしなかっただろう。日常だったのだから。

だが、今は。

「虚しい……」

はー。と、また盛大な溜め息が出た。

少女の頃は、他人と眠るなんて安らげないと思っていた。大人になって、好いた人とならそうでもないのだと知った。

人肌の滑らかな感触。

額から撫でるように髪を梳く優しい手。

身を寄せると返される、はにかんだような微笑み。

ほんの一ヶ月前なのに、遠い夢のように感じられる。

扉に付けた鍵なんて、とっくに外している。最初の晩のように、彼がそのノブを回しさえすれば、いつでもこの部屋へ入ってこられる。

けれど、その一度の拒絶の後、夫が妻の部屋へ忍ぼうと試みることは二度となかった。

そうして、意地を張りすぎたと後悔するようになって既に二週間。鍵を取り付けてからならば三週間目の夜が、今明けた。

侍女に着替えを手伝わせ遅い朝食に下りると、トマスは既に食事を終えたらしい。新聞を読みながら紅茶を飲んでいた。

伯爵の朝は早い。

庭で土いじりをやって、熱心にノートを付けている。作物の試験栽培でもしているのだろうか。

その様子を付きまといよろしく窓から覗き見しているトレイシーも、実を言えば結構早く起きている。ひと通り夫を眺めてから着替えるので、朝食室へ下りる頃にはすっかり寝坊の時間だ。

彼女が部屋に入ると、眼鏡越しの三白眼がぎょろりと上がり、

「おはよう」

と、無表情に挨拶する。

「おはよう」

トレイシーが控えめな挨拶を返す間に、彼は新聞を置いて立ち上がり、テーブルを回りこんで妻のため椅子を引いた。

以前はその辺の気配りが全くなっていなかったトマスであるから、大変な進歩と譲歩である。いついかなる時も、読書に夢中の時であっても、妻が動けば目ざとく見つけて立ち上がり、無言でエスコートしてくれる。ノックもするようになった。

街屋敷へ帰着した翌日に買い求め、彼の面前に叩きつけた紳士のためのマナーブック。売り場で一番分厚かったあれを、一晩とかけず読み込んでくれたことは、その日の晩餐でだいたい伝わった。

「ありがとう」

本当はにこやかに言いたいのだが、まだ懸案事項が残っていると思うとつい硬い声になる。

トマスは気にかけた風もなく軽く頷くと、自分の席へ戻って再び新聞を広げた。

マナーブックを押し付けてから数日は、まだ会話があった。

好奇心の旺盛な彼は、読んだ本の中に疑問を残したがらない。「ここは図解するとどうなっている」だの「実際の時間的間隔はどれくらいなんだ」だのと、具体例を求める質問を何度か寄越した。

が、疑問の種はすぐに尽きた。

話が男性間のマナーに及び、トレイシーには答えられないことが増えると、それ以上聞いても無駄だと思ったのか、トマスは話しかけてこなくなった。

彼女が彼の口から聞く言葉といったら、

「おはよう」

「気をつけて」

「おかえり」

「おやすみ」

つまりは短く愛想のない挨拶と、肯定の「うん」、否定の「いいや」。それくらいである。

朝食を口へ運びながら、そっと夫を伺う。

銀色のフレームに嵌められた瓶底のようなガラス面の向こう、紙面へ目を落とす青い虹彩が浮かぶ。

大きな窓から陽光が差し込み、彼のくせ毛を銅線の色に明るく照らしている。ソバカスの浮いた青白い頬に落ちた前髪を、無造作な手がかき上げた。案外固くてゴツゴツしていると知っているその手が、紙の音を立てて新聞をめくった。

向かいの席にいても目に入った風刺画は、国王の離婚問題を揶揄するものだった。妻の体臭に鼻をつまむ男へ向け、周囲の人々が鼻をつまんでみせている。

『他人の不行状をあげつらう前に、己の方はどうなんだ』

ごもっとも。そしてそれは、自分たちにも当てはまるかもしれない。

「今夜、何か予定はあるかしら？」

幾分柔らかめの声で尋ねると、トマスはぱっと新聞から目を上げた。

見開かれた三白眼が、見定めるように彼女を映している。

「……いや、別に」

短い返事のあとも、彼の目は妻の瞳から動かない。意を決して、彼女は切り出した。

「夜会の招待状が来ているの。随分前に受け取っていて、迷っていたのだけど、行ってみようかなって」

何しろ夜はまんじりともせずに隣室の物音に聞き耳を立てていたので、出かける暇などないのである。夫がドアノブに手をかける時を、今か今かと待っていた。が、そろそろ痺れが切れた。それに、意固地になって黙っていても、恐らくトマスには通じないのである。

「ああ、なんだ」

現に、彼女の説明に納得の風で緊張をゆるめたトマスは、全くこちらの意向など斟酌《しんしゃく》せず、

「行くといい。気をつけて」

と、他人事のようにそっけなく答え、また新聞へ目を落としてしまった。

つくづく、女心を分かっていない。

「あなたも行くのよ」

ついドスがきいてしまった声に、再びトマスが目を上げる。訝しげなその顔へ、

「夫婦なのだから当たり前じゃない。それで、私を素敵にエスコートしてくれて、皆の前で一緒にワルツを踊ってくれたら、例の件は譲歩してもいいわ」

と、少々強気に、夢見がちな要望を突きつけた。確かに彼女は意地を張りすぎかもしれないが、それくらいは要求してもいいはずだ。随分頑張ったし、それなりに我慢もしたのだから。

結婚前に一度だけ、父の力を笠に着てねだったダンスは、婚約を破棄したいトマスの嫌がらせに利用されて散々足を踏まれて終わった。それでもずっと夢見ていたのだ。彼がちゃんとその気になって、愛おしげに彼女を見つめてリードしてくれるのを。

冷静だった心中に妄想が混入し、少し気恥ずかしくなったトレイシーへ、トマスは勿論、容赦のない本音を叩き下ろした。

「無理。カエルの実験が先だ」

一瞬の沈黙の後、伯爵夫人は勢いよく立ち上がった。

「ごちそうさま。気分が悪くなったわ、部屋で休みます」

怒りにまかせ、気分が悪いとは思えない歩幅と勢いで朝食室を出たトレイシーは、廊下の端まで来るとちょっとだけ立ち止まって、目尻に溜まった涙を拭った。


取り巻きの一人にエスコートを頼む旨使いを送ると、すぐに快諾の返事が来た。

トマスは出かける支度をする風でもない。下町から領内出身のコルセット職人を呼んで、午後中ずっと何やら話し込んでいた。こちらへ来てから、毎日そんな感じだ。よほどコルセットの構造が気に入ったのか。妻が他の男と夜中に出かけるというのに、止めもしない。

無理、と言った時点で、彼にとってあれは終わった話なのだ。

「お目の付け所が流石ですわ、奥様！　グレンヴィルさんならうってつけです。奥様に首ったけってことを、あれだけ隠そうとしない方もおられませんからね。旦那様、冷や汗モノでしょうね〜」

侍女は髪を結いながらのんきに言う。

「別に、そんなんじゃないわ。トマスなんかどうでもいいもの」

無責任な軽口が流石にうざったくなり、しっしっと手を払うと、エレンはにやけ面でショールを出してきた。

「旦那様のお言いつけですよ」

「何よ……着て行けって？」

「ええ。『統計的に今夜は冷え込みそうだから』なーんて、あのくそ真面目な顔でおっしゃってました」

「意外と年寄りくさい心配をするのね」

「いやぁ～ん、うふふっ。焼きもちでございますよ、決まってますでしょ！　夜会用のドレスは胸元がこんなに開いているんですもの。きっとやきもきなさっておいでです」

「え、そうかしら」

侍女の勢いに押されて、自分のために嫉妬するトマスを想像してみる。

死者に嫉妬して、強姦同然で彼女を組み伏せた時の、ギラギラした青い瞳が脳裏に噛み付いた。

「……ないわね」

「え？」

「これはただの親切よ。彼、嫉妬するとなったらそんなんじゃ済まさないもの」

何をするにしても、極端な男なのである。本当に妬いてくれたのなら、鍵がかかっていようがいまいが、彼女の寝室へ押し入って事を無理強いするくらい、躊躇しないだろう。そうしないのは、気持ちが冷めたからだろうか。

それは恐ろしい想像だった。意地を張っている間に相手の心が離れてしまうだなんて、冗談じゃない。

軽く首を振って、嫌な考えを追い出す。

そう簡単に変われるような器用な人じゃない。愛を捧げると言った心はきっと変わっていない。だいたい、気持ちが離れたのなら、さっさと城へ帰るはずだ。いつまでも街に残っているのは、妻と一緒に過ごすため。そう思いたい。

あの件を、怒っているのかしら？

思い巡らすが、この件に関しては怒りたいのはこっちだし、トマスが意地を張る理由も分からない。だって。

「私のロマンス小説なんか、何でそんなに読みたがるのよ」

眉間にしわを寄せ、首を捻りながら呟くと、宝石箱を開けていた侍女が「何でございますか？」と顔を上げた。

「何でもないわ」

そう答えて、トレイシーは出かける支度に専念することにした。


書斎に篭もりきりのトマスへ何か一言かけてから行こうか、と迷ったが、逡巡するうちに同伴者が到着した。

ダグラス・グレンヴィルは鳶色の髪に絵のように整った顔立ちのハンサムな男だ。立ち居振る舞いもスマートで、連れて歩くのに申し分ない。誠実さにかけては大いに疑問符だが、誘えば断らないというのがトレイシーにとってはありがたい点だ。

「ごきげんよう、レディ。再会を祝して親愛の接吻をお許しいただけるかな？」

蜂蜜色の瞳にキラキラの笑顔を乗せてウインクされるのも、そういえば二ヶ月ぶりだ。

「ごきげんよう、ダグラス。お元気だった？」

差し出した手の甲に接吻を受けながら、トレイシーは適当な愛想笑いを返す。

「君に会えなくて元気が出なかった。胸の灯火が消えたようだったよ」

「まあ、お上手ね」

トレイシーの一ヶ月の不在と、それに続く一ヶ月の引き篭もりのせいで、彼は足がなくて難儀したのだろう。車止めに回させた馬車は伯爵家のものである。グレンヴィルは顔はいいが金持ちではない。馬車は持つより借りる派なのだ。

つまり、まあ、そういうことだ。

ダグラス・グレンヴィルは彼女の富を利用しているし、彼女も彼の明るい華やかさを利用している。持ちつ持たれつで今までやってきた。

「お久しぶりね、皆は元気にしているかしら。しばらく留守にしていたから、すっかり流行に疎くなってしまったわ」

「エヴァンとカーティスは変わりない。クロヴィスは伯母さんのご機嫌伺いでバースへ行っている。キャロも夫婦で相変わらずあの調子。俺は君の不在が寂しすぎて死にそうだった——それより、気になる噂を耳にしたんだけど」

グレンヴィルはよく通る声を潜めた。

「君が、ご主人とよりを戻したって」

早速それか。

トレイシーはよそ行きの笑顔を貼り付けた。

「まあ、誰が言っているの、そんなこと」

「噂だよ、噂。俺もただの噂だと信じたい。君の離婚を今か今かと切望している一人だから」

遊び人が悲しげに眉を寄せる。

「いやだわ、離婚なんてしないわよ。そんなことになったら大騒ぎじゃないの」

トレイシーは一笑に付した。親しい知人に「別れるかも」と愚痴ったことはあったが、本気にする者など誰もいなかった。彼女自身も本気で別れる気なんかなかったし、それは今も変わらない。

「よりを戻すも戻さないも、私達は夫婦なのだもの。一緒に行動することもあれば、しない時もあるわ。あなたはまだ独身だから、分からないのでしょうね」

大人の余裕を演じながら、この一ヶ月頭を捻ってきたシナリオを脳内で反芻《はんすう》する。

いやあね、私達別居なんてしてませんことよ。

一緒に住まなかったのはたまたまよ。ほら、私は街が好きだし、あの人は領地のことが気になるから。別れるだなんて冗談に決まってるわ。一緒に社交の行事に出ないと言ったって、どこの夫婦も似たり寄ったりでしょう。

え、クリスマスいつも一人ぼっちで暇そうだった？

あらやだわ、そんな風に見えていたかしら。実は彼のおうちは特殊なミサをするしきたりで、私はついていけないから別々に過ごしていたの。何でも地元の古い因習で、祭壇に生贄の羊を捧げて裸踊りを捧げながら三回まわってピヨピヨ吠えるとか……。

言い訳すればするほど苦しくなりそうなので、あまり深くは返事しない方が良い。うん。ほどほどにしよう。

グレンヴィルは悲しげな表情のまま、片眉をひょいと上げて言った。

「ご主人が、二階の窓から見ていたようだけど」

「うそ！」

つい反射で後ろを振り返ってしまった彼女の後頭部へ、クックッと意地悪な忍び笑いが漏れる。

「もう、からかったわね」

「そんなことはないよ、赤毛の誰かが窓から見ていたのは本当さ。その反応から察するに、未だ仲睦まじいというわけではなさそうだね」

「失礼な人。夫婦って色々あるのよ」

「それはさっきも聞いたよ。俺が知りたいのは、この哀れな道化師にもまだチャンスがあるのかどうかってこと」

あるわけないでしょ。

などと即答しては興ざめである。あくまでこれは言葉遊びの一部なのだから。

「悪い人ね。夫のある身をどうしようというの」

「このまま連れ去りたいというだけさ、美しい人」

女たらしが小首を傾げて流し目をくれるのへ、トレイシーも意味ありげな微笑みで応えた。

実際、この馬車が自分のものではなく相手の持ち物だったなら、彼女は二人きりで車内に入るような不用心はしない。ダグラス・グレンヴィルの魅力は、女に飢えておらず引き際を心得ている所だ。あくまで彼は便利な同伴者である。若い娘の容姿をあざ笑う男のことを、本気で恋愛対象にするほどトレイシーは世間知らずではない。見た目だけで態度をコロリと変える男なのだ。

『あんな垢抜けないのと新床に入らにゃならんとは、オーブリー・ベネットは世界一不幸な男だな』

垢抜けない壁の花が案外耳聡かったことに、間抜けなグレンヴィルは気づいていない。

世の人々の裏の顔を、壁際から眺めていた頃の記憶。それが彼女の冷め切った世渡りの根底にある。

トマスだけが例外だった。

あの日。オーブリーが戦死したあの日までは、彼は彼女の安全な避難場所だった。無愛想な沈黙で、居場所を提供してくれた。醜くみっともなかった、ありのままのトレイシーに。

彼が、折れてくれれば。

折れないまでも、譲歩案を受け入れてくれたなら。

かの性格の悪い、嘘の下手な赤毛の魔法使いとなら、孤独を分かち合えるのに。


「嘘、どうして、ここに……」

愛しの同伴者が呆然と呟き、頬を染めるさまを、ダグラス・グレンヴィルはニヤけた笑顔を貼り付けて見守っていた。

「迎えに来た。あんたの侍女が気になることを言うから」

夜半過ぎ。今さらご登場のアッシュウッド伯は、きちんとした身なりではあるが、流行の装いというわけでもない。癖毛に櫛ぐらいは入れたのだろう、という程度のもの。

無表情な青白い顔に無感動な目玉を乗っけて、眼鏡の向こうから尊大にあたりを睥睨《へいげい》している。偉そうな態度ではあるが、かなり若いはずだ。身長はさしてあるわけでもなし、中肉中背。立ち居振る舞いも洗練されているとは言い難い。

はっきり言って、どこがいいのか分からない。

まあ、二人は元々幼馴染だそうだから、夫人の側にはその頃からの刷り込みでもあるのだろう。女性は夢見がちで可愛い生き物なのだ。だが、どうやら夫の方はそうでもない。

迎えに来たと行っておきながら、エスコートの腕も出さない。妻の耳に何やら囁き、「私の貞節を疑うの⁉」とお怒りを買う間も、一切彼女の身体に触れないようにしている。

やっぱりなあ。

己の予想に確信を深めて、ダグラスはにたりと笑った。

『飛び級の天才トマス・ベネットは、同性愛者に違いない』とは、学生時代にまことしやかに囁かれた噂の一つである。その頃は、面白半分の連中が、下ネタに応じない堅物《かたぶつ》を揶揄しただけだと相手にしなかった。が、実際ヤツが妻をこれだけ放置していることを鑑《かんが》みれば、あながち嘘でもなかったのだろう。あの魅惑の谷間にそっぽを向け続けられるなど、正常な男性機能が備わっていないとしか思えない。今さら夫婦仲の修繕を図ろうというなら、目的は一つ。

跡継ぎ。

詰まる所、トレイシーは今、子産みの義務を求められている。そうしてそれが済めば、恐らく彼女は用済みになる。

できれば正式な離婚が良かったのだが、まあこの際別居でも良い。教会離婚が認められれば不貞を云々されることもないし、一筆書いておいてもらえば彼女の遺産は親しい友人に回ってくる。

険悪に夫を睨む伯爵夫人は、美しく、艶かしい。

この資産家女性に目をつけたのは、まんざら金目当てばかりでもない。昔は大したことのない壁の花だったが、うまい具合に成長してくれた。

女は結婚すれば変わる。

その金言は真理だったらしい。

戦略が決まり、ダグラスは爽やかな声音で二人の間に割って入った。

「まあまあ、そうカッカするなよ、トレイシー。済まなかったね、アッシュウッド伯。今夜はもう消えるから、最後に彼女と一曲踊らせてくれないか。言っとくけど、俺らのダンスは息が合っててなかなかのものだよ」

次の曲はワルツ。ベタベタして、見せつけてやる。それで疑いを深めてくれれば重畳《ちょうじょう》。密通の証拠をどんどん重ねて、後はお楽しみの離婚裁判だ。不貞の賠償金くらい、トレイシーとその資産が手に入るとすれば安いものである。彼女の再婚相手になることを諦めるならば、こちらで証拠を作り出せる分、向こうの落ち度を探るよりずっと話が早い。あちらさんが、さっさとその気になってくれるよう……そうだ、賭けを持ちかけてみるのはどうだろう。

トマス・ベネットは無言で目を細めると、夫人の隣から一歩退いた。どうぞと言わんばかりに。

トレイシーの眉が傷ついたように小さく歪む。

ごめんな。そいつと切れたら、俺が優しくしてやるからさ。

心の中で呟いて、優雅な動きで夫人をエスコートする。黙って応じたトレイシーは、ワルツの間中、硬い表情を崩さなかった。

夫の方はと言えば、舞踏場の隅で腕を組み、無表情にこちらの〝足元〟を眺めていた。

何で足元？

よく分からない男である。

翌朝、というよりは昼、トレイシーは自室で遅い朝食を取っていた。夜遅くまで友達とお喋りをしていたので、起きられなかったのだ。トマスはとっくに起き出して、書斎で例のコルセット職人と話し込んでいるという。

昨夜は、大人げなかったかしら。

早速そんな風に一人反省会を始めているのだから、つくづく彼女は夫に甘い。

でも、だって、本当に嫉妬してくれたのかもしれないし。初夜の時のような苛烈さはなかったけれど、彼もあの後色々あって、少しは大人の落ち着きを身につけたのかも。

嫉妬。

トマスの嫉妬。

ああ……本当だったら嬉しい。

トレイシーのしょうもないオツムが、また妄想へ傾き始めた。

『あんたを誰にも、渡したくなくて』

「なーんて、言ってくれるかもー！　きゃー!!」

両手で頬を押さえ、くねくねしながら奇声を発した。外へ聞こえないよう小声で。その辺、まだ冷静である。

『あんたは僕だけ見ていればいいんだ』

『愛してる。もう逃さない』

『一生、僕につないでやる』

好きな男に言って欲しいセリフを次々と思い浮かべ、あの落ち着き払った声で再生しながら、無表情な青い瞳を脳裏に描く。

「きゃ――！　きゃ――！　きゃ――！」

朝から幸せなことである。

ちなみに出典は愛読のロマンス小説。その中でもやや特殊な、表通りに面した本屋では販売できない類の作品である。トマス口調にアレンジすることも忘れない。

そうして一通り脳内お花畑で妄想の香りを楽しんだ後、おもむろにトレイへ向き直ってパンを千切った。

あるわけないわ。

どうやったって理性の声が勝ってしまうのが、自分の残念な所だ。浸りきれない。

溜め息を一つついて現実を思い出す。昨夜、実際にトマスが言った言葉は、

「梅毒を持ち帰るのは感心しない」

だった。

それだけならば、妻の身体を案じたのかも〜、だの、嫉妬の裏返しなのかも〜、だのと想像の余地が残る。妄想はふくらましてナンボだ。

しかしその後に、「治療法が確立されるまで、待った方が賢明だ」が付け加えられた。確立されてしまえば、梅毒持ちと事に及んでも構わない、と言わんばかりの口ぶり。溜め息しか出ない。

トマスには五年の実績がある。

例えば彼女を心から愛していたとしても、五年くらいは音信不通でも全く平気な人間なのだ。そんな男の愛の囁きにその気になって、期待をしても落胆するだけだ。温度差が半端ないのだから。

でも、あれは良かった。

『心からの愛を貴女に捧げる。これまでも、これからも、永遠に、僕のただ一人のひとだ』

スープに浸したパンを口に入れたまま、トレイシーはうっとりと虚空を見つめた。その視線の先には、彼女の手を取り片膝をついたトマスの在りし日が、幻燈《げんとう》のように投影されている。

旧姓を呼ばれてしまっただの、実は重婚野郎だっただのの不都合な流れは適宜カットして、彼女はまた妄想に身を委ねた。トマスの冷たい言動を、一言一句漏らさず憶えているのだから、トレイシーの頭の中も大概おかしい。

向こうに五年の沈黙実績があるとすれば、こちらには五年の付きまとい実績がある。振られたことを世間に隠してトマスを付け回し、権柄《けんぺい》ずくで結婚に持ち込んだ女なのだ。

いっそのこと、くよくよせず勝負に出た方が、自分らしいのでは？

久々の妄想タイムに力を得たトレイシーは、どういう勝負ならトマスを納得させられるか、やや浮かれた計略を練り始めた。


職人が帰ったことを執事に確認し、彼女はすぐに行動を起こした。

書斎の扉をノックして、「入れ」の言葉にノブを回す。

喧嘩腰だった昨日までとは違い、妄想のお陰で潤った心は、自然と柔らかな微笑みを浮かべることができた。

「ごきげんよう。お邪魔してもいい？」

優しげに言ったが、断らせるつもりは毛頭ない。トレイシーはさっさと室内へ入り、扉を閉めた。

ノックの主が使用人ではなく妻だったことは、トマスには意外だったらしい。

書斎机の向こうで青い瞳が見開かれ、そのまま無言で彼女を見ている。

この男相手にしなを作っても無駄なことは既に実証済みなので、トレイシーは「優しいお姉さん路線」を採用し、頬に笑みをのぼらせた。

「お仕事中だったかしら」

「いや……今の時間は私用にあてていた」

「あなたの字、読めるようになりたいなって思って。何かテキストない？」

にっこりと微笑むのと、ばんっと音を立てて、トマスが手元の書類——謎文字仕様——を裏返したのと、ほとんど同時だった。

驚いてその掌の下を見る。

普通の紙に見える。かすかにエンボスが透けてみえる。便箋だろうか。

「……誰に聞いた？」

トマスが唸るように言った。

「何を？」

意味が分からないので、トレイシーは聞き返した。

「これの……いや、知っていたわけじゃないのか」

手負いの番犬の如く髪の毛を逆立てていたトマスが、少し緊張を緩めた。

「何の話？　私はただ、あなたの字を読める人間が、ジェンキンスさんの他にも居たほうがいいと思ったのよ。そうしたら私も、何かお手伝いができるかしらって」

そして、手伝いついでにベタベタして、これまでのギスギスも解消するのだ。彼女の胸をやたら気にしていた夫のために、今日は寄せて上げるタイプのコルセットを選んだ。当世風は離れ乳であるから、谷間を作る装いは流行遅れだ。が、知ったこっちゃない。大事なのはトマスの性癖だ。

自分の胸を意識しながら、彼女は一歩進んだ。

ガタンと音を立てて、硬い表情のままトマスが椅子から立ち上がり、一歩下がった。

何でそこ、下がるの？

不思議に思いながらトレイシーはまた一歩進む。

トマスは二歩下がった。表情は変わらないが、何やら動揺しているらしい。

トマスは二歩下がった。それからハッとして机の上の便箋をぐしゃっと鷲掴みにし、そのまま三歩下がった。

「それ以上、近づかない方がいい」

握りしめた便箋を後ろ手に隠し、トマスが言った。

「どうして？　ねえ、その手の中の紙、何？」

「これはっ……あ、あんたには、か、か、関係ないだろ！」

どもった。関係あるのか。

トレイシーは眉をひそめた。

「見せて」

出た声は自然と低くなる。

トマスが口をへの字に曲げた。そうして睨んできたって、引いてあげられる時とそうでない時がある。何をやらかすか分からない彼に、自分に関わる文書を秘匿されるほど不気味なことはない。

「私には、見せられない物なの？」

「いや、そういうわけでは。ただ、まだ、その……」

「見るわよ」

「あ！」

躊躇したように下を向いた隙に、大股で一気に歩み寄る。片手をトマスの肩にかけ、もう片手を相手の背後へ伸ばすと、横から密着する形になった。大袈裟に驚いた夫が後ろへよろける。

「うわっ」

「きゃっ」

そのまま二人は、書斎のトルコ風絨毯の上へ倒れ込んだ。

どしんと尻もちをつく音に遅れて、余波で転がった籐製のくず入れが壁にぶつかる軽い音がする。

「だ、大丈夫？」

慌てて身を起こす。

「ああ……、うん」

「打ったでしょう。コブになっていないかしら、見せて」

上に乗っかったまま、頭をさすりながら上体を起こしたトマスの後頭部へ、顔を寄せようとした。

「……‼」

反射のように、トマスが身を引いた。

目一杯見開かれた青い瞳に彼女の胸が映っている。避けられてバランスを崩し、絨毯に片手をつくと、均衡の変わった太ももの下に、何か硬いものを感じた。

「あら？」

ゴリッとしたその感触をよく確認しようと、内股をもぞりと動かす。下のトマスがビクリと震えて息を詰めた。

「どいてくれっ」

声を荒らげた彼が、妻の内股の下から這い出る。怖ろしく不自然に、彼女の身体に手を触れないよう注意しながら。その股間を目視で確認したい所だが、すぐに後ろを向かれたので見そこねた。

とはいえ、この態度を見れば間違いない。

彼は、妻を性欲の対象から外したわけではないようだ。

そう思った途端に余裕が戻ってきたのだから、女というものは現金である。

「ごめんなさいね、痛くなかったかしら」

柔らかな笑みを浮かべて散らばった紙屑達を拾いながら、トレイシーは安堵と満足感をおぼえていた。未婚の生娘ではないので、好いた男に身体を注視されたくらいでは騒がない。

身体で迫る路線が間違っていなかったことが分かり、安心感と共にいくばくかの気恥ずかしさが蘇ってきた。ふしだらに誘うような格好をして、もしこれで全く無反応だったら大変な大恥だ。胸を押し上げたコルセットの下で、安売りされた谷間が冷や汗をかいて抗議している。

「あ、ねえ、コルセット」

目を上げると、トマスは壁の方を向いたまま、横歩きで彼女の脇を通りすぎようとしていた。ぎくしゃくとしたカニ歩きは、一緒に遊んだ幼い頃のようだ。

「なに？」

元幼馴染の彼は振り向きもせず、無愛想な返事をした。薄暗い室内ながら、よく見れば耳まで赤い。

「コルセットの研究をしているの？　引き篭もるほど夢中になって、何をしているのかしらって、ずっと気になっていたの」

「ああ」

トマス蟹はじりじりと移動して、書斎机の後ろの窓に到達した。

「前に言った、滑車の件。僕が作るより職人にやらせた方が早いに決まっているから、試作品を作らせていた。あと別に夢中じゃない」

言いながら窓を開けた。閉め切った室内に、初秋の風が入ってくる。トマスは大きく深呼吸をした。

「よく締まるコルセットを作るの？」

「まあ、そう。当たればいくらか……あ、これ言っとかなきゃいけなかったな。投資をしたんだ。ウィリアム・スコットに。小遣い程度の額なんだが、僕が自分で商売するわけにはいかないから。事後報告になって済まなかった」

向き直って謝罪したトマスは、ウィリアム・スコットが何者なのか彼女に説明していない。そのことに気づいてもいない様子だ。トマスらしくて、トレイシーは笑ってしまった。

「大きな損失にならないのなら、私は構わないわ。スコットって、コルセット職人のことかしら？　珍しいのね、そんなことで謝るなんて。妻にも財政状況の説明をする気になったの？」

可愛い年下の伯爵は、仏頂面を赤くしたまま、「そりゃ、伯爵夫人だし」と頬を掻いた。

ほんのり暖かな気持ちが胸に湧く。

自分は、この人の妻なのだ。ちゃんと向こうも分かっている。

「ねえ、きちんと話がしたいのだけど」

懸案事項を片付けて、早く一ヶ月前の楽しかった関係に戻りたい。そう思って切り出すと、トマスは軽く頷いて長椅子をすすめた。

「かけてくれ」

そうして自分は書斎机の肘掛椅子へと戻る。置いてあったグラスから水――彼に限って昼間から蒸留酒はないだろう――を一口含んだ。

「膝に乗せてくれないの？」

「ぶぐぅっ」

吹き出しそうになった水を無理やり押し込めて鼻へ逆流させたような、くぐもった音が響いた。口を覆ったトマスの手の下から、ポタリと一滴雫がこぼれる。

「まあ、大変。大丈夫？」

トレイシーは優しげな声をかけながら、ポケットからハンカチを取り出し、口と鼻を押さえたままのトマスへと走り寄る。胸はせっかくの武器なのだから、話し合いを有利に進めるためにも有効活用したい。そのためには離れて座るより隣に立った方が効率的である。

意外とゴツゴツした手が覆う口元を、幼子にするように拭ってやる。掌も拭いてやろうと思ったが、バツが悪そうに、

「いや、いいから」

と手を上げて断られた。

「それより、もっと離れてくれないか」

手と口元を拭きながら、トマスは眼鏡の向こうで目線を泳がせた。

「離れるの？　夫婦なのに」

「ふっ……」

三白眼が見開かれた。

「普通にしましょうよ、夫婦らしく。一ヶ月、ちゃんとできてたじゃない。あの時みたいにしてくれたらいいのよ」

「あの時……いや、けど」

明らかに狼狽《ろうばい》したあと、トマスはぎゅっと目をつぶった。

「それは、僕が辛い」

絞り出すように、そんな痛ましげに言われるような提案はしていない。女に触れたくないというならともかく、それだけ盛大に欲求不満を溜めているくせに、何を言っているのだろう。

「意味が分からないわ」

「とにかく、離れてくれ。言いたくないが……」

トマスが恨めしげに彼女を見上げた。そして、ご丁寧にも鼻をつまんで、言った。

「ニオイが、きついんだ」

トマスの言葉が頭の中をぐるぐると回る。トレイシーは頭が真っ白になった。

例えば、おっぱいがデカくて気持ち悪い、と言われたって、ここまで真っ白にはならなかっただろう。

「ご、ごめんなさい」

言って、脱兎のごとく部屋の隅まで退避する。そこに置いてあった簡素な椅子へ腰掛けると、ようやくトマスはホッとしたように肩の力を抜いた。

体臭！

体臭のことなんか、気にしたこともなかった。普通程度に入浴して、毎晩腰湯を使っていれば、問題にはならないと思っていた。が、トマスはどうも鼻が良い方らしい。舌が良いだけじゃなかったのか。

あの狩猟小屋ではどうしていたかしら。あの時もにおっていた？

記憶を辿ってみると、ほぼ毎日浴槽に入れられ、夫の手でねちっこく洗いたてられていた。悪戯《いたずら》がしたくて風呂々々うるさいのかと思っていた。あれが妻の体臭に耐えかねてのことだったとすれば、恥ずかしすぎる。己の魅力を過信した一瞬前までの自分を消去したい。

「僕も、ごめん。情けないな、このくらいで」

窓からの逆光を背負って、トマスがうなだれた。

あの窓も、妻の体臭がきついので開けたのだろうか。

「いいの。私の方こそごめんなさい」

トレイシーもまたうなだれた。赤っ恥をかいて、顔から火が出そうだった。

「ちゃんと、話がしたいんだっけか」

「え、ええ、そうなの」

「僕もその必要性は感じていた。お互いの……その、距離感とか、決めておきたい」

距離感？

目を上げると、トマスは沈痛な顔で宙を睨んでいた。

真顔である。からかっているわけではないようだ。

「距離を取るの？」

「その方が、僕は助かる。さっきみたいなのは……ちょっと」

口ごもったのは、トレイシーの体臭について言い淀んだせいだろう。少し前に比べて、彼は随分配慮をおぼえた。元々優秀な人なのだ、手蔓《てづる》があれば、常識だって自力で身につけていくだろう。支える妻なんかいなくても。

「私、そういうことを話したかったんじゃないわ。今までお互いの要望を言い合うばっかりで、ずっと平行線だったから。もう少し、歩み寄れないかと思ったのよ」

彼女は率直に言った。率直でなければ通じない人だからだ。

「歩み寄るのは……程度によるかな。半径二メートル位なら、耐えられると思う」

苦しげに目をすがめて、彼も率直に答えた。歩み寄るとは物理的距離のことではない。距離感も同様。が、匂いに関しては物理的距離がモノを言うだろう。

〝耐えられる〟と言われて、彼女は更にへこんだ。もはや耐える耐えないのレベルなのか。

俯いて黙ると、トマスが溜め息をついた。

「本当は、この屋敷に滞在していること自体、自分でもどうかとは思う。けど、これは……し、仕事がこっちにあるからで、コ、コ、コルセットの件とか、目を離せないからで」

なんでそこに虚偽を入れるのか分からないタイミングで、夫はバレバレな嘘をついた。

見つめた先で、コホンと小さく咳払いをする。目が、また盛大に泳いでいる。

体臭ショックは抜けやらないが、どうもトマスのよく回る脳味噌の中で、何やら明後日な事態が起きている気がする。トレイシーは一応、確認してみた。

「どうして私が怒ったのか、分かってる？」

トマスは口をへの字に曲げて、答えた。

「……重婚」

それは確かに、怒った。怒るだろう、そりゃ。怒りを原動力に、言葉も分からず海を越えるくらいだった。

でも、許したはず。

あれ、許したって言ったっけ？

トレイシーとの離婚を白紙に戻したのだから、許している件は伝わっているはず……はず？　トマスに？

トレイシーは自分のうかつさに気づいた。

「その件は、もう怒っていません」

澄ました顔で言うと、案の定トマスは驚いた風に三白眼を見開いた。

だいたい、トマスがそんなことをする羽目に陥ったのは、トレイシーにも責任の一端がある。あの捨て身の醜聞で彼に結婚を断られでもしていたら、今頃彼女は国内に身の置きどころがない。重婚を選ばざるを得なかったトマスを、一方的に責められる立場ではない。

お互い悪かった。

だからこの件では、もう彼を非難する気はない。

そんなことより、だ。

「私の秘密の本棚を勝手に見た件、忘れてない？」

探るような目で問うと、トマスはしれっと言った。

「その件は前にも言ったとおりだ。秘密なんか持つから露見するんだ」

「あなたが言う⁉」

「僕が言うから説得力があるんだろう」

確かにそうではあるが、そこは威張って言うところではない。

「私が、私の秘密の世界を持ってることくらい、別にいいでしょ」

少し拗ねた気持ちで言うと、

「秘密では困る」

と、硬い声が返ってくる。

「困るって何よ！　私だって困るわ、自分の隠してた宝箱に他人が踏み込むなんて、冗談じゃないもの。すごく不快です！」

いくら被虐嗜好のトレイシーでも、隠していた恥ずかしい本を配偶者に見つかって喜ぶ境地には、まだ至っていないのである。妄想源を見られた反動で、語調も自然とキツくなる。

「宝箱……そんなに大事な物だったのか」

顎を引いたトマスの、銀縁眼鏡の端がキラリと光った。

別にそこまで大事ではない。三文小説である。が、勢いが勝った。

「大事よ。辛い時、いつも支えてもらったわ」

夫を睨みつけるように断言した。言うまでもないが、そこまでの名作ではない。

「そうか。その気持ちは、〝他人〟の僕には分からないが……」

トマスの声が普段より一段低いことに、ムキになっていた彼女は気がつかなかった。

「母集団《ぼしゅうだん》は多い方が良い。引き続き蒐集《しゅうしゅう》に励んでくれ。内容は全て僕も目を通させてもらう。この決定は譲れない」

吐き捨てるように言い終えるや、青い瞳が毒の輝きをもって、彼女を睨《ね》めつけた。

きゅん
この期に及んで裏切った胸の乙女心を心中罵りながら、トレイシーは素早く席を立った。

「結構よ。私は私で勝手にさせてもらうわ。二度とあなたの目になんか、触れさせないんだから！」

やや乱暴に扉を閉めた後も、トマスは追ってこなかった。


「って感じで、全然取りつく島もないのよ〜〜〜」

半分自業自得な打ち明け話を聞いてくれるのは、やはり親友である。女の友情は、脆いようでしっかりしているものなのだ。女性同士であれば、ロマンス小説の件も触りくらいは話せる。いかがわしい分野にまで手を出していることは伏せて。

「そんな話になっていたなんて、知らなかったわ。わたくしてっきり、あなた達は仲睦まじくやっているので、家から出てこないのだとばかり」

かつてトレイシーに不倫を唆した大親友ことキャロラインは、翠《みどり》の大きな瞳をくるくるさせて驚いた。

　華奢な身体に小さな顔。華やかに整った容貌は社交界でも評判の美しさだ。世の中には天に二物も三物も与えられた人間というのが実在するのである。

「仲直りどころの話じゃないわよ。前より悪いわ、最悪。毎日顔を突き合わせてる分だけ、始末に負えないの」

「ふうん。じゃあ、それだけ険悪でも前のように田舎へ逃げ帰らないってことは、アッシュウッド伯にはまだやり直す気があるってことね。ひょっとしたら、あなたのようにヤキモキしているのではなくて？」

「や、ヤキモキなんか、してないわ」

「ムキになっちゃって。強がっても意味はないのよ」

　キャロラインは意味深な流し目を寄越した。が、違う。それは不正解だ。

　いくら親友でも、「今までの別居は重婚のせいです」とまでは言えない。だから、夫が田舎の城へ帰らず自分とともに暮らす理由を、いまいち説明しきれていない。

「トマスは単に、こっちで仕事があるだけよ。新しいコルセットを発明して、事業にするらしいわ」

　溜め息混じりにさっき聞いたでまかせを呟く。するとキャロラインはコルセットの方に敏感に反応した。淑女はお洒落に目ざといのである。

「まあ、コルセット！　澄ました顔して下着の発明だなんて、やるじゃない。どんなの？」

「紐を通す穴の代わりに、滑車を付けるの。普通のコルセットよりもよく締まるんですって」

「滑車？　想像がつかないわ」

「私も見せてもらったわけじゃないけど、小さい滑車を並べて付けるのだと思う」

あの狩猟小屋での情事の合間、コルセットをなぞりながらベクトルがどうの強度がこうのと呟いていたトマスを思い出す。

「ねえねえ、それ、世に出たらわたくしが真っ先に購入するわ。何て名前の店？」

「ええ？　キャロにはいらないわよ、よく締まるコルセットなんて。十分に細いじゃないの」

「もう、胸の大きな人はいいわね！　こういう貧相な胸だと、どうしても寸胴体型になっちゃうのよ。メリハリを出すのに、随分詰め物だってしてるんだから」

「そうなの？　でも、いつだったか、妊娠して大きくなったって、喜んでなかった？」

「……産んだら縮んだのよ……」

「……ああ、うん」

何となく気まずくなって、二人は黙り込んだ。

「ねえ」

少しの間を置いて、キャロラインが思い出したように言った。

「トレイシーが話題に出すロマンス小説って、黒髪率が高いわよね」

言われて考えてみる。確かに、黒髪ヒーロー、多いかも。

「でも、そもそもロマンス小説って、全体的に黒髪率、高くない？」

単純に人口比で見てもそうなのだ。結果として物語の登場人物も似たような比率になるのだろう。

「うーん、言われてみればそうかも。でも多分、アッシュウッド伯はそんなこと知らないわ」

「どういうこと？」

眉をひそめて尋ねると、ちょっと吊り気味の翡翠《ひすい》の瞳が輝いた。

「嫉妬よ！」

嬉しそうに言い切ったその声には、隠し切れない鼻息が混じっていた。

「彼は赤毛なのに、あなたが黒髪の男性ばかりに目を向けるので、きっと嫉妬しているのよ！　本当は、『貴女を誰にも、渡したくない』とか、『貴女は私だけ見ていればいいんです』とか、言いたいのを我慢してるんじゃなくって⁉」

トレイシーは驚いて親友を見た。

すごく、既視感《きしかん》を感じた。そのセリフに。

今朝方浸っていた妄想とそっくり同じようなセリフを、目の前の美しいレディが繰り返している。

若干、自分の夫用にアレンジが加わっているようだが。

「あとは、そうね。『愛してます、一生逃がしません』とか、『一生、私につないで差し上げる』とか！　とか、とか、とか‼」

憶えのあるセリフを次々と繰り出して、キャロラインは身をくねらせて吐息をついた。

二歳も年上で、一児の母で、お洒落で社交的で、立派な淑女だと思っていた女性が。

「キャロ……もしかして、あなた」

トレイシーは有り得ないと思っていた可能性に気づいた。

それを明かすことは、ほんの少しだけ躊躇われたけれど。

彼女は決然として目を上げ、聞いてみた。

「『令嬢Sの秘密』シリーズ、読んでる？」

キャロラインはハッと我に返った。

「わ、わたくし……いやだ、そんなふしだらな小説、わたくしが読むわけないわ。ナスやキュウリだなんて」

「……読んだのね」

「どうして分かったの⁉」

トレイシーは無言で自分を指さした。そして、真摯な表情で頷いた。

キャロラインの瞳が大きく見開かれた。

「「おお、同志よ！」」

二人は同時に叫び、ひしと抱き合った。

友情は、更に厚く、堅固なものとなった。

ひとしきり好きな本や好きな本や好きな本の話をし終えて、キャロラインが「もう帰らなくちゃ」と立ち上がった頃には、空はオレンジ色に染まっていた。

「あのね、アッシュウッド伯のことだけど」

心の友はいたずらっぽく小首を傾げて、助言した。

「多分、大丈夫よ。彼があなたのことを心から愛していて、どんな魔の手も払いのけるナイトなんだって、昨日の夜会に来た人達は皆分かったと思うし」

昨日の夜会。

トマスがやったことと言ったら、遅れてきて妻へ失礼な文言を囁き、その後はお喋りに興じるトレイシーを放ったらかして……放ったらかして、彼は何をやっていたのだろう。

「夕べ、何かあったの？」

「あら、ダメよ。本人から聞いた方が良いと思うわ。誤解があっても嫌だし。とにかく、すっごく素敵だったって、言っておくわね。あの悪そうな嘲笑は傑作だったわよ」

トマスと誤解。

定番の組み合わせである。もはや違和感がない。彼ほどボタンを掛け違えるのが得意な人間を、他に知らない。

が、トレイシーとしてはそろそろ、そういうのはやめにしたい所だ。

親友を女主人の応接室から送り出すと、彼女は再び夫と向き合う勇気を取り戻した。

その前に、勿論入浴を済ませてからなのだが。


晩餐《ばんさん》用に、落ち着いた臙脂のドレスを選んだのは、昼間の反動である。

遅れて晩餐室へ入ってきたトマスは、無表情に会釈して彼女の向かいに座った。一緒に暮らし始めて三週間。毎晩こうなのだから、大概嫌にもなるというものだ。トマスは平気なのだろうか。

皿から目を上げると、青い瞳が彼女をじっと見ていた。

「なあに？」

甘やかすような声音を出して、「いや」と目を逸らされる。これも毎晩のことである。

やっぱり、もうやめにしたい。

意を決して、彼女は話しかけた。

「今日の午後ね、お友達が来ていたの」

「ふうん」

トマスは気のない風ではあるが、相槌を打った。五年の放置期間を経験したトレイシーは基準がおかしくなっているので、その無愛想な相槌に少し気分が軽くなった。

「あなたのコルセット、気になるって。ねえ、私も興味あるわ」

「へえ」

「試作品が出来上がったら試させてよ。私やキャロが使ってるって評判になれば、きっと売れると思うの」

ちょっとでも、力になれたら嬉しい。

共通の話題を通して仲を深めたいという思惑も勿論あるが、何より、大好きな彼が取り組んでいることを、自分なりに応援したい。

が、トマスは通常通り、にべもない。

「駄目だ。あんな健康に悪いもの、あんたに使わせるわけにはいかない」

「ええ？」

夫の反コルセット論は狩猟小屋でも聞かされたが、事業にするくらいだから妥協したのかと思っていた。

「でも、作って売り出すのでしょう？」

レディとして下品なことは言いたくないが、投資するとは要はそういうことだ。

「そうだよ」

「たくさんの女性に使って欲しくて、作るのよね？」

「別に、使って欲しいわけじゃない。小遣い稼ぎだから」

「はあ？」

伯爵が、小遣い稼ぎ。

そのように称して賭け事をする紳士はいるが、商売を始めてまで稼ごうとするのは貴族としては少数派だ。商行為は恥ずべきこととされている。

「あの……財政、厳しいの？」

「別に。結婚した頃よりは良いよ、あんたの持参金のおかげで。これは単に僕の主義。家の金はなるべく使いたくないんだ」

トマスは気にした風もなく、皿の上の炒め玉ねぎを仕分けしている。

変な所でケチなくせに、玉ねぎの芯は勿体なくないのね。

トレイシーはそれが彼なりの吝嗇《りんしょく》なのだと判断した。三男坊育ちなので、湯水のように財産を使うことに慣れていないのだろう。

「じゃあいいわ。コルセットのことは諦めます。残念だけどね」

「そうしてくれると、僕も安心だ」

テーブルに置かれた燭台の炎が揺らめいて、トマスの赤毛をオレンジ色に照らしている。あちこちはねているその癖毛が、彼女は結構好きなのだ。

「ねえ」

「なに」

「私のこと、心配してくれてるんだ」

雰囲気につられて、無防備なことを言った。

トマスは一切表情を変えずに答えた。

「しないはずがない。愛してるんだから」

薄茶の瞳が真ん丸に見開かれる間、彼は大皿から葡萄のソースがかかった鹿肉のローストを取り分けていた。紫色のソースが滴らないよう、慎重に自分の皿へ移すしかめっ面は、つい一瞬前の自分の言葉など忘れてしまったかのようだ。

「どうかしたのか？」

取り分け終えて目を上げたトマスが、眉をひそめた。

「え」

「顔が赤い。熱があるんじゃないのか」

「な、ないわっ」

「分かるものか。暖かくした方が良い。ショールでも持って来させよう」

青白い手でベルを鳴らし、メイドへ用件を言いつける夫の様子を、トレイシーは火照った顔のまま見つめていた。

愛してるんだから。

何気なく貰ったその言葉は、意固地になっていた彼女の心を溶かした。

「あのね、トマス」

「なに」

「私の……秘密の小説の件なんだけど」

「ああ、あれ」

「毎朝私の好きな所を三つ挙げて、愛してるって囁いてくれたら、妥協してあげてもいいわ」

頬を染めたまま、うつむき加減で、トレイシーは夢見がちな提案をした。

恋する乙女――含既婚――は、いつでも夢の中なのだ。

銅色《あかがね》の前髪の下、トマスの眉間にぎゅんとしわが寄った。

「三つ？　無理」

即答だった。

そして彼は、気にした風もなく焼き色のついたパンを手に取った。

無理……無理ですか……そうですか……ですよねー……。

自分の良い所なんか三つも挙がるわけがない。そんな女だから、仲直りしたいと思っているのも自分の方だけなのだ。体臭きついし。

押し寄せる自己卑下の波にどっぷり浸かったトレイシーには、見えていなかった。うなだれた彼女をじっと見つめながら、トマスが指折り何か数えるのが。

指は早々と十まで数えて、そこでカウントをやめた。きりがないとばかりに頭を振って食事に戻った伯爵の表情は、誰の目にも映らなかった。


翌日の朝食の席で、トマスは「今日は人と約束がある」と伝えてきた。

「学会の関係？」

トレイシーは朝食のサラダをつつきながら、気のない返事をした。王立学会だろうが工芸協会だろうが、好きに出かけたらいい。体臭のキツイ妻の居る屋敷など、息が詰まるだろう。物理的に。

「別件。おととい、友人ができた」

トマスも例の抑揚のないしゃべり方で淡々と答えた。

「おととい……そういえば、おとといの夜会、私が知らない所で何かあった？」

「夜会？　いや、特には」

キャロラインが言っていた「すっごく素敵」はトマスの中では通常運転の一項目だったらしい。

誰かに失礼なことでも言ったのか、平然とマナー違反でもしたのか。

あとでもう一度、言い出しっぺの親友の方に聞いてみよう。

そのまま二人は淡々と朝食を終え、トマスは出かけていった。

そんな日が何日か過ぎた頃、夫妻はまた夜会に出席していた。

アッシュウッド伯が妻との別居を解消したことは、既に噂になっている。伯爵本人に興味のある人間は多くないが、派手に遊んでいた伯爵夫人がどんな顔で夫にエスコートされるのか、見物したいという輩は多い。よっていつもより多めに招待状が届いている。

胸元の開いた浅緑の夜会用ドレスを纏ったトレイシーは、ちらりと隣の夫を見た。

髪は、櫛くらいは入れたようだ。

黒い夜会服姿は先日と一緒だが、距離が違う。よく見える。

最後に付き添ってもらったのは三年前、彼が十九歳の時だった。ソバカスの散った青白い顔は変わりないが、今よりもう少し肩幅がなくて、全体に華奢だったような気がする。

それから、眼鏡をかけていなかった。

「なに」

視線に気づいたトマスが、無表情に彼女を振り返った。

「何でもないの。ただ、うちの人が一番素敵だわって思って」

眼鏡はきっと、彼女が似合うと言ったからかけているのだ。にっこり笑って軽口を叩くと、褒められたトマスはしかめっ面をした。

「そういう冗談、好きじゃない」

冗談じゃないのに。

トレイシーは肩をすくめた。

舞踏場は混み合っていて、秋だというのに蒸し暑い。すれ違う人の汗の匂いが気になって、彼女は思わず自分の体臭を意識した。

入浴して念入りに洗ったのだから、今日は大丈夫のはずだ。閉め切った馬車の中でも、特に鼻を塞ぐような仕草はなかったし。

そう言えば、今夜は馬車に乗る時もその後も、かなりスマートにエスコートしてくれた。例の本で予習してくれたのだろうか。彼女のために。

「ねえ」

「なんだよ」

「マナーブックなんか押し付けてごめんなさい。傲慢だったわ」

実はずっと気になっていたことを、彼女は謝罪した。

少し変わった所も好きだったのに、それを丸ごと否定するようなことをした。彼が読み物を中断して彼女のために椅子を引くたび、窮屈な思いをさせているのではないかと気が咎めていた。

トマスにはその謝罪は意外だったらしい。少しきょとんとした後、彼は言った。

「いや、参考になったよ。僕は人文系の本は読もうとも思わないから」

「そうなの？」

「ああいうウンチク本を、本来もっと読むべきなんだろうな、世間知らずなんだから。他の連中もああした物で学ぶんだろうか」

「うーん、皆が皆、読んでいるわけではないと思うけど」

実際の購読層は、社交界に不慣れな田舎紳士や外国帰り、成金層が多いのではないだろうか。貴族の子弟は家庭教師や寄宿学校に必要なことを教わる。トマスは別のことばかり教わってきたに違いないが。

「また何か、良い本があったら教えてくれると助かる」

「内助の功かしら？」

「そうなるね」

青白い顔が、柔らかく表情を崩した。

夜会服で微笑むトマス――！

レア物である。心のスケッチブックにしっかり描き取っておかねば。トレイシーは鼻息も荒く夫の肘を抱きしめ、その微笑を凝視した。

「……トレイシー？」

「なあに？」

妻の奇行に引いたのか、微笑が困惑気味になった。

困ったように笑うトマス、夜会服付き。

これはこれで、いい。

「いや、大したことではないんだが。その、む……じゃない、腕……」

困惑のまま、トマスは鼻をつまんだ。

一瞬で血の気が引いた彼女は、しがみついていたトマスの肘をぱっと胸の谷間から解放した。そうやって身体が離れると、彼がようやくホッとしたように息をつく。

「あの石鹸、まだ使ってるんだ」

「え、ええ……」

それは石鹸の使いすぎで臭いという意味か、石鹸使ってて何でそんなに臭いんだという意味か。考えるまでもない。あの石鹸はトマスが気に入ってダースで買ったものだ。間違いなく、後者だ。

夫から一歩退いて、トレイシーは羞恥のあまり穴に入りたかった。

そこへ丁度良く声をかけてくれた人物がいた。

「トレイシー、ごきげんよう。今夜も会えて嬉しいわ」

体臭問題に悩む彼女と違い、キャロラインは今宵もきれいである。

「キャロ〜〜」

「まあ、どうしたの、しょぼくれた顔しちゃって」

挨拶もそこそこに顔を寄せると、トレイシーは小声で尋ねた。

「私……臭いかな」

「はあ？」

「体臭、気にならない？」

「全然。何故そんなことを気にしているの？　もしかして、来る前にハギスでも食べたとか？」

キャロラインはワケがわからないという顔で聞き返してきた。

良かった。女友達には自分の体臭は気にならないらしい。この分なら他の人達も気にしていないのかも。多分、トマスは鼻が良い方だし、そうした感覚的なことには神経質なところがあるから。

トレイシーがひと安心した所へ、もう一人の人物が愛想笑いを浮かべてやって来た。

「こんばんは、アッシュウッド伯。そして、奥様方も」

トマスが隣にいる今、トレイシーにとって全くどうでもいい男、ダグラス・グレンヴィルである。

「ごきげんよう、ミスター・グレンヴィル。今日はお一人なの？」

「そうなんだトレイシー、寂しいことだね。それで、愛しい君にワルツをねだりに来たのだけど」

そう言って手の甲にくちづけるグレンヴィルへ、待ったをかけたのはトマスではなくキャロラインだった。

「お待ちなさいな。あなたこの前、賭けで伯爵にボロ負けしたくせに、厚かましくってよ」

賭け？

何の話だろう、とトマスの顔を見るが、飄々としたその表情は変わらない。

「言うなよキャロ。俺は忘れたいのに」

グレンヴィルが鼻にしわを寄せた。

「気安く呼ばないで、気持ち悪い。あなたには本当に呆れたわ。今までの下品な誘いが、全部本気だったなんて」

「本気で悪いってのか。ひどいな、おい」

「アッシュウッド伯も！　何か言って差し上げたらどうなの？　この男、あんないやらしい賭けを持ち込んでおいて、図々しいったら」

　いやらしい賭け？

　トレイシーの耳が、聞き捨てならない単語を拾った。

が、話を振られても、トマスは気にかけた様子を見せない。

「トレイシー、踊ってくると良い」

　妻に向けて、淡々とそう言っただけである。

「じゃあ、お許しも出たことだし」

　そう言って、グレンヴィルは彼女の手をとった。

　トマスはそれを黙認した。

　きいぃぃっと癇癪を起こしかけたキャロラインを置いて、大股のグレンヴィルに舞踏場へと引っ張られていく。ワルツの演奏が始まった。

　小走りでどうにか転ばずに付いて行き、慌てながらも何とかステップを踏んで、曲に乗る。そこでようやくパートナーへ問うことができた。

「どういうことなの？　賭けって何？」

　グレンヴィルはいつものヘラヘラした様子もなく、どこかショボくれた顔をしている。

「君にあんまり言いたい類の賭けではないね。まあとにかく、今の俺は全財産すって君の御主人の奴隷状態。このワルツも業務命令の一環。はー、何であそこでムキになっちゃったんだろうなあ。

博打《ばくち》は怖いわ」

わけが分からない。

つまり、この軽薄男とトマスが賭博をして、トマスが勝ったのか。賭け事をする夫自体、あまりイメージが沸かないが。

「トマスがカードを嗜むなんて、知らなかったわ。何のゲームをしたの？」

「２１《トゥエンティーワン》」

「あれで、あなたが負けたの⁉」

それはグレンヴィルが最も得意とするゲームだった。必勝法があるらしく、インチキのように強い。長引けば長引くほど巻き上げられる。トレイシーも一度カモられたし、キャロラインに至っては勝ち気が災いして何度も誘いに乗っては酷い目に遭っている。

「負けた負けたって、あんま言わないでくれる？　キャロもみんなも寄ってたかってさ。傷つくよ」

「どうでもいいわ」

「酷いな！」

本心からどうでもいい男から視線を外し、壁際に立つ夫を見やった。

キャロラインに何やらまくし立てられながら、沈黙したままじっと、踊る妻を見つめている。いや、妻ではない。もっと下、妻達の足元。床、もしくは靴。

青い瞳を炯々《けいけい》と光らせ、彼がそのように見る時は、観察する時だ。

実験対象を、細大漏らさず記憶するために。

——靴を？

トレイシーは首を捻った。

靴を観察して、何がしたいのか。

一曲終えて夫の元へ戻ると、キャロラインはまだそこにいて、腕組みのままトマスを睨んでいた。

「どうしてワルツなんかを許可するのか、理解に苦しむわ」

「あんたが理解する必要はないよ」

「あの男はあなたの妻に下心を持っているのよ。それを野放しにするどころか彼女を預けてしまうなんて、どういうことなの？」

「あいつなら適任だから」

「何それ！　取られてしまったらどうするの」

「取られるも何も、トレイシーは今、僕のものじゃない」

「じゃあこの前彼女を賭けたのは、一体どういうつもりだったわけ⁉」

キャロラインの声が、大きくなった。

彼女を賭けた。

トレイシーは薄茶の瞳を真ん丸に見開いた。

「うるさいなあ」

トマスは否定しなかった。片眉をしかめて耳を塞いだ。その目がふとトレイシーを映す。

「おかえり」

愛していると言ったのと同じ色で、眼鏡の向こうの目元がふわりと微笑った。

一瞬前までだったら、きっと凄く嬉しかっただろう。

馬鹿みたいに胸をときめかせて、頬を染めて見つめ返しただろう。

凍りついたように動かなくなった彼女に、後ろのグレンヴィルが「あちゃー」と嘆息した。

「私を……賭けたの？」

抑えた声音は、意図した以上に低く出た。

怒りを察したのか、トマスは少しだけ目を細めた。

「正確には違う。あんた本人ではなく、言い寄る権利」

その声は平坦だった。

いつも通りに。何でもないことのように。

「そう。……負けたらどうするつもりだったの？　このろくでなしに、私を譲る気だった？」

「トレイシー、ダグラスはろくでなしじゃない。潔い男だ。信用できる」

信用できるから、何だというのだ。

彼女が信用しているのは、その男ではない。いや、正確には、信用してい〝た〟。

「私、帰る…………実家に」

トレイシーはその場に背を向けた。

これ以上の片恋には、もう耐えられそうもなかった。

玄関ホールまでは涙腺が保たなかった。

目についた手近な扉を開けると、幸いにも使われていない客間だった。部屋の隅に置かれた長椅子に突っ伏して、声をこらえて泣いた。

トマスは彼女の「好き」を信じない。

何度愛していると言っても、その告白を受け取らない。

もどかしいほどの一方通行が何に由来するのか、彼女にはさっぱり分からない。

信じてもらえないみじめさだけが心に積もる。

一度手に入れたと思った愛情は、錯覚だった。簡単に賭けられる程度の感情しか、彼は彼女に抱いていなかった。

みじめで、悲しくて、孤独で。流石の恋心も折れてしまった。

これからどうしよう。

涙は一向に止まらない。化粧はとうに崩れてぐちゃぐちゃだ。きっと目も腫れている。人目のあるうちは部屋の外に出られない。

出ても――行くあてがない。

実家。身勝手な父の棲家《すみか》。母が捨てた家。

目を閉じた。

あの頃、世界中のどこにも居場所がなかったあの頃。トマスだけが心の拠り所だった。

年に一度しか会わなくとも、あの城へ行けばきっと自分を無碍《むげ》には扱わない。何も言わず、隣に置いてくれる。こんな居心地の悪い家は自分の場所ではない、本当の居場所は他にあるのだと、夢を見た。

夢は夢だった。手には入らなかった。

トントンと控え目なノックの音がした。

誰にも見られたくない顔をしているトレイシーは、咄嗟に顔を伏せた。後ろで扉の開く音がし、室内へと踏み入れる靴の音、扉を閉める音が続く。

コツコツと響く革靴の音は、女性用の柔らかい舞踏靴ではない。

足音は一定の間隔で長椅子へ近づき、彼女の後ろでぴたりと止まった。

「トレイシー」

一番見られたくない人の声だった。

返事をしたら鼻声が露呈する。トレイシーは名を呼んだ声を無視して、顔を伏せたままにした。

「泣き声が、外まで聞こえた」

声は構わず続けた。

「他の連中には聞こえていないと思う。僕は目が悪い分、耳が良いから。少し落ち着いたら、人目がないか確認してくる。こっそり帰るといい。馬車回しまで送ろう」

伏せた顔の横に、白いハンカチが差し出された。

見覚えのある刺繍ハンカチ。彼女が贈ったものだ。

「実家へ帰ることはない。僕があの家を出る。あるいは、あんたが城や、この前の狩猟小屋の方へ行くのでも良い。……親父さんのこと、苦手だろう」

付け足された言葉に、また涙が溢れた。

どうして優しくするのだろう。いっそ残酷だ。期待してしまう。彼の「愛している」は、彼女の

「愛している」とは違うのに。妻がこんなに嘆いているのに、抱きしめてもくれない。

彼女は顔を上げると、濡れた頬を拭いもせずに振り返った。

すぐ後ろに、片膝をついてハンカチを差し出すトマスの顔がある。それを両手で捕まえて、涙と鼻水で汚れたまま、くちづけた。

暗闇に慣れた目に、トマスの驚愕の表情が映る。

私があなたにくちづけることは、そんなに不思議？

自暴自棄も手伝って、無理やり舌をねじこんだ。唖然と開けられた歯の間から、萎縮する舌を捉えて強く吸い上げる。

音を立てて乱暴なキスを終え、唇を離すと、睨みつけた。

「こんなことを、私が他の誰とでもすると思った⁉」

至近距離で、怒鳴ったつもりの言葉は悲鳴に近い響きがあった。

トマスは唇を拭い、目を逸らした。

「いや……、思ってない」

「思ってるわ！」

逃げ腰な視線と弱々しい返答とに苛立って、トレイシーはまたトマスの顔を引っ掴み、強引にくちづけた。

「やめっ、トレイシー、ニオイ……が……っ」

ぬるぬると舌を這わせ、吸い上げる合間に、口の中へ愛しい男のくぐもった声が響く。

匂いなんか、構うものか。

くっさい、くっさい、妻の体臭でも喰らいなさいよ！

ひときわ乱暴に舌を吸い上げると、彼女は離した顔を自分の胸に抱き込んだ。

トマスの引きつった吸気が谷間を震わせる。その両手が、攣ったように開かれ、悶絶するかのごとく振戦《しんせん》するさまを見て、トレイシーは余計に両腕に力を込めた。

キスも返してもらえない。身体も求めてもらえない。それどころか、公衆の面前で賭けの対象にされる。この酷い男を忘れないことには、自分に心の平穏なんて訪れない。

それでももし、抱き返してくれるのなら。

胸に閉じ込めたトマスの息が、次第に荒くなってきた。

抱きしめた腕の下で、喉仏がごくりと動いたさまは、彼女の目には映らなかった。

トマスの両手が、震えながら、ゆっくりと、トレイシーの背後へ回された。


トマスは反省中の身である。

ゆえに妻に触れてはならないのである。

たとえ（かぐわしくも妖しい誘惑に満ちた）ニオイが（彼女と過ごした日々や抱きしめた時の柔らかな感触を思い出させて股間が）きつい時でも、当人の許しなくその身に触れるなど、誠意を示すべき男の振る舞いではない。

決して下心を外へ漏らさず、そっと身を引くのが、許しを得るまでの己が努めなのである。

そう、例え妻が泣いていても、抱きしめてはならない。（理性を保てる気がしないから）

振り向いた腫れぼったいまぶたに胸が高鳴っても、そこへくちづけたりしてはならない。（続き

がしたくなるから）

顔を押さえこまれて、力ずくで唇を奪われたとしても、（力負けしたふりをしたのは彼女を立てたからであって、あわよくばと思ったわけではない。断じてない）ねっとりと口腔を愛撫され、ひと月前の彼女の身体が彼の性器にしたように、舌を締め付け、強く吸われても。

うう、気持ちいい。

しかし、試練はそこで終わらなかった。トレイシーはその柔らかく温かく素晴らしい胸に、あろうことか、一ヶ月近い禁欲生活で飢えきったトマスの顔面を、思いっきり押し付けたのだ。

弾力が頬を跳ね返し、石鹸の香りが鼻腔に充満する。例の石鹸だ。狩猟小屋で過ごした日々も使っていた、洗うと称して散々悪戯をした、あの。

ああ、おっぱいでっかい。

いや違う、理性、理性。

ふう、いいニオイ。

じゃなくて、いいおっぱい。

いやだから違うって！

でも、何かこれ、まるっきり誘われているみたいだ。

トマスの脳内で、良心とか誠実さとかに直結していた大切な部分が、今にも溶け出しそうになっていた。

何を反省すべきか。彼はよく理解しているつもりだった。

この五年間、トレイシーを孤独のうちに置いたこと。重婚を働いたこと。でありながら、欲望に負けて彼女の貞操をいいようにしたこと。その上、一度は選んだはずの父親役に、徹しきれなかったこと。

『あの子を選んだあなたの不器用さも、私は結構好きだった』

ようやく彼に彼女の真心が理解できた時、その言葉は既に過去形になっていた。

テレーズを守るためだけに、法的夫婦関係を保つ。それがトレイシーの決定なのだ。男女としての関わりはもう終わったのだと、帰邸後つけられた鍵が厳然とトマスへ告げた。

何と大きなものを失ったのか。

彼は一晩、放心状態だった。これが一ヶ月も続いたら、身も心も干からびてミイラになっていたことだろう。大英博物館に収蔵してもらえる。

だが彼女は、チャンスをくれた。

自ら書店へ足を運び、トマスのために実用本を一冊、選んでくれたのだ。

紳士のためのマナーブック。

そんな物があることすら知らなかったトマスは、目次に釘付けになった。

『第６章　女性の機嫌を損ねないエスコート術』

要約すると、貴金属、花、背中が痒くなるような恋文、優雅なワルツ。

つまりはそれがこなせる男になれということか。

なかなか無謀な挑戦だとは思う。が、それでトレイシーに再び振り向いてもらえるならば、努力を惜しむ理由はない。しかも、まったく何の手がかりもなく挑むわけではなく、教本あってのことだ。その他の参考資料も、ムカつく資料ではあるが――黒髪の男は全員禿げろ――しっかり頭に残っている。できればもっとデータを集めたいのだが、彼女もそこまでは甘くなかった。秘密なのだという。この点に関しては未だ交渉中だ。

ところで、大学時代、恩師が珍しく箴言《しんげん》を口にしたことがあった。

『一度失った信頼を取り戻すことは難しい。失うのにかかった時間の、倍の月日が必要と思わねばならない』

もっともである。

神妙に受け止めたトマスは、さっそく十年計画の工程表を頭の中で作成した。

親や兄達から譲り受けた金品で贖えるほど、彼女の心は安くない。反省も兼ねて、全て自力でクリアすべきだ。計画は遠大である。

未だ三週目の今日、貴金属を購入するための資金計画は試作品段階。花は球根を植えたばかり。来年の春まで土の中で待機中。空いた花壇で作物の試験栽培をしながら、丹精込めて世話をしている。いずれは品種改良も検討しよう。

恋文に関しては反省大である。すでに盗作をやって怒らせているため、慎重に進める必要がある。まずは読める字を書く練習から。これは仕事にも役立つし、一石二鳥だ。歯の浮くようなセリフはネタ本なしには出てこないが、率直に彼女の好ましい点を書き連ねていったら結構な分量になった。ダラダラ書いていて危うく本人に見られそうになった時は焦ったが、いつの日かきちんと推敲《すいこう》して見られる文章に仕上げたいものだ。

優雅なワルツに関しては、助力を得られたおかげで何となく目処が立っている。友情ばんざい。他人に相談をするというのも、悪くないと最近は思える。

この調子で残り九年十一ヶ月一週間、気を抜かずに精進しよう。――という、色々段取りを組み始めた矢先の、これである。

魅惑の香りに屈してはいけないと、息を止めたのがまずかった。ついに窒息寸前となり、思い切り息を吸ってしまった結果、あのクラクラするような甘美なニオイが脳幹まで包んで支配した。

腕が上がってしまったのは恐らく反射である。トレイシーを見ると抱きしめてしまう反射。普段は理性が抑えている、迷惑きわまりない反射。

獣のように息を荒らげてしがみついた時、何故か彼女は抵抗しなかった。それどころか赤毛頭を押さえつける力を更に強くし、喘ぎのような溜め息を漏らした。

その溜め息は、溶けた飴のように甘く熱く心臓を掴んだ。

理性は完全に沈黙した。代わりに、むしゃぶりついた唇の中から、唾液の音がぴちゃぴちゃと響いた。

温かく、甘やかな、彼女の粘膜。

好きで好きで、仕方がなかった、年上の女性。一ヶ月前は、彼のものだった。今は違う。けれど、この腕の中にいて、差し入れた舌に吐息を返してくれている。

歯列は簡単に開いて彼を迎え入れた。口蓋を這いまわる舌に合わせ、くぐもった喘ぎが零れる。

彼女の舌を見つけ、吸い上げて捉え、絡める。全身で絡み合った記憶が蘇り、下半身が熱くなった。

白い手が未だ自分の頭に添えられている光栄に、分別でもって応えるべきなのだろう。

が、彼の手が選んだのは、柔らかく自分を甘やかす、たわわな果実を掴むことだった。

コルセット越しの硬い手触り。襟ぐりを引き下げれば、ぷるりと揺れて白い丸みが転がり出る。

直接触りたい。

唇を離し、涙に潤んだ薄茶の瞳を見つめながら、手袋の先を噛み、そのまま歯で抜き取った。トレイシーはぼんやりとして、何も言わない。

素手になった両手で、柔らかなその重みをすくい上げる。なだらかな曲線を描く彼女の肩が、窓から差し込む月明かりに照らされる。

なんてきれいな女だろう。

「女神みたいだ、トレイシー」

囁いて、その重みを寄せて上げる。ふるふると震えた乳房の先が指を掠め、トレイシーが小さく声を漏らした。知っている。彼女はこれが好きなのだ。

胸への執着を見せつけながら、触れるか触れないかの刺激を繰り返す。焦らして、焦らして、そのうちにトレイシーの腰が揺れだした。人さし指と中指の二本で、快感に尖った薔薇輝石を挟むと、彼女は可愛らしく身をくねらせる。

つまんだ先端を嬲りながら、もう一方の乳首を口に含むと、細く高い声が上がった。びくびくと魚のように跳ねる身体を、自分の脚と体重で押さえつける。床にぺたりと尻をついたまま、背を長椅子に縫い付けられた哀れな女神は、恥ずかしそうに口元を押さえて豊満な乳房を晒している。

舌先で味わう、彼女の乳首。コロコロと硬い舌触りが、女体の悦びをトマスに伝える。感じさせたという嬉しさが、溜め込んだ欲求を疼かせる。

『いいじゃないか、トレイシーも愉しんでいる』

頭の中で、悪い方のトマスが囁いた。

『このままここで、二人で気持ち良くなっちゃえよ。うまくいって妊娠でもすれば、実家に帰るなんて言わなくなるだろう』

トマスのくせに悪知恵が働く。流石は悪い方だ。

一方、良い方のトマスも、声高に反論した。

『さっさとこんな愚行はやめろ。了承もなしに下劣な行為に及んで、彼女の人格を踏みにじる気か。お前は誠意を示せる男じゃなかったのか。誇り高き伯爵だろう』

トマスは割と伯爵位のことはどうでもいいので、良い方のトマスも、これは勢いか何かで言っただけだろう。大事なのは前段だ。

意思も確認せず、女性と性行為をして良いはずがない。前科のある彼ならば尚のこと。

確認が、必要だ。

トマスは利き手を浅緑のドレスの下へ潜り込ませた。ほんの二ヶ月前まではピッカピカの童貞だった男である。何の躊躇もなく、間違った確認方法を選んだ。

「あ……」

ドロワーズの隙間へ分け入ると、トレイシーが甘く鳴いた。

舌は乳房を愛撫したまま控え目な繁みの上をそっと往復すると、小さく悲鳴を上げて彼の頭を抱きしめる。つぷりと中へ指を潜り込ませると、そこは既にとろとろに潤っていた。

あったかくて、やわらかくて、優しい。

彼女の膣だ。

やわやわと指を締め付けて、気持ち良い。

記憶にある彼女の良いところを擦ってやると、

「んっ、んっ」

と、甘えるように鳴いて、体液をこぼした。

ここに、直接、挿れたら。

愛撫して、可愛がって、蕩けきった時の彼女の中がどんな感触か、トマスはまだ知らない。薄膜越しでさえあれほどの多幸感だったのに、直に触れ合うならどれだけだろう。

溢れ出る粘液がくちゅくちゅと卑猥な音で耳を犯す。

この膣に直接子種を注いで、彼女を孕ませたい。自分の子の母親になったトレイシーを想像すると、股間は全力で賛成の意を示した。

『よし、確認した。これはゴーサインだ。いけ』

『ちょっと待て。せめて口頭で了承を取れ。ちゃんと話さないと、誤解が生じるんじゃなかったのか』

脳内会議も最高潮である。が、

『話なんかしてこじれたらどうするんだ。誰が来るかも分からない他人の屋敷なんだぞ。さっさとやってしまえよ』

その一言で、トマスの理性が目覚めた。悪い方は流石に目はしが利く。

他人の屋敷、それも客人ひしめく催し物の最中だった。こういった場で戯れる男女は多いらしいが、彼の趣味としては、想い人のあられもない姿を他人の目に晒す危険は避けたい。

状況を思い出したトマスは、魅惑の花園から断腸の思いで指を引き抜いた。

「え……？」

蕩けたままの薄茶の瞳が、ぼんやりと見上げる。

その表情がまた下半身にグッときて、ズボンの前がそれはもうキツくなった。が、そんなことは今、重要ではない。

「終わり。ごめん」

幸い、栗色の巻き毛はそれほど乱れていない。手櫛でなんとかなるだろう。

硬いコルセットを引き上げ、豊かな胸を隠す。名残惜しい。

「紐結ぶから、後ろを向い……」

胸元を整えてやって目を上げたトマスの目に、トレイシーの涙が映った。

静かに目を閉じ、赤く腫れた目元を更なる涙で濡らす彼女を、もっと見ていたいと思ってしまうのだから始末に負えない。目も逸らせず、手も出せずにじっとしていると、小さな鼻声が彼に問うた。

「私のこと、好きじゃない？」

詰まった声で、哀れっぽく、どうしてそんなことを聞くのか分からない。

「好きに決まっている」

自明の理である。

「嘘だわ」

それを何で否定されるのかも分からない。

「ずっと愛していたし、これからも愛している」

「もうやめて」

意固地に否定するトレイシーは何を怒っているのだろう。やっぱり、さっき肉欲に負けたのはまずかったのだろうか。禊も済んでいないうちから触れてしまった。そりゃあ怒る。

「悪かった」

「謝られたくなんかない」

「どうすればいい」

「放っといて。優しくしないで」

「それは難しい」

「どうして？　今まで五年もできたのに」

トマスは顔をしかめた。そこを突かれると苦しい。

「あの頃は……僕は、諦めていたから」

そう。その五年はそんなには苦しくなかった。彼女が目の前にいる間だけ胸が傷んだが、元々自分の手の届く人ではないと思えば忘れて過ごすこともできた。

今は、違う。

次の言葉を口にするのは、非常に勇気がいったけれど。

「もう、諦めきれない。もう一度、僕を好きになって欲しい」

トマスは真摯に彼女を見つめ、心からの願いを口にした。

トレイシーが赤く腫れた目を開いた。

例えば今、拒絶されたとしても。

何年でも、何十年でもかけて、きっと振り向かせる。

強い思いを視線に込めて、彼は彼女から目を逸らさなかった。

彼女の、ぽってりとした唇が震えた。

「よくも……」

「え？」

パァーン
よく聞こえなくて前へ屈んだトマスは、右耳を引っ張られて激痛を覚えると同時に、左頬に強烈な平手打ちを喰らった。

「ぶへっ」

「どの口がそんな、厚かましいことを！」

怒れるトレイシーは、トマスの耳を掴んだまま、ヒステリックにがくがくと揺すった。彼は痛みに耐えるため、歯を食いしばらねばならなかった。

頬も耳もじんじん痛むのだが、地獄の諸侯の如き形相の彼女も、やっぱり好きなので仕方がないのであった。

「そもそも、何で私が、あんなに何度も仲直りの提案をしたと思っているの？」

トレイシーが膝立ちで腰に手を当てて詰問すると、右耳と左頬を赤くしたトマスは呆けた顔で、

「え、仲直り？　いつ？」

と、のたまった。

カチーンと来たトレイシーが左耳も掴んでやろうかと指先を開けたり閉じたりしていると、その様子を察したトマスは焦ったように早口で回答した。

「え、ええと、優しさ？」

「違うわよ、馬鹿！」

彼女が何故、繰り返し譲歩案を提示するのか。

「好きな人と、仲良くしていたいの！　何で伝わっていないの⁉」

もちろん、青い瞳は驚きに見開かれた。

「え、好き？　僕？」

自分を指さして、挙動不審にまばたきしている。

「当たり前でしょ！　それなのによくも、よくも」

「本当に？　トレイシー。光栄すぎて、信じられ……」

「よくも私を賭けてくれたわね～～～～‼」

「あだだだだだっ！」

両頬を掴んで思いっきり左右に引っ張ると、トマスは悲痛な叫びを上げて刑に服した。

「賭けって、何の話……っ」

「まだ言うか！」

「いや、ちょっと待て、本当に身に覚えがない」

「さっき認めたでしょう⁉　グレンヴィルと、私を口説く権利を賭けたって！」

「いだだだっ！　ちがっ、違う、トレイシー！　あんなものは賭けとは言わない。始める前から勝敗が決まっていた」

「なんですって⁉」

負け戦に妻を賭けるなど、言語道断の愚行である。が、トマスは頬を押さえ、あっさり言った。

「ルールが僕に有利すぎる。僕が勝つに決まっている」

意外な返答に、トレイシーは制裁の手を離した。

「あなた……カードできる方なの？」

「ゲーム次第では、できない。誰も相手をしてくれないから」

「友達少ないのね」

「いや、そういう意味ではなく。戦略がモノを言うゲームだと、大抵僕が勝ってしまうんだ。手を抜くというのも、加減が分からなくてうまくできないし。出た目を全て記憶して、あとは計算するだけなんだが。何で皆やらないんだろうな」

トマスは本当に不思議そうな顔をした。平凡な頭脳しか持たず負けの方が多いトレイシーは、おのずと渋い顔になった。

「私もあなたとはやりたくないわ。何となく」

「うん、みんなそう言う」

トマスは言われ慣れているらしく、あっさりとしたものだ。

「ダグラスは僕が勝つと分かっていて、世間に分かりやすい形であんたから手を引いてくれたんだ。潔い奴だよな。そう言えば、あいつとは友達になったんだ。色々聞けて勉強になるし、一緒にいて楽しい。本当に良い奴だよ」

トマスは頬を腫らしながらも、嬉しげに唇の端を吊り上げて笑った。それがキャロラインの言った「悪そうな嘲笑」の正体であることは想像にかたくない。

例によってきゅんと来つつ、トレイシーは思い出していた。奴隷と自嘲したグレンヴィルを。確実に、楽しいのはトマスだけだ。

「あなたが強いってこと、向こうは知らなかったのかもしれないわ」

「それはない。昔、ジャスティンが学内でカードをやる時に、ちょくちょく僕を混ぜてくれていた時期があって……だからあいつの学年では有名なんだよ。まともに学校行ってた奴なら知っているに決まってる。今でも僕とホイストしようって先輩は誰もいないんだから。ましてやダグラスが持ちかけたのは２１《トゥエンティーワン》の長期戦だ」

肩をすくめてみせた彼は疑っていないようだが、それは多分、混ぜてくれたのではなく、天然イカサマ装置の弟を使って学友たちから小金を巻き上げていたのだ。そしてグレンヴィルは、まともに登校していない方の人種だ。これまでの振る舞いと賭けの結果が全てを物語っている。

「それでも……そう思っていても、万が一を考えて。私を賭けるなんてこと、しないで」

「ごめん。けど、本当にあんた自身は賭けてないから。言い寄る権利までだ」

「それも、駄目！」

未だ事の重大さを理解していないトマスに、キツく言っておく必要がある。

「負けたら、あんな男に私を口説かせるの？」

「負けたら？」

考えてもみなかった、という顔できょとんとした後、トマスは顎に手を当てて考え込んだ。

沈黙の間に、舞踏場で演奏される楽隊の音色が滑りこむ。

チラリとトレイシーを見て、ふるふると頭を振って、しかし他に名案が浮かばないのか、彼はまた伺うように彼女を見上げた。

「なに？」

「いや……城に閉じ込めようかと」

憮然とした呟きに、トレイシーは目を瞠った。

灰色の森の奥、中世の名残を留める石の城。その塔の上の豪奢な寝室に、ひょっとしたら鎖で繋がれたりなんかしながら、トマスに軟禁される？

しかも賭けに負けたトマスは言い寄る権利を失っている。一言の口説き文句もなしに、無理やり強引に、塔の最上階で奪うように激しく……。

いい勢いで、妄想がかっ飛んだ。

塔の最上階はもちろん物置部屋なのだろうが、正しい認知はこの際必要ない。

「ごめん、忘れてくれ。変なことを言った」

と、苦々しく告げられたトマスの謝罪も彼女の耳に入っちゃいない。しかも彼は続けて燃料を投下した。

「あんたを誰にも、渡したくなくて」

きゅ――――ん
苦しげに歪められた毒の瞳が、夢にまで見たそのセリフが、トレイシーの乙女心を貫いた。

「で、でも……」

鼓動が耳にうるさい。胸が苦しいほどに嬉しい。

「梅毒、治るんだったら、不倫しても良いようなことを言ったわ」

そう責めたのは、期待しすぎておかしくなりそうな頭に、現実を思い出させて欲しかったからだ。トマスならきっと、冷や水に氷雪を混ぜ込んだようなものをぶっかけてくれるに違いない。

それなのに、なんと彼は、彼女の願望に都合のいい方へ舵を切った。

「……すまなかった、それも。ああ言っておけば、安全かと思った」

頬を赤く染めて──引っ張られた故ではなしに──、切なげに眉を寄せて、彼は言った。

「あんたは僕だけ見ていればいいんだって、身勝手なことを考えてしまって」

きゅん　きゅん　きゅ──ん

トレイシーは半口を開けて放心した。ほぼ昇天だった。

涙は完全に乾いた。心臓の鼓動はもっとずっと速くなって、耳までかーっと熱くなった。

言って欲しい夢のセリフが、トマスの口からヤラセ抜きで出てきた……二回も!!

「梅毒は治らない。治療法の確立は今のところ全く目処が立っていない。あんたが病気持ちと密通するなんて言うから、僕も焦って調べたんだ。古典医学では水銀が炎症を鎮めると説いているが、無治療であっても炎症が治まる患者がいる以上、治癒群の結果にしても果たして水銀の……」

夫が延々性病について語るのを、彼女は蕩けたまんま聞き流していた。まともに聞いたら眠くなってしまうので。

舞踏場から響く音楽が、二人きりの時間を更にロマンチックにした。

絨毯の上に横座りになって、長椅子を背に彼の肩にもたれかかっていると、温かな体温が伝わってくる。

「……即ち淋病と梅毒は同一の疾患であるとこれまでの外科医たちは考えたが、前提となっている古典的内科学が果たしてどこまで真実かという検証実験を改めて……あ、ごめん」

うっとりと横顔を見つめていただけなのに、視線に気づいたトマスはハッとして口をつぐんだ。

「どうしたの？」

「また自分の好きなことばかり喋ってしまった。つまらないだろ」

「ううん。好きなことの話をするトマス、好き」

「好……！　ああ、うん、ごめん」

顔を赤くして、照れたように鼻を擦る仕草も、好き。

「もう、謝ってばっかりなのね」

「おかしいかな」

「おかしいわ。何も悪くないのに」

笑うと、トマスは目を細めた。愛おしげに、彼女を見下ろす。

「ねえ」

「なに」

「鍵ね、もうかけてないの」

トマスの口元がぴくりと動いた。

「な、何の話だろう」

「あのね、三日くらいで、もう開けちゃったの。だから、それからずっと、待ってたの」

彼の薄い唇がふるふると震え、それから口の端がくっと上がり、それを慌てたような右手が覆い隠した。

「ぼ、僕は別に、あんたのこと、身体目当てとか、そういうんじゃないから！」

早口で言ったって、声が裏返っていたのでは説得力がない。トレイシーはくすくすと笑った。

「知ってるわ。全部好きでいてくれてるのよね」

「そうだよ。文句あるか」

「あるわよ。そういうの、ちゃんと言ってくれなきゃ分からないんだから。毎日三つは無理でも、一つくらいは私の良い所を挙げて愛してるって言って欲しいわ」

この機に乗じて、トレイシーは例の夢見がちな譲歩案の修正版を提示した。

トマスは勿論、渋い顔をした。

「一つなんて、益々無理だろう。両手の指で数えたって足りないくらいなのに」

ふくれっ面で言われて、彼女は数秒、押し黙った。

その意味を理解することも難しかったが、これが現実に起きていることだと納得するにも時間がかかった。

「曲が変わった……ワルツだ」

視線を壁の向こうの舞踏室へ転じて呟くと、彼は腰を上げた。そのまま立ち上がらず、中腰の姿勢で片膝を立て、トレイシーへと右手を差し出す。

「良かったら」

彼が問うように小首を傾げると、月明かりを背に赤い癖毛が揺れた。

夢みたい。

「何やってんの？」

「ほっへつねってうお（ほっぺつねってるの）」

「変な顔」

「い、言わなくていいのよ、そういうことは」

「変な顔、可愛い」

「…………！」

可愛いと言われた変な顔を桃色に染めて、トレイシーはトマスの手をとった。手を引かれ立ち上がり、そっと抱きしめるように腰を引き寄せられる。

ワルツは無理って、言っていたくせに。何とかの実験が先だなんて、酷いことを言っていたくせに。

恨み言はけれど、ときめきに染まった胸の内を素通りした。

何でもいい。嬉しい。

トマスのような礼儀に無頓着な人が、こうやって似合わぬエスコートをして、愛おしげに自分を見つめて踊ってくれるなんて……。

はにかみながら視線を上げて、そこで彼女は気づいた。

彼がまったく彼女を見ていないことに。

「え、どこ見てるの？」

「足元」

「え、何で？」

「話しかけないでくれるか」

トマスは非常に緊張した面持ちで、自分の靴を凝視しながらステップを踏んでいた。

その額に、脂汗が滲んでいる。

「横から見た像を正面像に捉え直した上で、音楽にも合わせなきゃならないんだ。静かにしてくれないかな」

ええ？

トレイシーの口がポカーンと開いた。

「あの、ちょっと意味が分からないんだけど」

「意味が分からないのは考えないからだ。ああ、クソ、しくじった」

トマスは口汚く罵ると、三白眼を更にぎょろめかせて足元を注視した。

「実証実験はまだだったんだが、一発本番でやらなくて正解だったな。……トレイシー、普段通りに動いてくれないか、さっきダグラスと踊った時と同じように。あんたの動きが変わると足の配置が変わって、記憶と合わなくなるんだ」

「記憶と、って……何を記憶しているの？　まさか……」

「あんたとダグラスの足を記憶したんだよ。最初はあいつが踏んだ床板を全て暗記すればいいと思ったんだが、それだと他人とぶつかるから。チッ、またズレたか。喋りながらはやっぱり無理だ。黙っててくれ」

トレイシーは呆れて口が開いたままになった。ズレているのは足運びではなく、トマスの頭の中だ。

「あの、普通に身体で憶えるっていうやり方は……」

ソバカスの浮いた鼻筋にまで、脂汗は垂れていた。夜会服の魔法使いは、宿敵に毒でも盛られたかのような憎々しげな顔で、

「僕は運動神経が悪い。以上」

と、会話の打ち切りを告げた。

映像記憶を頼りにその場その場で動く方が、よっぽど難しいと思うのだけど……。

口のあたりがムズムズしたが、我慢した。

この、ズレていて、不思議で、一生懸命な夫の顔を立ててあげたかったから。

それから、彼の浮かべる苦悶の表情に、胸の奥の加虐的な部分がきゅんきゅん鳴ったから。

苦しそうなトマス、可愛い。

ほくそ笑んだ妻の顔は、幸いにして夫の目には映らなかった。

トマスはやりたいことをやれているし、トレイシーは見たいものが見れているので、この夜は誰にとっても幸福な夜と呼べただろう。

たとえ、頭脳の使いすぎで帰宅するなり昏倒してしまった伯爵が、翌朝夫人に月の穢れの到来を告げられたとしても。そのことを聞いた彼が、この世の終わりのような悲痛な表情を浮かべたとしても。

「え、嘘」

「嘘を言ってどうするの。だいたい周期通りよ」

「あ、まあ、そうだな。べ、別に僕も、残念だなんて思ってないさ。ししし下心なんか、全く、ななかったんだから」

「ねえトマス、そんなに噛み締めたら唇が切れちゃうわ」

「ち、近づくなよっ！　良いニオイがしてやばいだろ！」

「まあ、冷たいのね。やっぱり身体目当てなんだわ」

「ぐっ……」

「あのね、今夜から、夜は一緒に休みたいの。新婚旅行の時はそうしていたじゃない」

「こ、この状況下で……？」

「睦み合うことはできなくても、抱きしめあって眠るくらいいいでしょう？」

「抱き……！　いや、耐えられそうも、ないんだが」

「そんなに嫌なの？　やっぱり身体しか好きじゃないの？」

「ぐあああっ」

悶絶する伯爵を、夫人は優しく微笑んで見つめていた。

幼馴染で年下の夫が、可愛くてたまらないという顔だった。

笑顔の下の嗜虐心に、夫の方はまだ気づいていない。

番外編　はじめての子作り

トマスはドアノブを睨みつけていた。

これが。この憎きノブが。回らなかったのだ、一ヶ月前。

ガチャリと金属音を響かせたまま、それ以上回らなかったノブにしっかりと睨みを利かせてから——実を言えば少々トラウマ気味でもあった——意を決して彼はそれに手をかけた。

カチャ
今宵のそれは実にあっさりと主の意向に従い、隣にある妻の寝室へと彼をいざなった。壁を一つ乗り越えた気持ちで、トマスはひとまず胸を撫で下ろす。

扉を開ければ、そこは伯爵夫人の城である。

淡いクリーム色の壁紙は女性らしく、夢見がちな装飾満載の家具も彼女らしい。

実用性を重視しない生活空間を「頭が悪そう」と表現はするものの、それほど嫌いではなかったし、むしろトレイシーの人柄が感じられて好ましいとさえ思っている。

恋は人を愚かにする。

彼を愚か者にした女神は、肩にショールをかけ、ベッドに腰掛けて静かに髪を梳《くしけず》っていた。

「あら」

薄茶の瞳と目が合ってから、ノックを忘れたと内心慌てる。

ショールの下に見える夜着は白の薄地で、蝋燭の光に彼女の身体の線を浮き立たせていた。四角くカットされたレースの襟ぐりの下に、形の良い丸みが二つ。

ごくりと生唾を飲んだ。

「あ、その……まだかなと思って」

言ってから、あからさまに催促めいていたと赤面した。身体目当てではないと言いながら、ガツガツしすぎだ。

いくら今夜が一ヶ月ぶりだと言っても。そして、初めて何の憂いもなく身体を重ねられるのだとしても。

「ごめんね、本を読んでいたから。どっちのベッドがいい？」

トレイシーがけぶるように微笑んだ。トマスの理性はたちまち溶け落ちた。

「あっちの……方が、広いから……」

言いながら、光に集まる羽虫のように、フラフラと妻の方へ足を踏み出す。

微笑みをそのままに彼女が腕を広げ、白い手を彼へと伸ばした。

「トレイシー！」

もう我慢なんかできなかった。その胸の中へ飛び込むと、柔らかい彼女を強く抱きしめて、寝台の上へ転がった。

湯上がりの、いい匂いがする。

首筋へ鼻を寄せて嗅ぐと、低めの掠れ声がクスクスと笑った。

「くすぐったいわ」

その声が、脳天に響く。

挿れたい。今すぐ挿れたい。何も間に挟まず、彼女と一つになりたい。

けど、駄目だ。ちゃんと手順を踏んで、トレイシーのことも悦ばせなければ。ああ、手順ってどうやるんだっけ。頭に血が昇りすぎて、うまく思い出せない。

優しい手が、トマスの頬を撫でた。

誘われるように、彼は唇を重ねた。

控え目だったキスはすぐに深いものへと変わる。

今宵、彼女を本当の意味で妻にするのだ。

考えただけで息が荒くなった。下半身はとっくに臨戦態勢である。

「トマス……」

キスの合間に、彼女が自分を呼ぶ。

「トマス、ね、お願いがあるの」

薄衣越しの無防備な肉体を抱き寄せて、こんなにも間近でその声を聞ける光栄。

「うん」

お願いでも何でも聞く。

奴隷になれと言われたら、今のトマスは喜んで彼女の足元にひれ伏すだろう。

「私、試してみたいことがあるの。あなたに、ずっと夢中でいてほしいから。聞いてもらえる？」

何も試さなくたって、自分はずっと彼女に夢中なのに。

「なんでも聞く。愛してる、死ぬまで……死んでも」

吐息混じりに言って、またくちづけた。トレイシーは笑って応じて、二人はまたシーツの上を転がる。

粘膜を擦り合わせて、粘液を交換して。

体温と体温を触れ合わせるそんな行為が気持ちいいことを、彼女が初めて教えてくれた。

淫靡な音がぴちゃぴちゃと響く。

僕の女だ。

そんな思いできつく抱き締めて、彼女の舌を吸い上げる。こぼれた唾液を追って白い喉へ唇を這わせると、あえかな吐息を漏らして彼女の腕が彼の髪を優しく撫でる。

そうやって転がりながら、ねっとりとしたキスをして。気が付くと、トマスが下に、トレイシーは上になっていた。

「この体勢、懐かしいわ」

重力に従って流れ落ちるゆるい巻き毛を、彼女が耳にかけた。首筋が露わになって、トマスの指がうずく。

触れたい。白いうなじ。

指先でなぞると、可愛い啼き声を聴かせてくれるのだ。

「三年前の、あの一件？」

冷静になろうと、十九の時に彼を襲った醜聞へ思考を振る。人混みの中でわざとらしく押し倒されて——向こうの意図は丸見えだったのに——恥ずかしながらあの時のトマスは反応してしまったのだ。トレイシーの太腿の感触に。柔らかくて、たまらなかった。二人は絶対に結婚しなければならないと強固に言い張った人々の中には、トマスの身体の変化に気付いた者もいただろう。強く言い返せなかったのは、その辺りの事情もある。

「ね、胸、触って」

身を起こしたトレイシーが、既に肩から落ちていたショールを外しながらねだった。

誘われるままに片手を上げると、「ダメ、両手で」とたしなめられる。

両手を揃えて差し出し、重力に従って下へ落ちる乳房を包むと、柔らかな弾力が手の中にあふれた。

掌に、薄衣越しの乳首の感触が当たっている。

勃ってる。

嬉しくなって顔を綻ばせると、トレイシーも嬉しそうに笑って、外したばかりのショールを彼の両の手首に巻いた。

「あのね、あの本に、書いてあったの」

巻いた端をゆるく結びながら、彼好みの少しハスキーな声が囁いた。

「男性は、こういう楽しみ方を一度おぼえてしまうと、やめられないんですってね。そんな風にしてくれる女性を、手放せなくなるのですって」

こういう楽しみ方?

困惑して、泳がせた視線の先に、サイドテーブルの上の赤い背表紙が映った。

『マダム・アンジェの閨事指南』

本を読んでいたって、これのことか!

一気に記憶が蘇って、トマスは青くなった。

「ト、トレイシー⁉　こんなことをしなくても、僕は……ひっ」

白いきれいな手が寝巻の裾から潜り込み、トマスの中心を握りこんだ。

彼女の素手がそこに触れている。汚らしい欲望を丸出しにした、トマスの醜い部分に、直接。

トレイシーが、汚れてしまう。

けど、汚すのは自分なのだ。

こんなことをすべきではない女性を、自分の醜い欲望で汚す。その想像はゾクゾクと骨盤の中を這いまわった。

「ダメよ、トマス。お願い、聞いてくれるのでしょう？」

慈母の如くたしなめられて、己の浅ましさにカアッと頬が熱くなる。

優しいトレイシーに、自分はなんてことを。

「この手首ね、そんなに強くは縛っていないの。あなたの力だったら、簡単に解けると思うわ。でも、ダメ。ちゃんといい子にして、両手は上に上げていて」

慈母は酷いことを言った。力ずくではなしに、自らの意志で服従せよと命じてきた。

これではまるで、嗜虐神にいたぶられる生贄の奴隷である。奴隷になってもいいとは思ったが、想像とちょっと違う。

「あ、ええと……トレイシー？　僕は、そこまでのことは、そんなに興味がないというか、全然興味がないというか……」

そっちの趣味のないトマスは、話し合いを試みた。が、

「愛しているわ。大好き」

囁きながら欲望の先端をペロリと舐められて、「はぅっ」と仰け反った。

一ヶ月前の好き勝手やっていた時だって、こんなことはさせていない。男のものに舌を這わせるだなんて娼婦のようなこと、彼女には似つかわしくないと、教えなかった。我慢したのだ。そう、我慢だった。

ねっとりと、生温かい唇が亀頭を包み込む。

入れたかったのはそこではないのだが、惚れた女性の粘膜である。トマスは唇を噛み締めて、こぼれそうになる声をこらえた。

男が喘ぐなんて、冗談じゃない。

けど、気持ちいい。

トレイシーが、尖らせた舌の先端で溝を辿る。ゾクゾクと快感が尻まで突き抜けて、不覚にも腰が震えた。一体どこで憶えたんだ、こんなこと。って、あの本か。いや待て、あの本？　そう言えば、あの本のこの章って、確か最後は……。

「ちょっと待った‼」

トマスはガバっと跳ね起きた。

トレイシーはトマスのそれを咥えたまま視線だけを上げた。口をすぼめて男性器を頬張る顔は一種まぬけな表情のはずなのに、その口の中身が自分のものだと思うとまた下半身の血流が良くなって危険だ。

「さ、最後までは、やらないよなっ⁉」

口のことは考えないようにしないと射精してしまいそうなので、目をそらして早口で言った。

少しして、先端から唇が離れた感触がする。ホッとして視線を戻そうとしたトマスは、次にあらぬ場所に触れられて、ビクリと肩を震わせた。

「ここ？」

指先が、つうっと会陰をなぞり、肛門の上で止まった。

心臓が嫌な早鐘を打つ。冷や汗が出る。

これだけおっ勃てておいてなんだが、そこだけは勘弁して欲しい。例の章の最後には、前立腺を直接刺激して、射精を伴わない絶頂へ導く手ほどきが記されていた。怖ろしく気持ちが良い上に何度でもイケるというそれに興味はあったが、女のように穴に指を入れられてよがり狂うなど、到底受け入れられるものではない。その忌避感は、去勢への恐怖と近親関係にある。

コクコクと必死で首を縦に振ると、トレイシーは小首を傾げて笑った。悪魔のように魅力的な微笑みだった。

「トマスが出すのを我慢できたら……ここは許してあげる」

ふっくらとした唇が、射精の禁止を伝えた。

「え……」

トマスは耳を疑った。

一ヶ月ぶりである。途中、自分で抜きたくなることもあったが、妙な貞操観念に脅かされて控えていた。

よって、欲求不満である。

快楽を知らない童貞の頃ならばいざ知らず、トレイシーの温かな柔らかさを知った身に、禁欲生活は辛い。

トマスが困惑していると、彼女は指をそこに置いたまま、悲しげに眉尻を下げた。

「あのね、初めての時……痛かった」

「う」

最初の時。あの時か。

あの時の自分は確かに酷かった。何しろ一瞬で目の前が真っ赤になるほど腹が立ったのだ。生きている自分が目の前にいるのに、あれほど結婚したいと言い寄ってきたくせに、こんなに彼女が欲しいのに、と。結局トマスの早とちりだったわけだが。

「済まなかった」

びんびんだった分身も、へにょりと少し項垂れた。その件を責められたら、罪悪感で萎えざるを得ない。彼女は初めてだったのに。怖かっただろう。痛かっただろう。こんな自分を許してくれるなんて、聖女か何かか。重婚を許してくれたのと併せて、その心の広さは敬意に値する。

聖女は優しく微笑んだ。

「だから、トマスの初めてをもらう時は、痛くないようにしてあげる」

えええええええええっ⁉

口をぱくぱくさせている夫の驚愕は放ったらかし、トレイシーは空いている方の手を伸ばして、彼の寝巻のボタンを外した。

「手、上げててね」

声は優しげだったが、会陰に待機したままの指は脅迫めいている。逆らったら、犯される。男じゃない何かにされる。

トマスはおずおずと縛められた両手を上げた。

自分が以前彼女を乱暴に奪ったという事実も、彼を弱気にさせた。罪滅ぼしにもならないが、絶対に一生彼女に夢中でいることは間違いないが、ここは素直に言うことを聞いておこう。射精も、罪悪感を感じている限りは我慢できそうだ。

素直になった彼に、トレイシーは満足そうにゆっくり頷いた。脚の上に乗ったまま夫の首元のボタンを外し、裾を引き上げる。手でそっと促されて、観念したトマスは腰を上げて協力した。

リネンの寝巻を両肘までたくし上げると、彼女はうっとりと微笑む。

男の裸なんか見て何が楽しいのか。

あらわになった胸板を、白い手が這う。

くすぐったい。

しかも、気恥ずかしい。自分の身体がそれほど立派なものではないことくらい、厚かましいトマスでも分かる。ガリ勉らしく貧弱なのだ。見て面白いものでもない。

恥ずかしくて、トマスはふいっと横を向いた。

赤毛の人間は、肌が青白い。

白い肩にも背中にもソバカスが浮いて、貧相な身体をより貧相に見せている。

その生白い身体も、見られる羞恥で赤く染まりそうだ。いつまで彼女は見ているつもりだろう。

チラッと横目で見上げると、薄茶の瞳が恍惚と細められ、珊瑚色の舌が下唇を舐める様が見えた。

その表情が常になく艶かしくて、慌ててまた視線を逸らす。

しばらくそうしてトマスを落ち着かない気分にさせた後、トレイシーが身をかがめた。下ろした髪が一房、二房と落ちてきて、脇腹をくすぐる。

ザラリとした舌が平らな胸の上を這い、敏感な突起をとらえた途端、彼の身体に電流が走った。

「あっ、あっ、なんっ⁉」

何だこれ。

初めての刺激は、衝撃的だった。

男の乳首も、女性同様感じるのか。知らなかった。できれば一生知りたくなかった。うわ、感じる。ダメだこれ。

トレイシーは構わず舌の上で乳首を転がす。電流が走る。胸から一物まで一直線に、快感に貫かれる。

「あっ、うぁっ、やめ、……ぐっ」

会陰を優しく撫でられて、トマスの分身がまたずくりと疼いた。

残った指先が、もう片方の乳首を捉える。

「ひぁっ⁉」

くにゅりと潰されて、情けなくも甲高い声が出た。

優しい指は容赦がない。会陰と、両の胸と、三箇所を同時にいじくって、まるでトマスが女の子ででもあるようになぶる。

「う、……く、……ん……」

どこをいじられればどういう刺激が来るのか。それが分かったトマスは、ひたすら我慢に専念した。初めは驚いて声を上げてしまったが、いつまでもそんな醜態を晒すわけにはいかない。

女性は夜毎こんな責め苦に遭っているのか。それは悲鳴のような喘ぎも出るというものだ。声を出してしまえば楽になれそうなのだが、それは男として絶対嫌なので、トマスはきゅっと下唇を噛む。

すると、むにむにと会陰をいじっていた指が、急に指先に力を入れた。

会陰の裏側には、前立腺がある。

「ぅぐっ！」

性感帯をぐっと押されて、腰に強烈な痺れを感じたトマスは、思わず両足を突っ張った。きつく瞑った瞼の裏に、生理的な涙がにじむ。

苛められっぱなしの胸が疼いて仕方がない。

何でこんな気持ちいい目に遭わなきゃいけないんだ。酷い目に遭ってるのに、怖ろしく気持ちいい。

ああ、でも、射精しちゃいけないんだ。出してしまったらトレイシーに犯される。指を突っ込まれて、後ろの初めてとやらを奪われる。

あう、気持ちいい。

もう、トレイシーにならいっそ犯されても。全部曝け出しちゃって、楽になって、よがって……だ、駄目だ駄目だっ！　冷静になれ、自分。こういう時はあれだ、そう、円周率だ。π＝３．１４１５９２６５３５……

「トマス」

「８９７っ！」

耳元にフッと息を吹き込まれ、心の声が表に出た。

思わずカッと見開いた目の前に、薄茶の瞳があった。

顔が近い。

何度もキスだってしているのに、その先までしているのに、至近距離にはやはり慣れない。照れてしまう。

頬を赤くした彼の額に、彼女はそっとキスをした。たわわな胸が、ぷるんと鎖骨を掠める。

触りたい。舐めたい。挿れたい。

性感帯の実際について予定外ながらも実地で知ってしまった今となっては、その知識を実践で試したいと思うのも無理からぬことだろう。そうでもなければやられ損である。

まさかこのまま一生、この位置関係で行こうなんて話じゃないよな。

想像して、トマスはぞっとした。

困る。

やっぱり、抱かれるよりは抱く方でありたい。トレイシーの大きな胸を、むにむにしたい。あったかい膣に身を沈めて、思うさま突き上げて喘がせたい。

トレイシーは会陰から指を離し、トマスの頭を胸の谷間に抱き込んで、優しく髪を撫でた。

むっちりと頬を圧迫する乳房の弾力。あああ、気持ちいい。

これは、満足してくれたのだろうか？

やっと自分の順番が来た？

一瞬の期待は、魅惑の新提案によって打ち消された。

「ねえ、ポンパドール方式……憶えてる？」

ふ　し　だ　ら　な　胸　！

トマスの眼前で、白い指先が胸下の絹のリボンをほどいていく。

好きな女性が自分の腰の上で、寝衣の裾をするすると上げていく。身じろぎした太腿の感触が悦くて、足が震える。

トレイシーの、股間の翳りが見えた。

彼はごっくんと、大きく唾を飲み込んだ。

でかいおっぱいへの期待感で疼いているくせに、栗色の茂みにまでたかぶっているのだから始末に負えない。

気がついたらトマスの一物はギンギンに硬くなって、柔らかいおっぱいに挟まれていた。

恥じらってもいないのに赤い――むしろ赤黒い――亀頭が、普段はドレスの襟ぐりに隠れている貞淑な谷間でコンニチワしている。

怖ろしく目に毒な光景である。

しかも裏筋が、敏感な裏筋が、蠱惑的な谷間で唯一硬い胸骨にぐりぐりと刺激されて、学生時代硬いマットレスで自慰をした時のような、強烈な快感がせり上がる。

床オナニーは癖になるとインポになるからあんまりやるなって、オーブリーが言ってた――！

ということはオーブリーは癖になっていたのか。インポだったのか。インポ野郎のくせに愛人囲って子ども作るとは何事だ。いやインポ野郎なんだからオーブリーの子じゃないのか。じゃあジャスティンの子だから、あいつはインポじゃないんだな。確かに床オナなんかしなくても不自由しているようには――。

どうでもいいことを考えて気を紛らわそうにも、もう限界だった。

「う……あっ、あっ」

腰が勝手に動いていた。

トレイシーが両肘で支え、むにゅむにゅと揺らす柔らかな檻の中で、下腹をくすぐる巻き毛の感触さえ快感だった。

せり上がってくる射精感に耐えていられるのも、あとどれくらいか。

今夜こそ、彼女の中に出せると思っていたのに。

いっぱい、いっぱい、いっぱい、気持よくさせて、今までの埋め合わせをして、愛してるって言おうと思っていたのに。

下から突き上げて彼女の胸を犯していながら、勝手なことを言っているのは分かっている。

「っは、トレイシー……！」

苦しさに眉を寄せて股間を見下ろすと、愛しい愛しい彼の女神は、桃色の舌をペロリと亀頭へ伸ばしていた。

あ、これ駄目だ。ここでそこ舐められたら、絶対イク。

トマスは強く目を瞑った。

究極の選択だ。

でもどっちみち、そうなる。

彼女に真剣にお願いされたら、彼が断れるはずがない。

だったら。

「……っ、ごめん、トレイシー！」

がばっと身を起こし、態勢を逆転させると、手枷は実にあっさりと外れた。トマスの意思しだいというのは本当だった。

組み敷いた彼女の目が、ぱっちりと見開かれて彼を映している。

「あの時は、済まなかった。勝手に思い込んで、つまらない嫉妬をして、あんたの初めてを大事にしなくて、本当にごめんっ」

夫なのに、夫じゃなかった。

勝手な考えで勝手なことをして、彼女をたくさん泣かせた。

「僕の負けだ。後ろの穴でも何でも好きにしたらいい。どうせもう全部あんたのものだ。けど、今だけ、最初だけ、中に出させてほしい。ちゃんと夫婦になりたいんだ。あんたと子作りがしたいっ」

「……っ……！」

絞り出すような声になった。

股間が張りつめすぎて、むしろもう痛い。

トマスの謝罪と懇願を聞いたトレイシーは、しばらくじっと彼を見上げていた。それから、シーツの上にあった右手をおもむろに上げて、彼の頬をそっと撫でた。

「本当？」

と、聞かれて、それが先ほどの発言のどこにかかる「本当」なのか、一瞬惑う。

いや、どれにかかっても同じことだ、彼女への言葉は全部本当の本音だ。

そう思い返し、力強く頷いた。

「あのね、私、初めての時は痛くて怖かったけど……。でも、無理強いするほど望んで貰えて、そのことはとても嬉しかったの」

白い指が、頬を撫で、前髪を梳き、唇をなぞる。

興奮した。

やっぱり、組み敷かれている時よりも、組み敷いている時の方が興奮する。

「嫉妬も、全部嬉しい。知ってるでしょ、少し強引なのも、好きって。だから……あの、これ以上、言わせないで」

お許しが、出た。

彼女は恥ずかしそうに頬を染めて、つと視線を逸らした。

「トレイシ――――!!」

「きゃうんっ」

トマスは舐めた。彼女の乳房も、女陰も、知っている性感帯を全部舐めた。

焦らすような高度なことはできなかった。切羽詰まっていて無理だった。

もっといっぱい、鳴かせてからと思ったのに。

貫いた瞬間、快感が脳天まで突き抜けた。

「は、あ、ああんっ」

「うっ、く……！」

狭い隧道は、どろどろに蕩けて彼を迎え入れた。

そこが充血し、蜜にまみれて彼を待っていたということは、つまり、トマスをいたぶることに、トレイシーが悦楽を感じていたということか。それはそれで衝撃的事実なのだが、とにかく今はこの、得難い幸せに身も心も浸りたい。

薄膜なしで触れ合った彼女の胎内は、柔らかくて、優しくて、あったかくて、最高だった。

「ああ、トレイシーっ、ダメだ、出る……っ」

「や、やあ、おっきい、トマス、トマス」

悲鳴のような喘ぎの最後に、彼女は「大好き」と甲高く伝えた。

トマスも同じ言葉を返したかったが、出たのは呻きのような野太い声と、大量に溜め込んでいた子種だけだった。


その後、トマスの後ろの初めてがどうなったのか。

それは、夫婦二人だけの秘密なのである。

End.

アンジェリカ

理系伯爵は女心が理解できない

2016年5月3日　初版第1刷発行

著　　者　花粉症　©KAFUNSHOU 2016
装　　画　甘塩コメコ
発 行 人　立山昭彦
発 行 所　株式会社ハーパーコリンズ・ジャパン
東京都千代田区外神田3-16-8
電話　03-5295-8091（営業）
0570-008091（読者サービス係）
http://angelicanovels.jp
印刷・製本　大日本印刷株式会社

Printed in Japan ©K.K. HarperCollins Japan 2016
ISBN978-4-596-76606-9 C0093

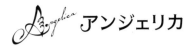